中国当代诗歌
转型观察与个案解读

吴昊　著

敦煌文艺出版社

图书在版编目（CIP）数据

中国当代诗歌转型观察与个案解读／吴昊著．--兰州：敦煌文艺出版社，2023.9

ISBN 978 - 7 - 5468 - 2421 - 5

Ⅰ．①中… Ⅱ．①吴… Ⅲ．①诗歌研究—中国—当代 Ⅳ．①I207.22

中国国家版本馆 CIP 数据核字（2023）第 161155 号

中国当代诗歌转型观察与个案解读

吴 昊 著

责任编辑：张家骢

封面设计：人文在线

敦煌文艺出版社出版、发行

地址：（730030）兰州市城关区曹家巷 1 号

邮箱：dunhuangwenyi1958@163.com

0931 - 2131579（编辑部）

0931 - 2131387（发行部）

三河市龙大印装有限公司印刷

开本 710 毫米 × 1000 毫米 1/16 印张 15.25 字数 205 千

2024 年 1 月第 1 版 2024 年 1 月第 1 次印刷

印数：1 ~ 1000 册

ISBN 978 - 7 - 5468 - 2421 - 5

定价：68.00 元

诗歌应当是语言的利斧，它能够剖开心灵的冰河。在词与词的交汇、融合、分解、对抗的创造中，一定会显现出犀利夺目的语言之光照亮人的生存。诗歌直接从属于幻想，它能够拓展心灵与生存的空间，能够让不可能的成为可能。

——戈麦

目　录

第一部分　20 世纪 80 年代以来中国诗歌观察

第二部分　戈麦诗歌研究及文本细读

第一部分

20 世纪 80 年代以来中国诗歌观察

试论 21 世纪诗歌 "公共性" 的深化与出路

如果从 1932 年中国诗歌会的成立算起，距离"新诗大众化"观念的提出已经过去了 90 个年头。在以"革命"与"战争"为主题的时代里，"新诗大众化"无疑扮演着重要角色：一方面，它所呈现的通俗性、民间性，是贴近民众、"启蒙"民众的重要手段，并在抗战时期发挥了宣传作用；另一方面，自《在延安文艺座谈会上的讲话》发表之后，"新诗大众化"又成为诗人向民众学习的途径，不仅民间资源大量进入诗歌创作，诗人在思想、生活等方面也在向群众靠拢，群众中也开始涌现大批"工农兵诗人"。在某种程度上，1930—1950 年的诗歌风气正如诗人穆木天所说："现在，我们的诗歌工作者所要讨论的，并不是诗歌大众化应不应当的问题，而是诗歌大众化得怎样去实践的问题。"①

随着政治局势的变化，"大众化"的诗歌在 1945 年之后拥有了一个新的称呼"人民诗歌"，"人民诗歌"也成为"十七年"（1949—1966）的诗歌主旋律。但在 20 世纪 80 年代之后，随着社会文化的多元化发展，"大众"的物质与文化层次已经不能与 1949 年之前同日而语。在这种语境中，"人民诗歌"的位置逐渐为"个人化诗歌"所代替，似乎"新诗大众化"已成为历史遗迹，甚至有人质疑"大众化"是一个

---

① 穆木天：《关于诗歌大众化》，《战歌》1939 年第 1 卷第 6 期。

伪命题。实际上，质疑或反对"大众化"的声音，从某种程度上是窄化了"大众化"的观念，因为抛去宣传功用来说，"大众化"还天然蕴含着诗人与公众、诗人与社会的密切关系。即便"启蒙"与"革命"不再是时代的主题，但在当下日新月异、迅速发展的网络化社会中，人与人之间的关系比以往更加密切，人的社会属性被空前强化，不可能存在游离于社会之外的人。所以，社会仍然需要"大众化"的诗学观念，只不过更强调其中的"公共性"，尤其面对近年来国内外发生的一系列震撼人心的公共事件，很多诗人都在追求诗歌的"介入"。但问题是，诗歌创作如何在反映公共事件与追求艺术效果中寻求平衡？在对"公共性"的探索中，诗人与读者之间的关系是怎样的？"底层写作"的崛起，又反映出"公共性"的哪些新特质？对这些问题的回答，或许可以探究出"公共性"在新时代的深化途径，使"诗歌大众化"这个历史性的概念焕发出新的生机与活力。

一、个体艺术表达与公共经验的融会贯通

诗歌与公共世界的密切关系并不是近年来才被诗人所发现的，早在20世纪40年代，朱自清便翻译了美国诗人麦克里希的《诗与公众世界》一文，其中或多或少渗透了朱自清对"诗与公众世界"的认识："我们是活在一个革命的时代，在这时代，公众生活冲过了私有的生命的堤防，像春潮时海水冲进了淡水池塘将一切都弄咸了一样。"① 麦克里希写下这篇文章的时代背景是第二次世界大战期间，而朱自清翻译此诗时也正在经历中国的抗战，他读到麦克里希的文字自然会"于我心有戚戚焉"。在战争的阴云下，无数个体的人都自动集合成一个整体，分担着共同的时代命运，个体的经验也融入公众的经验。抗战时期"新诗大众化"之所以成为一股强劲的声音，除了其自身的宣传性、普

① 朱自清：《新诗杂话》，作家书屋1947年版，第170页。

及性因素之外，也是因为"大众化"中蕴含着集体性的经验，能让读者感受到时代共鸣。今天，战争已离中国人民远去，"新诗大众化"似乎也成为历史性的概念。然而，一个时代有一个时代的主题，在呼吁构建"人类命运共同体"的当下，全世界已经形成一个牢不可分的整体。世界人民"同呼吸，共命运"更是不可回避的现实。面对这样的生存处境，每一个诗人都无法置之度外，并且更有责任在创作中表现如今的大时代。

姜涛曾指出："当代诗之'公共性'的难题之一，就表现在诗人即便真诚地以'个人化'的感受力、想象力，去深入社会的状况、体知他人的处境，但'个人化'的视角，往往会受限于直观性、习惯性的道德反应，而且受到了互联网、社交媒体所提供的单向度信息的影响。"① 因此，诗人如果想使作品更具有公共属性，真正起到"情感动员"的作用，仅是隔靴搔痒地谈"诗人的责任"，恐怕还仅限于个人艺术表达的层面。

难道诗人真的"毫无办法"吗？希尼曾说："诗并不能抵挡一辆坦克。"在现实层面，诗歌所起到的作用远不如医院、超市。但从现代诗自诞生至今的经验来看，一首蕴含精神力量的诗歌，在特殊的年代往往能给予人们心灵的振奋与共鸣。比如，抗战时期高兰的朗诵诗歌、20世纪 80 年代北岛的作品等。而当下的许多诗歌，似乎还没有产生这样的效应，诗人的个体艺术表达与社会公共经验之间存在某种程度上的脱节，很多诗作还属于诗人的"自我感动"。要改变这样的现状，诗人应该承担起"责任"，首先要对网络上盛行的言论保持清醒的头脑，以客观公正的眼光看待公共事件，避免私人情绪的过度干预和口头空谈，当然更要避免浪漫化的想象与廉价的热情。不过，在充满混沌和杂音的旋

---

① 姜涛：《从"大众化"到"公共性"：一个诗歌史的线索》，《粤港澳大湾区文学评论》2021 年第 2 期。

涡中，"情"与"理"的矛盾，还是显而易见的，何况诗人向来被认为是情绪敏感、深沉的群体。在如此情况下，社会实践的重要性应该引起诗人们的足够重视。如20世纪20年代的周作人、叶圣陶等作家曾关注过"劳动"话题，并倡导过"新村运动""工读实验"。虽然这些想法大多还仅限于"纸上的事业"①，但已能看出作家们将社会实践与文学创作合二为一的努力。当下，"放下手机，走出门去"或许是诗人深入社会现实的途径之一。诗人要亲身感受各类日常场景，尤其是注意观察普通群众的生活，在真实中寻找创作的灵感。如果条件允许，诗人们有必要亲自体验志愿者等社区工作，通过具体的实践来充实作品中对"公共性"的书写。

当然，除了表达可靠的公共经验外，个人化的艺术表达也是不可或缺的。前文所述部分诗歌在艺术方面令人诟病的原因之一便是"公式化"写作，使用千篇一律的语言与意象。在陈仲义看来，"好诗"的标准需要具备情感的"感动"、精神的"撼动"、思维的"挑动"、语词的"惊动"②。如果连传统的"感动读者"的标准都难以达到，那么只能说明诗歌在艺术表达方面是苍白无力的，也难以实现其宣传效果。与20世纪的公众相比，新时代的公众文化素养与审美标准已经有了突飞猛进的提升，已经不需要语言艺术方面的"普及"或"启蒙"。所以，简单的标语口号式诗作自然不是有效的"公共性"书写，诗人有必要对诗作进行技术打磨，只有这样才能加大其作品的宣传力度。这就要求诗人在艺术阐释时要抓住生活中的细节，从平凡的场景中挖掘出直击人心的力量，而不是浮于生活的表面。

要在诗歌创作中彻底打通公共经验与个体艺术表达之间的联系，还有很长的路要走。并且，"公共性"的实践，除了诗人创作之外，还涉

---

① 姜涛：《公寓里的塔：1920年代的中国文学与青年》，北京大学出版社2015年版，第56页。
② 陈仲义：《中国前沿诗歌聚焦》，中国社会科学出版社2009年版，第32—33页。

及诗歌传播与读者接受的问题。诗歌"公共性"是关系的联结，并非单向度的努力。

二、诗人与读者之间的密切互动

新诗的"传播—接受"，已成为近年来许多研究者重点关注的话题。在网络媒体高速发展的今天，新诗的"传播—接受"效应比以往任何时代都要明显。无论是在新诗"大众化"被大力倡导的1930—1950年，还是"人民诗歌"广泛盛行的"十七年"，诗人与读者之间的关系或多或少都存在一定错位：普通群众或处于被"启蒙"的位置，或成为诗人竭力贴近乃至学习的对象。在新时期开启之后的相当一段时间里，诗人又扮演了"文化英雄""社会精英"的角色，与读者之间的关系仍存在隔阂。而在 0 和 1 组成的赛博空间里，诗人彻底走下了神坛，实现了与读者的平等对话，双方之间不仅限于简单的"读与被读"的文本沟通，而是分享了共同的社会经验，其"传播—接受"关系中蕴含的"公共性"不言而喻。在当下，一些毫无诗意的事件和场景已经构成了每个人生活中难以避免的部分，诗人也无法被排除在外。书写大时代，反映共同的生存境遇，是诗人的责任，也是读者的心声。很多读者希望读到呈现"大时代"的诗歌作品，正如新时期伊始的读者喊出"艾青，我们找你找了二十年，等你等了二十年"那样。但遗憾的是，目前的诗坛仍缺乏将公共经验与个人艺术表达完美融合的作品，似乎面对公共事件，许多诗人是失语的，读者的期待也往往落空，诗歌的"传播—接受"效应还有待加强。或许这样的局面需要予以改变，诗坛需要西渡所称的有情怀和气象的"大诗人"——诸如郭沫若、艾青、穆旦等①，更需要像骆一禾那样怀揣"修远"之志的诗人。

其实，在复杂多变的现实世界与赛博空间中，没有人能彻底无视各

---

① 西渡、雷格：《期待中国的大诗人——西渡、雷格对谈录》，《文艺争鸣》2020 年第 4 期。

种层出不穷的社会话题，公共事件的发生使诗人与普通群众更清晰地认识到每个人都是集体的一部分。诗歌"公共性"在网络空间的彰显，意味着诗人正在摆脱"两耳不闻窗外事"的刻板形象，积极地参与到公共事件中来，与公众的讨论形成共鸣。不过，值得注意的是：诗人毕竟不是全知全能的人，他们对公共事件的见解，不一定比普通读者高明，更近似于"诗性正义"。但诗人与读者的共同参与，本身就说明诗歌"公共性"意识的增强。

诗人与读者之间的互动所呈现的"公共性"不仅体现在一系列公共事件中。近年来，书店在很大程度上成了诗人与读者面对面交流的精神空间，诗人在书店举办朗诵会、分享会、签名售书等活动，并接受读者的提问。与20世纪30年代新月派的"读诗会"及20世纪70年代的"地下沙龙"有所不同，现时代的书店完全是开放的空间，抛去了"贵族化"的气息，诗歌可以更便捷地走近大众。此外，借助微博、微信、豆瓣等网络平台，诗人与读者之间的关系早已突破了时间、空间以及传统的报纸、杂志等纸质媒体的限制，变得更为密切。比如，北岛、韩东等"朦胧诗""第三代"的知名诗人都拥有豆瓣账号，经常与读者互动；年轻一代的诗人与读者的网络交流则更频繁。很多诗人不仅在网络媒体分享自己的诗歌作品、读书心得，还乐于展示私人的生活经验、心路历程，使读者看到诗人作为"普通人"的一面。当传统的线下交流模式难以实现时，有些诗人便积极利用当下最时兴的 bilibili、微信视频号等平台进行直播或发布短视频，朗诵自己的诗作或谈论诗歌，这种状况或许是前所未有的。

不过，消除诗人与读者之间的距离感，虽然能够在极大程度上推进诗歌"公共性"的发展，但其中的负面效应仍不容小觑。在由网络媒体构建的虚拟空间中，诗人与读者的交流可以畅通无阻，而与此同时，诗人也不可避免地将自己作为"普通人"的日常表现透露给读者。如果读者仍然将诗人视为毫无缺点的"偶像"，便难免会失望。加之近年来，少数诗人的言行存在较大争议，某些"草根"评论家以主持"正义"之名，抓住诗人的只言片语与人际关系，在微信公众号对其进行大肆批评。这些文章吸引了很多读者的眼球，但也破坏了诗人在读者心目中的形象。另外，有些读者受到"泛娱乐化"的氛围影响，过度聚焦于诗人的私人生活（尤其是爱情与婚姻），不仅有损于诗人的形象，甚至有人身攻击的嫌疑。这不由得让人深思：在互联网时代，诗人与读者之间沟通的界限究竟在哪里？"公共性"本是一个中性词，但私人空间与公共空间通过网络融为一体时，诗人的私人生活有时难免遭到恶意入侵。其实，诗人与读者之间交往的"公共性"，还是要建立在诗歌文本的基础上，以区别于"粉丝"与"偶像"之间的关系。作为公众人物，诗人有必要对自己的隐私进行保护，并注意自己的言行举止，与读者保持和谐的互动关系。

总之，诗人与读者之间的密切沟通是一把"双刃剑"，如果以诗歌为圆心展开交流，必然有利于促进诗歌"公共性"的发展。但一旦涉及私人生活问题，"公共性"有可能受到损害。对于近年来被视为热门话题的"底层写作"而言，其"公共性"的"双刃剑"效应尤为明显。如何形成"底层写作"的规范，彰显其"公共性"的积极面，值得诗歌理论工作者进行深度讨论与研究。

三、"底层写作"自身的理论建设

20 世纪 30 年代，新诗"大众化"的最初倡导者们便将当时的社会"底层"人群（农民、工人）作为表现对象，并在音律、内容等方面努力试验，力图创作适合"底层"阅读的作品。在中国诗歌会的刊物《新诗歌》上，曾出现大量以"底层"为主题的诗歌与歌谣。以抗日战争与解放战争为契机，"大众化"诗学在 20 世纪 40 年代达到了一个高潮，表现普通民众生活与审美趣味的作品越来越多，李季的《王贵与李香香》可视为其中的经典之作。但"底层写作"这个概念真正浮出水面，还要等到六十多年之后的新世纪初期。随着社会经济的发展，城乡之间的壁垒被打破，大量农民进入城市打工，但因知识背景、能力水平等方面的原因，许多人只能从事技术含量、工资较低的工作，并大多是流水线作业，如电子厂、服装厂等。对打工人群的关注，构成了"底层写作"的重要部分，并且在"底层"群体中，也逐渐出现了所谓的"打工诗人"，较为著名的有郑小琼、许立志、陈年喜等。诗人、导演秦晓宇甚至根据"打工诗人"的事迹拍成了电影《我的诗篇》。有关"底层写作""打工诗歌""草根诗歌"的讨论也层出不穷，有人还把"底层写作"与左翼文学的传统联系在一起。

无论是"底层写"还是"写底层"，都蕴含着对"底层"这一群体的人文关怀，也包蕴了丰富的"公共性"："底层"群体的工作、生活场景，本身就是社会现状的重要组成部分，透过描写"底层"的诗作，使人们可以看到社会转型对普通人的深刻影响；而"底层"自身的写作，也是以实际行动参与"公共性"的建构，向读者阐明"底层"并不是"沉默的大多数"。因此，"底层写作"对社会的介入程度，或许要比其他类型的诗歌作品更为明显。但问题随之而来：如何摘掉读者对"底层写作"的有色眼镜？"底层"有没有在诗作中塑造"公共性"的自觉意识？如何在理论与实践的结合中进一步彰显"底层写作"的"公共性"？

首先来看第一个问题。"底层写作"虽然已经成为一股诗歌热潮，但仍免不了被"污名化"的倾向。尤其是近几年来，"底层"出身、后又进入主流诗坛视野的余秀华，其代表作《穿过大半个中国去睡你》也成为"现象级"诗作，引发了热烈争议。不可否认的是，许多普通读者关注余秀华，是被她大胆的网络言论与个人情感、婚姻问题所吸引，而并非其诗作本身。将诗人如明星一样暴露在聚光灯下，满足部分读者的猎奇心理，恐怕不利于诗人的隐私的保护，更不利于"公共性"的发展，"底层诗人"更是如此。余秀华的个人言行与诗学取向并不代表所有"底层",读者在阅读"底层"群体的诗歌时,应持"就诗论诗"的心态,而不是窥探作者生活隐私。

就第二个问题来说,"底层"群体的创作渗透了个人浓重的生命体验和琐碎的日常场景,如忙碌的打工经历、对故乡的怀念、对情感的抒写等。然而,这些作品大部分只是个人化的艺术表达和情绪流露,2018年食指对余秀华的批评,便主要基于这一点。诚然,"个人化"已成为20 世纪 90 年代以来诗歌写作的主要路径,但基于人类共同经验与集体命运的诗作,仍值得继续追求。当然,这并不是说"底层写作"就要成为"代言体",而是要重拾"小我"与"大我"相结合的写作传统,使个人化的艺术表达与社会的共同经验相结合。"底层"不应该成为社会赋予这些诗人的刻板化标签,"打工诗人"("草根诗人")更没必要自怨自怜,清醒的社会责任感与塑造"公共性"的自觉意识,或许是"打工诗人"应该具有的写作观念。从这个角度来说,电影《我的诗篇》中出现的几位"打工诗人"——许立志、老井、邬霞、陈年喜、吉克阿优、铁骨的诗作,已经有了"公共性"的意识。比如邬霞的诗作《吊带裙》,该诗寄寓了她对穿上吊带裙的"陌生的姑娘"的美好祝愿:"我已把它折叠好 打了包装/吊带裙它将被装箱运出车间/走向某个市场 某个时尚的店面/在某个下午或者晚上/等待唯一的你/陌生的姑娘/我爱你。"通过"吊带裙",人与人之间的情感与命运被连接起来,使读者感受到人世间的温情。

值得注意的是,邬霞等"打工诗人"之所以能被社会普遍知晓,除了自身作品的艺术价值外,在一定程度上还是依靠秦晓宇等知识分子的"发现",以及媒体的大力宣传。这就涉及前文所述的第三个问题:"底层写作"的"公共性"究竟如何彰显?如果仅靠少数有识之士和媒体的"挖掘",那么"底层"仍然处于被"观看"的位置,其呈现出的自我形象与诗歌作品都是经过筛选的,"公共性"恐怕会大打折扣。较为理想的状态是建立一套属于"底层"自身的诗学话语体系,实现

"底层"的自我理论阐释，有助于"底层"面向社会发出自身的声音。但就目前的理论界现状来看，实现这种设想仍有一定困难：由于知识水平、物质条件等原因，出身于"底层"、有着丰富"底层"经验且深耕于"底层写作"的理论家还是极少数，且主要集中于广东沿海地区，如柳冬妩等；而大多数"底层写作"的理论文章，还是出自学院派研究者之手。或许除了创作之外，"底层"群体还要在理论研究方面进行积极探索，有关部门也有必要为其自身的理论建设提供足够的支持和帮助，使得"底层写作"的理论批评呈现出多样化的面貌，进一步彰显写作的"公共性"。

"无尽的远方，无穷的人们，都与我有关。"鲁迅的这句话让人感慨不已，人类的命运共同体意识，可以说比以往任何时刻都要强烈。除了政治、经济等显性层面的建设外，诗歌、文学等精神方面的"公共性"应该得到更多重视。但诗歌"公共性"的建设并非诗人一己之力能够完成，除了将公共经验与个人艺术表达相结合外，诗人与读者、评论家保持有效交流与沟通，加强"底层写作"自身的理论性，也是促进"公共性"发展的重要渠道。总之，21世纪以来，网络媒体激活了新诗"大众化"的传统，诗歌"公共性"的力量得到了更为显著的发挥。但从新诗发展的长远图景来看，当下诗歌的"公共性"还有待进一步深化，既需要理论与实践的密切结合，更需要社会普遍的参与度。

"遗照"式写作：论张曙光诗歌中的历史叙事

　　1992 年，在美国攻读博士学位的作家哈金为诗人张曙光写了一首名为《给阿曙》的诗："今天中国的大多数作家还没有完成/从青年到中年的过渡。/他们确实遭受过不可想象的灾难，/但他们的心仍旧青嫩。/他们的声音也许甜蜜，精细，/但很少表达现实的重量，/或发出真理和智慧的光焰。"① 哈金的诗句隐藏了一种论断：从"青年"到"中年"，是一个生理年龄和心理年龄同时成熟的过程，并且"中年"较之"青年"能够对现实和历史的认识更为理性和深刻。正是基于这种认识，"中年写作"这个概念在 20 世纪 80 年代末 90 年代初被萧开愚提出，他给予诗人的"中年时期"以高度评价，认为它介于"青年"的"激情、即兴、偶然"与"老年"的"明澈、赞颂、必然"之间②，是诗人成长过程中的转折阶段③。而如果把哈金、萧开愚的"中年"观

---

① 转引自张曙光、孙文波、冷霜、蒋浩、明迪、陈均《走在你的伞下，那个从未完成的宣言——关于哈金诗歌的书面讨论》，《星星》理论版 2012 年第 1 期。

② 萧开愚：《抑制、减速、放弃的中年时期》，《大河》1990 年第 1 期。

③ "中年写作"概念提出后存在一定争议，张曙光认为："'中年写作'也许算不上严格意义上的命题，至少从表面上看有些可疑，或显得不够妥帖：'中年写作'意指什么？是中年人的写作，还是针对中年人的写作？"不过张曙光同时认为，"中年写作"的提出表明这样一种姿态：使汉语诗歌真正进入成熟期，且对以往的诗歌创作在一定程度上进行总结……同青春期写作相比，"中年写作"更为客观、冷静，关注经验多于倾注激情，具有历史感，在对事物的判断上也不执于一端，严格的是非判断和道德判断让位于困惑、怀疑和模棱两可。也就是说，"中年写作"在更大程度上展示经验的复杂性，也深刻地展示人类生活的处境和我们内心的危机，因而也就更具深度和广度。以上见于张曙光、孙文波、西渡：《写作：意识与方法——关于九十年代诗歌的对话》，孙文波、臧棣、萧开愚编《中国诗歌评论·语言：形式的命名》，人民文学出版社 1999 年版，第 358—359 页。

念放在整个 1980—2000 年诗歌转型的过程中来看，则意味着一种对"历史"的"承担"：经历了 1980—2000 年社会系统结构（生产方式、生活方式、心理结构、价值观念等方面）转型的中国诗人开始意识到自己作为历史的"中间物"所具有的责任感。因此，在步入变幻万千的市场经济时代之际，他们无法故作潇洒地与"旧时代"告别，而是在诗作中书写了一曲对"旧时代"的挽歌，这些诗作也就此成为"岁月的遗照"。虽然这些书写不可能全面地反映过去，但也能看到诗人对历史做"个人化记录"的努力。

"岁月的遗照"使人想起杜甫的"诗史"（萧开愚有一首长诗便题为《向杜甫致敬》），也使人想到本雅明笔下"脸朝着过去"的天使。赵静蓉认为，本雅明的怀旧立场"不是要在现实层面上返回过去，也不是在精神世界里完全依赖或寄望于传统的安抚，而是通过记忆使时间的碎片与现实碰撞，从而在一个个被记忆和现实双重塑造的碎片中找到自身存在的真实感"①。从诗人张曙光的作品中，本雅明的"历史天使"似乎找到了栖身之处。从《1965 年》等诗作开始，张曙光就有意在作品中建构一个"挽歌世界"。自然，张曙光的"遗照""挽歌"并不是对过去岁月的消极颓废缅怀，更不是感叹"今不如昔"，而是从"回忆"主题的塑造中找到个人在时代中的位置，从"过去"的角度来观照"现在"，审视人的生存处境。无论是书写童年，还是写哈尔滨这座城市的历史，张曙光在写作中都试图"重新翻回那一页"，"或从一片枯萎的玫瑰花瓣，重新/聚拢香气，追回美好的时日。"（《尤利西斯》）

一、作为历史见证的"童年"

张曙光的诗作《1965 年》常被认为是 20 世纪 80 年代"叙事性"诗歌写作的开端。在这首诗中，"一种陈述的调子抑制着因回忆可能唤

---

① 赵静蓉：《怀旧——永恒的文化乡愁》，商务印书馆 2009 年版，第 191 页。

起的抒情"。① 而张曙光本人对"叙事性"的解释是:"当时我的兴趣并不在于叙事性本身,而是出于反抒情或反浪漫的考虑,力求表现诗的肌理和质感,最大限度地包容日常生活经验。不过我确实想到在一定程度上用陈述话语来代替抒情,用细节来代替意象。"② "陈述话语""细节"在张曙光这里成为使诗变得"不纯"的手段,用来表现"日常生活经验",这可以视为一种诗歌修辞策略的探索,但"反抒情"并不意味着取消"抒情",而是让"抒情"有着更多可能。在张曙光看来,所谓的"叙事性"只是为了更好地表现诗人的生存处境和时代的本质。进一步说,张曙光认为诗人还是应该对时代发出自己的声音,尽管这些声音是个人化的:"诗人无疑应该对时代、对生活敞开心扉,这甚至是衡量诗人之为诗人的一个重要尺度,但诗歌的本质还是应该抒写自己的内心,通过这些表现我们的生存状态,对我们生存着的世界传情达意。""一个严肃的诗人,无论他写些什么或怎样去写,从根本上讲都应是对这个时代、对我们生存状况的回应。"③ 张曙光的诗学观念在一定程度上可以说明,从 20 世纪 80 年代进入 90 年代的诗人对诗歌与时代的关系有了新的认识:诗歌并不是简单地作为时代的传声筒而存在,它与时代的距离更为微妙,对时代的反映也更为细致或隐秘。"个人"的立场在诗歌与时代的中间扮演着重要角色。除了张曙光的《1965 年》《给女儿》《照相簿》等诗作,20 世纪 80 年代末 90 年代初还呈现了另外一些从个人的视角书写时代,具有"叙事性"的诗,如萧开愚《国庆节》《公社》,孙文波《回旋》《村庄》等。这些诗作尽管所能反映出的只是一些碎片化的历史场景,但仍能看出"个人"对时代的见证

---

① 张桃洲:《众语杂生与未竟的转型:1990 年代诗歌综论》,《长沙理工大学学报(社会科学版)》2010 年第 6 期。

② 张曙光:《关于诗的谈话》,转引自孙文波、臧棣、萧开愚编《中国诗歌评论·语言:形式的命名》,人民文学出版社,1999 年版,第 235—236 页。

③ 张曙光:《诗歌作为一种生存状态或我的诗学观》,《上海文学》2008 年第 12 期。

与理解。

张曙光诗作中的"叙事性"往往通过"回忆"的主题来呈现，而"回忆"所指向的多是童年场景。张曙光 1956 年生人，而 1966 年开始的历史事件在某种意义上使得这一代人的童年过早地结束。尽管那时他们年纪还小，可视为"旁观者"，但也不可避免地受到成人政治旋涡的影响，尤其是来自父母等近亲的影响。在前文提及的《1965 年》中，张曙光以回忆语调拉开序幕之后，出现的是一系列日常意味的场景。这些常出现在儿童生活中的情景本来没什么稀奇，但由于是发生在特定时代中的事件，所以难免染上成人的政治色彩。一些本不应该为儿童所使用的字眼，由于特殊的时代氛围，儿童的思维也难免趋向成人化，过早地与成人社会发生了联系。

与《1965 年》类似，张曙光的《1966 年初在电影院里》《照相簿》《回忆：1967 年冬》《1964 年或我的童年经历》《雪》《往事》等诗作也用倒叙的手法书写了对童年往事的回忆。在这些诗作中，"那一天""那一年"等时间标志，与"1964""1965""1966"等具体的年份数字一起，带读者回到 20 世纪 60 年代。从"1965"（或"1966"）到"1977"，中间 11 年的时间在张曙光的诗歌叙述中是近乎空白的，这 10 年的历史重要性不言而喻，但诗人只选择回忆这段历史的"开始"和"结束"（尤其是"开始"），而回避其"过程"，这也许是因为"开始"对诗人的意义更大（如前文所说，张曙光认为"1965 年"是其童年提前终结的标志），从此之后，包括张曙光在内的一代儿童被"抛"入成人政治世界。正如王德威所认为的，与其说关键时刻是"锁定"意义的要素，不如说"关键时刻"是"开启"历史意义的契机①。

虽然张曙光笔下的"童年"回忆具有见证历史的意义，但值得注

---

① 王德威：《现当代文学新论：义理·伦理·地理》，生活·读书·新知三联书店 2014 年版，第 26 页。

意的是，这些诗句中对"童年"的回忆并不一定都是真实发生过的事情，除了选择性记忆之外，恐怕还有虚构的成分。这是因为张曙光的"童年"回忆逃不开当时的历史大背景，而一个孩子对于历史大事件的认知往往没有成人那么深刻，因此诗人在书写"童年"场景时也不可避免地带有成人的观察立场，对原始的碎片化记忆进行了整合与加工。"回忆"并不是把每件事都落到实处，而是存在许多模糊之处。"一个年幼的孩子，他的感知能力还十分有限，对这些场面只会留下肤浅的、短暂的记忆。要从这个场景背后总结出历史现实，需要他脱离自我，需要人们为他开启群体的观察方式；他需要看见一个特定事件是怎么创造历史的，因为他已融入了这个集中了民族活动、利益和热情的圈子。"① 哈布瓦赫认为，记忆是具有社会性的，一个人的回忆总属于他所处的群体的集体回忆。因此，张曙光的"童年"回忆虽然是属于他个人的，但个人并不是完全封闭、独立于社会进程的个人，他或多或少也被集体回忆所塑造。张曙光自身也意识到了这一点："一个人的写作，无论怎样个人化，无论怎样天才超绝，从本质上讲，它都跳不出时代如来佛的掌心，总是或多或少或隐或显地带有这个时代的印迹。"② 尤其是在特殊的年代，个人（孩子）的命运和时代之间的联系尤为明显。

张曙光这些对"童年"的回忆书写集中出现于 20 世纪 80 年代中后期，离其所书写的时间点已经过去了二十多年，与"童年""青年"等年龄段的距离越来越大，而离"中年""老年"越来越近。在 20 世纪 80 年代回忆 20 世纪 60 年代，回忆的角度往往带有 20 世纪 80 年代所施予的影响。尤其是到了 20 世纪 80 年代末 90 年代初，随着市场经济的发展，社会转型加快了速度，人们逐渐发现自己身处于一个"一切坚固的东西都烟消

---

① ［法］莫里斯·哈布瓦赫：《集体记忆与历史记忆》，丁佳宁译，［德］阿斯特莉特·埃尔、冯亚琳主编《文化记忆理论读本》，余传玲译，北京大学出版社 2012 年版，第 73 页。

② 张曙光：《诗歌是对时代的回应——在台湾诚品书店的发言》，《江南（诗江南）》2010 年第 4 期。

云散了"的环境，对昔日生活的怀念与历史的虚无之感同时出现在社会中。实际上，即便是历史的"旁观者"，也置身于历史之中，其与"在场"者的区别只不过是他们不处于事件的中心，观察历史的角度更具有个人色彩。因此，张曙光这一代人虽然在 20 世纪 60 年代时还只是孩子，但也以孩子的身份加入了历史进程。与张曙光同一年出生的柏桦，就在其作品中回忆了一个与张曙光不同的童年。

从张曙光与柏桦在 20 世纪 80 年代对当时的不同回忆来看，"旁观者"对历史的见证与认知具有鲜明的个人立场，他们的"童年"回忆被立场所塑造；同时，他们的"童年"经历又影响了他们成年后的思维观念，于是"20 世纪 60 年代"与"20 世纪 80 年代"呈现出互相塑造的关系。

如前文所说，在 1980—2000 年转型的时刻，"怀旧"是具有历史意味的。张曙光的"怀旧"不仅表现在对"童年"往事的书写上，还表现在对他自考上大学后便一直生活的城市——哈尔滨的书写中。在张曙光笔下，哈尔滨的风貌变迁也折射出时代的变革，从而使诗作中的哈尔滨也有了"岁月的遗照"的意义。

二、怀旧中的城市

敬文东在一篇文章中提到："城市不是一个外在于我们的事实，它就在我们身体的周围，甚至身体的内部：那则在水中寻找海水的呆鱼的寓言故事，在今天听起来正确无比。……是有了太多房屋的城市给了我们漂泊的命运。孙文波写出了一个了不起的诗句：'是城市加速了我们流亡的性质。'（《搬家》）"[1] 从这段话看来，当代诗人应该敏锐地发现了"城市"对于人们生存的意义。当然，自古代文学诞生之时，"城市"作为一个诗歌创作主题已经出现在作品中。而现代诗诞生之后，

---

[1] 敬文东：《在新的命名法则指引下》，刊载于孙文波、臧棣、萧开愚编《中国诗歌评论·语言：形式的命名》，人民文学出版社 1999 年版，第 282 页。

"城市" 书写又有了新的发展。卢桢的《现代诗歌的城市抒写》一书便对现代诗歌中的 "城市" 主题的书写情况做了详细梳理与研究。书中指出，在 1986 年的 "现代诗群体大展" 中，第一次有人以群体形式提出 "城市诗人" 的口号，以抒写 "城市诗" 的方式标榜其价值体系①（"城市诗" 集中收录在诗集《城市人》中）。这个 "城市诗" 的群体由张小波、孙晓刚、李彬勇、宋琳四人组成，他们的诗作反映了对 20 世纪 80 年代上海城市的所见所感，并呈现出某种矛盾：既为城市日新月异的发展感到欣喜，又透露出一丝困惑与不安，尤其透露出自我心灵的焦灼、孤独甚至痉挛。比如，宋琳一边赞美城市的发展："但我的身旁毕竟是/中国的大街在流动啊/流动着阳光和牛奶/流动着一大早就印发的新闻联载/关于广场塑像的奠基仪式/定向爆破和崛起的阳台"（《中国门牌：1983》）；一边又为这种 "流动" 的转瞬即逝性而感到 "一切坚固的东西都烟消云散了"："这座居住过你的城市不会因为你的出现而神奇/也不会因为你的消失而平淡/天照样下雨车照样拥挤人匆匆前去上班。"（《骊歌》）。市场经济制度虽然在 1992 年才正式被确立下来，但像上海这样的大城市，在 20 世纪 80 年代已经领先一步体验到市场经济所带来的巨大改变。马克思主义哲学认为，市场经济是商品交换的高度发达形态，人与人的一切经济交往关系都以货币为媒介，都表现为物化社会关系。物化社会关系使人们自己的社会关系变成外在的、偶然的、异己的关系，表现出市场经济对人的发展的消极影响和负效应。② 尤其是在 20 世纪 80 年代末 90 年代初，我国的市场经济体制还未完全成熟，各种关系之间的摩擦时有存在。"城市诗" 对市场经济发展初期的矛盾的揭示虽然还较肤浅，但已经呈现了 "现代化" 浪潮中的城市所具有的一个突出标志：稍纵即逝。

---

① 卢桢：《现代中国诗歌的城市抒写》，中国社会科学出版社 2012 年版，第 9 页。
② 李淑梅：《社会转型与人的现代重塑》，山西教育出版社 1998 年版，第 237 页。

"稍纵即逝"这个词在波德莱尔眼中可谓是"现代性"的特征："现代性就是过渡、短暂、偶然，就是艺术的一半，另一半是永恒和不变。"① 就此看来，"现代性"对应的是一种"一去不复返"的线性时间观，与"永恒和不变"的神圣时间相对立。而为市场经济所主导的城市中所奉行的时间观就是线性时间观：每天匆忙奔波的人手腕上手表的滴答声，广场、大厦准点响起的报时声，都是时间"稍纵即逝"的证明。而初入城市的张曙光，也难免对城市的这种近乎无情的线性时间秩序而感受到"茫然"和"一种莫名的敌意"："我们坐在破旧的座椅上/二路无轨电车，看着陌生的城市/在窗外驶过。""我们第一次在夜晚穿过城市冰冷的心脏/寻找一家酒店"（《第一次历险》）。这些诗句反映了张曙光考上大学后来到哈尔滨的第一感觉，此后的人生，张曙光几乎都在哈尔滨这座中西合璧的城市度过。虽然这座城市的历史只有一百多年，但张曙光在生活中已经感受到了一种"追怀怅惘"的气息，漫步在中央大街上，与"历史"总能不期而遇：

> 深秋的黄昏。好多年前。当我沿着
> 中央大街，漫无目的地闲逛
> 微雨和发黄的叶子，在无声地洒落
> 天色微暗。两旁楼房透出的灯光
> 闪烁而朦胧，仿佛
> 轻柔而忧伤的歌曲
> 使人陡然忆起了那些逝去了的
> 并且永不复返的时日——那些希望的
> 绿叶，夏日的玫瑰，以及

---

① ［法］波德莱尔：《波德莱尔美学论文选》，郭宏安译，人民文学出版社 2008 年版，第439—440 页。

温暖多变的天气

而这条作为历史见证的街道

用石块砌成，冰冷而坚实

在岁月的变化流转中依然

保持自身的完整，任凭

脚步，车轮，和沉重的历史

在上面碾过，我慨叹于

人生的无常与脆弱

但似乎是一个象征：江畔的一张长椅上

一个老人，扶着手杖，凝望着

雾霭中江水悄然逝去，或是在沉思，任思绪

像流星一样，划向遥远而黑暗的世纪

——选自《四季（组诗）》①

"中央大街"是哈尔滨一条通往松花江边的石砌街道，路两边多为俄式建筑，距今已有一百多年，可以说，中央大街的历史，就是哈尔滨这座城市的历史。俄罗斯人曾在这条街上开过酒店、餐馆、剧院、咖啡厅，但这些充满旧时风情的建筑已被"现代化"气息所侵染，正如张曙光在博客中所说："在一夜之间，城市半个多世纪的记忆被切掉了。具有罗马建筑风格的工人文化宫变成了刘老根大舞台，还有几家电影院也成了二人转剧场。这个自封为'东方莫斯科'或'东方巴黎'的城市如果过去是一种自我炫耀，那么现在则是一种对旧梦的追怀（它的美丽在梦中无疑被进一步夸大了），或确切说，是失落后的下意识的自我安慰。在这座号称'东方莫斯科'或'东方巴黎'的城市，音乐厅和美术馆只是形同虚设，几乎没有演出和展览，一年一度的冰灯游园会

---

① 张曙光：《小丑的花格外衣》，文化艺术出版社 1998 年版，第 60—61 页。

成了这个城市唯一可以吸引外界游客的招牌。说实话，这里面其实是没有多少文化含量的。"① 值得注意的是，这些缺少文化气息的现象不是21世纪之后才有的产物，早在1980—2000年转型时期，商业文化就开始插入哈尔滨的历史风景："旧式俄罗斯建筑和黝黑的树木，以及/一间间新开的美容厅和小吃店/挂着漂亮的照片和清冷的生意/一本没人翻阅的旧杂志——/历史，逝去的繁华和悲哀/在白昼和变化的街景中沉积"（《一条旧时的街：外国街，1989.11》）②。马泰·卡林内斯库在《现代性的五副面孔》中所提到的"过去死了，唯有现在才是现实"的景象出现在这首诗里。一味地强调"现代"的后果就是依赖于线性的"进步"概念，而在"稍纵即逝""一去不复返"的线性时间观主宰下，城市的建设往往唯"新"是图，而忽略了旧有文化的意义③，但恰好是"旧"，才彰显出一座城市的历史价值所在。

在20世纪80年代与90年代交替的时刻，"怀旧"因其对历史的重视而值得关注。这种"向后看"的情绪与海子之后兴盛一时的"麦地诗"不同，它虽然在时间上指向"过去"，却是把"过去"当作向"未来"挺进的原料，否则就陷入"复古主义"的时间观（其本质仍是一种简单的线性主义）。对一座城市的历史文化"怀旧"，一方面体现了诗人在转瞬即逝的时间流中把握住一点恒定不变的事物的意愿，正如张曙光所推崇的诗人博尔赫斯在小说《阿莱夫》中所说："世界会变，但是我始终如一。""怀旧"，就此成了诗人在诗歌中抵抗机械时代简单的线性时间观的一种手段。张曙光在接受访谈时曾说道："我对时间有一种恐惧。时间带来一切，又带走一切。我们是时间的产物，也受制于

---

① 张曙光：《一个人和他的城市》，见张曙光博客：http://blog.sina.com.cn/s/blog_5383d7c70100hcyx.html.
② 张曙光：《小丑的花格外衣》，文化艺术出版社1998年版，第46页。
③ 张曙光在博客中写道："一切都是在进步，一切都是在向前看。历史的进步毫不珍惜过去，并以抹去过去的痕迹为乐事。"这表现出对唯"新"是图的单向度城市建设的不满。

时间。"① 正因为意识到了线性时间"稍纵即逝"的恐怖感，诗人才希望在诗歌世界中"返回"过去，"对抗时间带来的空白和破坏，证明自己的曾经存在。"② 另一方面，"怀旧"也是诗人"以古为鉴"，借过去以反思当下社会发展的方式，尤其是在 1980—2000 的转型时代，有些城市建设出现了一些问题，有的问题甚至延续到今天：或不顾实际情况和人民利益、一味追求"形象工程"，或缺乏科学规划、贪多求全，或占用耕地、破坏生态环境……正如孙文波在《城市·城市》中所写："沉重的推土机推倒了这个城市最后一座/清朝时代的建筑。灰尘在废墟上飘动。/古老的夕阳。血样的玫瑰。像/我曾经知道的那样。我听见微弱的/声音在天空中回响：'消失消失。扩充扩充。'/长长的尾音，就如同一条龙划过天空。""当打夯机用它的巨锤使大地颤动，/它扎入的不是别的地方，只能是我们的心脏。"从这里可以看出，与张曙光温和的"怀旧"不同，孙文波的诗更多的是对城市建设中出现的问题进行一针见血的批判，其方式比张曙光以"返回"为突出特征的写作更为直接，体现了不同诗人彼此互异的经验。

无论是回忆"童年"，还是"怀旧"城市，张曙光的叙述中基于现实的成分较多，正如孙文波所评价的那样："从对逝去岁月的事件和场景的回忆中，带出了现实生存的不安定感。"③ 诗歌中的"我"，所叙述的事实与诗人本人的成长经历相吻合，因此这个叙述者"我"可视为作者本人。但在另外一些诗作中，叙述者"我"的身份却变得有些模糊，"我"可视为一个"戴着面具"的、虚构的人物。"我"的叙述虽然也有张曙光本人的现实经历，但更强调由个体经历概括、升华出来的一代人的普遍经验，其意义超出了个人的悲欢，更接近于一代人精神生活的遗照或挽歌。

① 泉子、张曙光：《张曙光：写作是为了对抗时间带来的空白》，《山花》1998 年第 14 期。
② 泉子、张曙光：《张曙光：写作是为了对抗时间带来的空白》，《山花》1998 年第 14 期。
③ 孙文波：《我读张曙光》，《文艺评论》1994 年第 1 期。

三、虚构的自传

程光炜编选的《岁月的遗照》这本诗集（洪子诚总编"90 年代文学书系"之一）在 20 世纪 90 年代末被持"民间立场"的一批诗人视为"知识分子写作"的集结。此书的出版也成为 1999 年"盘峰论争"的导火索之一，而"知识分子写作"与"民间立场"的争论一直延续到 21 世纪以后。"知识分子写作"与"民间立场"这两个概念的有效与否已经得到很多文章的辨析，在这里不做深入讨论；"盘峰论争"也不在本话题所要讨论的时间范围之内。但这里需要注意的是，《岁月的遗照》不仅是一本诗集的名字，也是这本诗集所收入的第一首诗歌的标题。无论出于什么"立场"，程光炜把《岁月的遗照》这首诗置于全书的起始，自有其用意。他把张曙光的诗歌视为"20 世纪 90 年代诗歌"的代表之一，并认为张曙光的诗作中更为瞩目的是一种"只有 20 世纪 50 年代出生的人才会深深体验到的个人存在的沉痛感、荒谬感和摧毁感"①，而《岁月的遗照》一诗又纳入了"有古典怀念意味的独白"，体现了"或喜剧或悲剧的模糊、闪烁的现代人复杂的'观察'眼光"②。自然，程光炜对"20 世纪 90 年代诗歌"的观察有其自身的立场，但张曙光《岁月的遗照》等代表诗作的意义确实有待于进一步发掘。

《岁月的遗照》开头就写道："我一次又一次看见你们，我青年时代的朋友/仍然活泼，乐观，开着近乎粗俗的玩笑/似乎岁月的魔法并没有施在你们身上/或者从什么地方你们寻觅到不老的药方/而身后的那片树木、天空，也仍然保持着原来的/形状，没有一点儿改变，仿佛勇敢地抵御着时间/和时间带来的一切。"这里的"我"与"你们"（"我青

---

① 程光炜：《岁月的遗照·导言》，社会科学文献出版社 1998 年版，第 9 页。
② 程光炜：《不知所终的旅行》，《岁月的遗照·导言》，社会科学文献出版社 1998 年版，第 5 页。

年时代的朋友"）试图对话，但"你们"只是"岁月的遗照"上的影像，实际上只有"我"对着照片进行戏剧化的独白。"我"回顾了"我们"曾有过的"辉煌的时代"："饮酒，追逐女人，或彻夜不眠/讨论诗或一篇小说"。"我们"还扮演过"哈姆雷特"，幻想着穿过艾略特笔下的"荒原"，"寻找早已失落的圣杯"。"我"追忆的这些青年时代的画面，实际上正是诗人所叙述过的 20 世纪 80 年代"高校场"的情景。青年似乎天然地具有"哈姆雷特"的气质：不停地思考自己如何活在这个世界上，对现实人生采取什么态度，但也只是停留在思考之中；并且"哈姆雷特"也有把自我戏剧化的倾向："即使被关在果壳之中，我仍自以为是无限宇宙之王"（莎士比亚）。而对于时代责任的真正担当，则是在他们体验到时代转型之痛以后。因此《岁月的遗照》中的"我"已经意识到人生中的"哈姆雷特"阶段已经成为"永远逝去的美好时光"，而"我们"也成为"时间的见证"："像这些旧照片/发黄，发脆，却包容着一些事件，人们/一度称之为历史，然而并不真实"。"历史"的"不真实"之处在于混合了"个人"的回忆，而回忆有时会美化曾经发生的事件，并且如前文所说，个人回忆也会被集体回忆所塑造。所以"我"叙述的经验可视为"回忆"与"历史"的混合，"我"也不能完全等同于诗人本身，而是一个戴着面具的人物。

在张曙光写于 1993 年的另外一首代表诗作《小丑的花格外衣》中，"我"作为"小丑"再次登场出现，而"小丑"恰好是一个戴着面具的角色。"小丑"（"我"）所穿耀眼的"花格外衣"更加强了这个角色在聚光灯下的自我戏剧化。他既是在问自己，也是在提醒台下的观众进行自我提问："我是谁?""下一次我将扮演什么角色?""我"曾是西西弗斯、堂·吉诃德，但在"另一个场景"中，"我"将扮演"另外不同的角色"，而在"强烈的光线下"，"我"又怀疑自己会"消失"或变成"透明的影子"，"展示着历史的虚无"。事实上，这个戴着面具的"我"多次在诗中叙述到"历史"一词："历史只是/一堆肮脏的文字，在时间的风雨中变得模糊/没有人会从中挖掘出真理""我们则从童年走过，从没有深度的历史中走过……""面对枯萎的日子和疯狂的逻辑/生活是一种艺术，抑或艺术也是一种生活，渗入一个/狂暴的历史？"① 虽然人们经常意识不到"历史"的存在，但每个人的命运实际上都是历史的一部分。尤其在时代的转折点上，个体命运与历史之间的关系更为深刻，因为"时代之变"不仅意味着整个社会的变革，每个人的生活都不由自主地被裹挟到时代的旋涡之中，"小历史"受到"大历史"的影响，同时"小历史"又折射出"大历史"。

诗中"小丑"（"我"）从事的"喜剧"事业，就是与"精神分析，原子弹，焚化炉""口服避孕药，艾滋病，流行歌曲"一起组成了"20世纪"的面貌。按照美国学者马歇尔·伯曼的说法，"20世纪"是一个以"现代性"为主宰的世纪："所谓现代性，就是发现我们自己身处于一种环境之中，这种环境允许我们去历险，去获得权力、快乐和成长，去改变我们自己和世界，但与此同时，它又威胁且要摧毁我们拥有的一切，摧毁我们所知的一切，摧毁我们表现出来的一切。……它将我们所有的人都倒进了一个不断崩溃与更新、斗争与冲突、模棱两可与痛苦的大旋涡。所谓现代性，也就是成为一个世界的一部分，在这个世界中，用马克思的话来说，'一切坚固的东西都烟消云散了'。"② 在由"现代性"所创造的生活舞台上，每个人都成了"小丑"式的演员，"扮演着自己的角色，并试图展示着永恒，但不曾注意到/脚下的流沙正在形成新的山峰/构成我们生命和历史韵律的曲线"，"但当另一道帷幕落下/幻觉和光明消失"，"小丑"们就"不过是些陌生人/永远无法召回的流浪者，没有回忆/也没有希望"。由此可见，在"现代性"所带来的变动不居的环境中，要找到一个稳定的位置成为"小丑"

---

① 张曙光：《小丑的花格外衣》，文化艺术出版社 1998 年版，第 174—175 页。
② ［美］马歇尔·伯曼：《一切坚固的东西都烟消云散了——现代性体验》，徐大建、张辑译，商务印书馆 2003 年版，第 15 页。

（"我"）生活中的困惑与焦虑，无论成功与失败最终都成了一场梦："当面对着命运和胜者——/我来了，我胜了，或我征服/但胜者何胜，而败者何败——/他们的故事最终将会被我叙说，在舞台上/在火炉旁，或叙说的只是我自己的故事/喃喃地，在另外的一场梦里。"

"小丑"（"我"）在诗中叙说了自己虚构的一生，但这虚构的自传中也透露出一代人面对时代转折点时的心态。在一个充满流动性而缺乏坚定信仰的环境里，历史意识成为个体维持自我确定性的必要手段。诗人们开始发现"往回走"是"向前走"的一种途径，可以"以史为鉴"，来观照当下甚至未来。因此在 1980—2000 年诗歌转型过程中出现了一批以历史人物为标题的诗作，这些作品借历史人物的事迹，抒发的却是诗人自身对历史的认识。有时"我"作为第一人称叙述者是对历史人物的戏仿，自述的是历史人物的事迹，如王家新《卡夫卡》、西渡《但丁：1321，阿尔卑斯山巅》、戈麦《狄多》、臧棣《咏荆轲》、张曙光《巴门尼德如是说》等诗作可视为其中的代表。有时"我"是作为旁观者，讲述"你""他"（历史人物）的故事，如王家新《埃兹拉·庞德》《帕斯捷尔纳克》、西渡《西比尔》、臧棣《骆一禾》等诗作。在以往的论述中，《尤利西斯》被认为是张曙光历史人物题材诗作的代表，已经被谈论得很多①，而张曙光《罗伯特·洛厄尔》《博尔赫斯》等从旁观者视角叙述历史人物事迹的诗作却较少被提及。罗伯特·洛厄尔是美国自白派诗歌的开创者之一，代表作有《生活研究》《献给联邦死难者》等诗。张曙光认为他"用个人的声音表达了他所处的那个时代"。而《罗伯特·洛厄尔》一诗则是以"你"（罗伯特·洛厄尔）的经历来投射出"我们"的生活：

---

① 洪子诚编《在北大课堂读诗（修订版）》（北京大学出版社 2014 年版）中收录了王璞、洪子诚、胡续冬、冷霜、钱文亮、余旸等人对《尤利西斯》一诗的解读。

你，新英格兰的天主教徒，精神分裂的叛逆

在人类理智的水池边，你折着小纸船

想象着尤利西斯驶过一个个危险的岛屿

最终发现了什么？你的手松开，然后

又紧紧攥起——也许只是虚无，或真实

投射出巨大而模糊的影子——

我们的生活是一场成功的失败

一些发黄的照片，一堆垃圾，以及

某种话语，装饰着风景和我们的历史①

"失败"一词点出了"我们"生存的悲剧性："处在当代历史中的
'我们'，已经丧失了精神的力量和勇气，已经无力去改变命运或和命
运抗争，甚至灵魂已经枯萎，只能怀着恐惧遵从这缺乏意义的生活"。②
罗伯特·洛厄尔因"精神分裂"的问题常年在精神病院居住，"我们"
所面对的生活也处于另外一种意义的"精神分裂"之中：物质与精神
的分裂、历史与现实的分裂，而诗歌则可以视为弥补"分裂"的黏合
剂。虽然诗歌并没有详细地介绍历史事件，更不会从实质上改变社会进
程，但以张曙光为代表的诗人却能够在诗中提醒读者反思自己的生存处
境，发现"历史意识"的重要性。"我"的角色是虚构的，所讲述的也
不尽然是真实发生过的事情，但历史却不是虚构的，脱离历史无疑意味
着丧失存在的根基。

1980—2000 年诗歌转型中呈现的"遗照（挽歌）"式写作，不等
于简单的"怀旧""复古"，而是通过"过去"与"现在"的相互观

---

① 张曙光：《小丑的花格外衣》，文化艺术出版社 1998 年版，第 91 页。
② 王璞：《尤利西斯的当代重写——读张曙光的〈尤利西斯〉》，刊载于洪子诚主编《在北
大课堂读诗（修订版）》，北京大学出版社 2014 年版，第 254 页。

看，揭示人的生存状态，并从某种程度上实现自我救赎。正如张曙光所说："诗是一种关于记忆的艺术，在某种程度上，如克里斯蒂娃所说，'既是回忆，也是质疑和思考'。它拒绝遗忘，也在有效地抗拒着时间和时间所带来的变化，为我们提供活下去的信心和勇气。"① 虽然"历史"并不等同于"回忆"，但诗歌中的历史书写能为两者之间的沟壑搭起一座桥梁。

① 张曙光：《堂·吉诃德的幽灵》，北京大学出版社 2014 年版，第 3 页。

朝向未来的“晚期风格”

——论西渡诗歌的转型

1990 年 4 月某天的晚上，诗人西渡与戈麦一起在戈麦的办公室为即将合出的诗歌小刊物拟名。他们每人写了一个纸条，打开一看，戈麦将刊物拟名为“厌世者”，西渡的则是“晚期”。于是相对一笑，戈麦说：“我现在才知道有人比我还倔。”① 刊物的名称最终以戈麦的命名确定下来，他在《厌世者》发表的诗作“一变过去的写法，创造了一种全新的形式，而这之前全无一点迹象”②。可以说，《厌世者》是戈麦诗歌创作进入“自觉时代”的标志，他开始有计划地进行诗歌语言的实验。可惜的是，戈麦过早地结束了自己的生命，诗歌实验也就此戛然而止。作为戈麦的友人，西渡的贡献是双重的：一方面，他协助整理了戈麦的诗歌遗作，使更多的读者了解到戈麦的诗歌；另一方面，西渡与戈麦都是经历了 1980—2000 年社会转型的诗人，怎样在转型的语境中实现诗歌创作的突破，是值得每一个诗人思考的。戈麦尚未完成自身的使命，而西渡却将思考延续下去，逐渐实现了创作的转型，即建设一种属于他自己的“晚期风格”。

从理论批评的角度来说，“晚期风格”的概念主要见之于阿恩海姆、

① 戈麦：《彗星——戈麦诗集》附录，漓江出版社 1993 年版，第 225 页。
② 戈麦：《彗星——戈麦诗集》附录，漓江出版社 1993 年版，第 226 页。

阿多诺、萨义德等批评家的论述中。虽然对"晚期风格"的具体定义各有差异，但批评家们都倾向于将"晚期风格"理解为艺术创作的不同阶段的呈现，而非简单地基于生理年龄变化的论断。从这个层面来说，"晚期风格"的概念有些类似于中国当代诗人（如萧开愚、欧阳江河）在 1980—2000 年转型中提出的"中年写作"，或者可视为"中年写作"的进一步延伸。但就像西方批评家的歧义理解一样，中国当代诗人在作品中所呈现的"晚期风格"也各具特色。在欧阳江河那里，"晚期风格"主要表现为对"衰老"的书写①。对于昌耀来说，"晚期风格"意味着自我追问、审视与盘诘②。而在西渡的诗歌中，"晚期风格"在语言方面则更多地涉及词语想象力的展开，在主题方面主要体现为对"记忆"的阐发；更深入一层，西渡对"晚期"的理解还体现为对历史的审视，他"和时代争论，和书本争论／也和自己争论"，呈现出经历过 1980—2000 年转型的诗人的历史意识。值得注意的是，西渡诗歌的"晚期"并不意味着风格的定型，而是诗艺的不断自我突破。因此，在时代的交汇点上，西渡的作品是"朝向未来"的，意味着更多的可能性。

一、词语想象力的展开

20 世纪 80 年代诗人对诗歌语言的自觉追求，可以说是从"第三代"诗人韩东提出"诗到语言为止"开始的。写诗就是写语言。与语言的重要性相比，诗人退居到次要地位，对"我""我们"的高声讴歌逐渐退隐。到了 20 世纪 80 年代末 90 年代初，随着时代语境的转换，诗人们更加珍视语言的价值，比如戈麦便将语言置于本体性的位置，在他生命的最后时刻，"自主"的词语频繁现身于其书写"天

---

① 郝梦迪：《从"中年写作"走向"晚期风格"——论欧阳江河诗歌中的"衰老"书写》，《广西师范学院学报（哲学社会科学版）》2016 年第 3 期。
② 王家新：《"青山已老只看如何描述"——关于昌耀的"晚期"》，《星星》2021 年第 5 期。

象"的一系列文本之中，甚至"自我繁殖"，从某种程度上体现出诗人追逐语言、建立语言规则的焦灼感。西渡在论述戈麦诗歌时曾说道："戈麦从一开始就明确地意识到，诗人的责任首先在于他对语言的责任。他把写作这件事看作是'语言的冒险'，并且渴望'在语言的悬崖上重又给世界指划出路'。这个出路首先在于恢复语言的原创性，恢复它的生殖力，恢复它与存在的亲缘关系。"① 而西渡本人也是语言实验的追随者，他在写于 1991 年的一篇文章中便提及"我们和世界的关系，典型地体现于我们和语言的关系中。只有借助语言的揭示，世界才有可能为我们所认识。"② 人的存在由语言所决定，也由语言所传达。此时的西渡刚结束诗歌创作的"学徒期"，但通观其创作于 1991 年之前的作品，已经体现出他探索语言的初步努力。比如他多次写到"马"这个意象："它默无声息地抬起头来/巨大的阴影投进月亮/白马白马，它就要敲响/黎明这面明亮的大鼓"（《黎明》）。"马儿走过同伴的尸体/马儿在同伴的尸体上低头饮水/只有灵魂不灭/我们在同伴的尸体上低头饮水灵魂不灭"（《关于青海》）。③ "梦中的纸马/驮着果实的情人/站在贴红字的窗下"（《梦中的纸马》）。"最小的马/我把你放进我的口袋里/最小的马/是我的妻子在婚礼上/吹灭的月光"（《最小的马》）。"马"的意象配合诗句的分行、节奏、韵律等乐感，使诗作充盈着歌谣般咏唱的声音④。

西渡发表在《厌世者》上的许多诗作虽然并未正式结集出版，但从他保留下来的若干诗作中，我们能够看到此时他与戈麦进行着类似的语言实验：以"元素"入诗。1990—1991 年，戈麦与西渡分享了相同或相似的"元素"资源：刀子、雪、天鹅、彗星……这些词语在他们

---

① 西渡：《拯救的诗歌与诗歌的拯救——戈麦论》，《诗探索》1996 年第 2 辑。
② 西渡：《守望与倾听》，中央编译出版社 2000 年版，第 1 页。
③ 西渡：《雪景中的柏拉图》，文化艺术出版社 1998 年版，第 17 页。
④ 张桃洲：《现代汉语的诗性空间：新诗话语研究》，北京大学出版社 2005 年版，第 267 页。

的诗中尽情地展现自身，构筑了一个个超越现实的想象世界。西渡甚至让这些词语在诗中替自己发出声音，比如《角宿一》："在你们仰慕的目光注视下/我已倦于起落：对命运更加专注/无怨地居留在自己的体内，虔诚、冷漠和怠慢。/我仍要上升，远离尘寰。/我因此赐自己永生。"① 作为物质实体，角宿一是北半球春季耀眼的星星之一，它在遥远的夜空中冷眼俯瞰着人类的命运；而作为"元素"，角宿一的出现与发声象征着诗人对词语的信任，借助词语的组合来呈现诗人的精神世界。《厌世者》时期可谓是戈麦"形成自己独创风格的时期"，但对西渡来说，只能算是一个过渡。他所从事的并非"在一秒钟内把一生彻底抛出去"的极端实验，与戈麦生命最后几年的加速现象形成对照。戈麦去世后的几年里，西渡写有若干首给戈麦的悼亡诗，如《天国之花——献给戈麦》《云中君——献给戈麦》《秋》《挽诗》等。作为一种题材，中国古代即有悼亡诗的传统，是诗人间友情的见证；而作为语言想象力的展现，这些诗歌延续了戈麦与西渡在《厌世者》时期的"元素"书写传统，有许多词语与诗句是西渡从戈麦的作品中化用而来的。这些词语与诗句不是简单的复写。在某种程度上，它们蕴含着西渡的思考：经历过 1980—2000 年转型关键时期的诗人，如何处理作品与时代的关系？如何在现实的困境与心灵的阵痛中寻求"突围"？正如西渡在《残冬里的自画像》中所说："困难的是我们要怎样献身给生活/结束是不可能的。"词语的想象力，在此时具有了纾解精神危机的力量，西渡也开始形成属于自己的"词汇表"。

收录于西渡第一部诗集《雪景中的柏拉图》中的《花之书》《玛丽亚之雨天书》《月光之书》三部长篇组诗可视为西渡"词汇表"的形成之作。西渡从幼时便受到古典诗词的熏陶，他对"花""雨""月光"之类意象所运用的场景非常熟悉。"风花雪月"本为中国古典诗词中常见的

---

① 西渡：《雪景中的柏拉图》，文化艺术出版社 1998 年版，第 52 页。

意象，经过古代诗人反复书写，已经在读者脑海中形成了"思维定式"，西渡所要做的就是打破定式。在他看来，古典与现代是并行不悖的，即便是沉淀已久的审美因素，也可以"在这些陈旧的题材中引入新的审美经验，发现新的审美可能性"①。比如《海棠》一诗，便是对苏轼同名诗作（"只恐夜深花睡去，故烧高烛照红妆"）的现代阐释，西渡将其理解为一首情诗，并借"海棠"的古典意象表达了对妻子的爱情：

> 在花烛的守护下进入春风沉酣
> 的大梦，就像国王的新娘
> 在深红的睡袍下怡然睡去
> 颤动的胸房中梦着什么样的梦？
>
> 谁又能进入海棠花慵倦的梦中？
> 新娘并没有梦见国王，
> 她梦见洞房花烛耀如白昼，
> 深红的头巾始终没人揭去。②

将自然景观拟人化，"海棠"古典的意味仍在，但表达的是现代人的感情世界。再如《梅花》这首诗，"梅花"在古典诗词中常与"雪"的意象联系在一起，表现高洁的情操。但在西渡的视域中，雪中的梅花却与"黑夜"形成了联系："黑暗抬高到树梢之上/一场雪填满了黑夜的眼窝，在其中/梅花亮如星辰，像天使的伤疤。"在黑夜中观梅，并将梅花比喻为"天使的伤疤"，这种"陌生化"的审美是现代人才具有的，也是"震惊"的情感体验——在熟悉的日常事物中发现不同寻常

---

① 西渡：《草之家》，新世界出版社 2002 年版，第 318 页。
② 西渡：《雪景中的柏拉图》，文化艺术出版社 1998 年版，第 165 页。

的诗意，并与个人的心境与时代的氛围结合起来。在西渡第二部正式出版的诗集《草之家》第二辑"大地上的事物"中，更能见出西渡将现代意识与日常事物相融合的努力：他仍然写到黄金、马、火、雪等早期创作中常见的"元素"，但已经将其从幻象世界中解放出来，使之"降落到大地"："从上面飘落下来：雪花纷扬/从上帝的牙缝间挤出、渗下/混合着唾液、病痛和暧昧的愿望/降落到空旷的大地上。"西渡还发现了更多在以往看来"非诗意"的物象，如蜘蛛、蟑螂等，标志着诗人拓宽了能够"入诗"的词汇表，并展开了超越以往的想象。

西渡转型后的诗作中有一个关键词语已经被论者注意到——大海。夏可君认为，西渡最为重要的组诗就是《无处不在的大海》，呈现了他双向"修远"的姿态——追求传统与西方诗歌资源的对话①。西渡著有《壮烈风景——骆一禾论、骆一禾海子比较论》，书中他曾将骆一禾的"大海"意象置于 1980—2000 年诗歌转型的文化语境中进行论述，赞赏了骆一禾"心系天下"的生命意识。西渡对"大海"的书写虽然也展现了他对生命意识的看重，但并不是对骆一禾的亦步亦趋，他有意识地使"大海"成为自己个性化词汇表中的重要组成部分。在其创作早期，就有《夜听海涛》《海上的风》《朝向大海》等诗作，但此时的"大海"还留有浪漫化的"青春写作"的痕迹；1997 年所作《为大海而写的一支探戈》意味着西渡对"大海"的书写具有了更高的思想深度：他并未完全放弃某种高蹈的姿态，但他更强调对历史的承担："你打击一个人，就是抹去一片星空/帮助一个人，就是让思想得到生存的空间/当你从海滨抽身离去，一个夏天就此变得荒凉。""托物言志"是古典诗学的优秀传统，西渡意图以"大海"为载体，使这一传统与现代意识相融合，于是"大海"可以是"生病"的大海，可以是"乌托邦"的大海、"斧头帮"的大海、"苦行僧"的大海。"大海"

---

① 夏可君：《西渡写作的修远姿态：语言的轮盘与严峻的高度》，《上海文化》2021 年第 3 期。

无处不在，与时代症候相关联，体现出西渡创作转型后的崭新的词语想象力。

西渡对词语想象力的展开可以视为经历过 1980—2000 年转型期的诗人的典型追求，但西渡创作的典型性不止于此，他的作品中所呈现的"时间意识"也常被论者提及，而具体到主题层面，"时间意识"表现为对"记忆"的阐发。对西渡这一代诗人而言，"记忆"具有至关重要的意义，它不仅是过去的再现，还关联着诗人当下与未来的写作方式。

二、"记忆"主题的阐发

对于任何一位成熟的诗人而言，他的作品无疑是过去种种经验的积淀，尤其是当他进入"晚期"写作之后，读者能够从他的作品中清晰地辨认出其迄今为止的人生经历与创作历程，以及未来可能的发展路向。从这个意义上来说，诗歌便是"记忆"的凝聚体。张曙光写于 20世纪 80 年代的《1965 年》通常被认为是"叙事性"的开端之作，这首诗也是较早地呈现"记忆"的作品。在一种缓慢的、陈述性的语调之中，张曙光回忆了"那一年冬天"，他与伙伴绕雪堆、看电影、坐冰爬犁的往事。如果说张曙光的"童年"被历史提前终结，那么西渡（1967 年生人）们的童年则是处于残酷历史的中心。在即将大学毕业、走入社会的时候，他又遭遇了 1980—2000 年转型期的精神危机。从代际的角度来看，西渡这一代"60 后"诗人的童年可谓是被挟裹进历史的进程，个人记忆也成为集体记忆的一部分。正因为如此，对往事的回顾必然会成为西渡等诗人创作的重要主题，并在诗中得到一再阐释。

西渡为戈麦创作的一系列悼亡诗充盈着词语的想象力，也是其"记忆"主题创作的起点：戈麦已经在 1991 年的秋天毁弃了自身的肉体，但并不意味着其精神的中止；西渡与戈麦，以及所有经历过

1980—2000 年转型期的诗人，都分享着共同的时代记忆：青春的消逝、理想的失落、心态的迷茫……西渡对戈麦的纪念，也是对 20 世纪 80 年代的回望，他一再写道"最后的时刻"："最后的时刻曾在那里停留／精确得像一架天平／称量出我们这个时代的分量：／一边是诗歌和荣誉，加上圣洁的思想／一边是郊外的公共厕所，分量刚好相当。"[①]（《秋》）"当缓缓流逝的黑夜向两岸溅起／一阵腥味的浪花，它的喟叹出于同一理由。／你把可能的界限一一丈量，然后走向黑暗，／从容，决断，像对待一张肮脏的纸币，／你对未来的日子、光荣和甜蜜吐出最后的嘱咐：让逝去的永不再来。"（《挽诗》）[②]"可爱的马驹：地平线骤然倾倒／或者你在最后的冲刺中骤然停住／这是最末的机会：就像一道奇异的光／穿透黑暗中的肉体带来慰藉。"（《挽歌第一首》）面对"最后的时刻"，戈麦选择了沉重的死亡，而西渡选择了"代替戈麦活下去"，并承担起记录历史的重担，使诗歌成为 20 世纪 80 年代集体记忆的见证。因此，当下的读者才能够在阅读西渡作品时，对"最后的时刻"所具有的沉痛体验感同身受。

"挽歌"系列标志着西渡向青春告别，《寄自拉萨的信》是一个新的起点，之后西渡的创作有了更多"叙事性"的色彩。《一个钟表匠人的记忆》常被视为西渡"记忆"主题诗歌的成熟之作，臧棣对这首诗曾给予高度评价："钟表匠的记忆不是被动地接受历史给他的印象，而是带有强烈的主观色彩，他用他的记忆来对抗历史给个人造成的普遍的压力。同时，他也把他的记忆发展为一种评判生活的尺度。钟表匠的记忆还对这首诗所触及的历史经验起着细节的润色作用，使它们变得具体而生动。""与其说钟表匠是这首诗的主角，不如说记忆才是它的真正的主角。把记忆发明为一个角色，也许可以算作是诗人西渡的一项文学

---

① 西渡：《草之家》，新世界出版社 2002 年版，第 198 页。
② 西渡：《草之家》，新世界出版社 2002 年版，第 200—201 页。

成就。"① 这首诗以童年的"跳房子游戏"作为开头，打开了"钟表匠"记忆的阀门：他所回忆的事情既是个人私密的情感经历，又是一段敞开的公共历史（从"文革"到改革开放，再到市场经济时代）。"钟表匠"所暗恋的"她"的人生历程（"戴着大红袖章，在昂扬的旋律中爬上重型卡车""作为投资人为某座商厦剪影，出席颁奖仪式""死于感情破产和过量的海洛因"）无疑是经历过 1960—2000 年公共历史的许多普通人的缩影，具有悲剧意味的是，"钟表匠"见证了历史的波澜起伏，但始终只能扮演一个"观察者"的角色，而无力改变"她"的命运；他能够校准钟表的机械时间，却无法调整人们所体验到的"历史时间"。与"钟表匠"的"慢"相比，"她"无疑处于时刻加速的旋涡之中而无法自拔，最终"死于速度的衰竭"。"钟表匠"也只好承认自己的失败："下午五点钟，在幼稚园/孩子们急速地奔向他们的父母，带着童贞的快乐和全部的向往：从起点到终点/此刻，我同意把速度加大到无限。"基于历史的悲剧性，"钟表匠"意识到了世俗人生的虚无，但虚无或许也是另一种对抗"快"的方式，作为西渡化身的"钟表匠"仍然追求"慢"的诗学。他认为只有"慢"下来的写作，才能使个人的情感记忆成为"楔入历史的钉子"，保留住鲜活的时代体验，抵御线性时间的冲刷与侵蚀。

与《一个钟表匠人的记忆》的创作时间相近，在 20 世纪的最后一两年中，西渡陆续写下了另外几首以"记忆"为主题的诗作，如《扬州三日》《公共时代的菜园》《福喜之死》等。在"世纪末"的特殊时间节点，对往事的书写显得尤为重要，既是对个人成长与情感体验的整理，更是对西渡所经历的 1960—1990 年间的公共历史的回顾与反思。《扬州三日》中对"记忆"的书写颇耐人寻味，这首诗作于 1998 年，

---

① 臧棣：《记忆的诗歌叙事学——细读西渡的〈一个钟表匠的记忆〉》，《诗探索》2002 年第 1 期。

但叙述的事件却是发生在 1991 年的同学聚会上。而在这追忆视角中，西渡又追溯到 1991 年的"两年前"："——从那个闷热的夏天洒泪相别/已经两年，两年后我们在扬州践约/但两年的时间，生活已悄悄改变了我们/朋友之间已经隔着一道不曾道破的沉默的墙。"① "两年前"恰恰是西渡和朋友们从大学毕业的时间节点，而仅在两年的时间里，生活便已悄悄改变了他们的一切，昔日共同分享的青春往事只剩下沉默。双重的追忆视角，使得这首叙述个人日常俗事的作品与集体经验、记忆结合起来。

21 世纪之后，尤其是当西渡重返高校后，他的"记忆"书写更为日常化了。这种变化似乎与西渡近年来逐渐明晰的"幸福诗学"有关："仅仅说'不'是不够的。'不'带我们进入的是一片荒原，但我们需要在这片荒原上垦荒，劳作，创造，建立一种有意义的生活。由此，诗也要从'不'转向'是'。"② 在西渡看来，与"爱"的力量相比，尖锐的诅咒或者颓废的情绪无益于诗歌的建设，而在回顾往事的时候，"恨"也应该让位于"爱"，活着乃"是"本身。2014 年，诗人、评论家陈超去世，西渡写下悼诗《你走到所有的意料之外》。作品中对日常细节的追忆充盈着怀念的情感：

> 另一个晚上，在你和唐晓渡的房间，
> 我们一起谈到另一位诗人的诗作，
> 你说"爱才是诗的真正起源，恨是
> 消极的感情，诗人不能被它左右。"
> 此言深得我心，从此把你视为可敬的
> 兄长。你曾邀我和家人到石家庄玩儿

---

① 西渡：《草之家》，新世界出版社 2002 年版，第 47 页。
② 西渡：《在两首诗之间》，《上海文化》2021 年第 3 期。

趁孩子还没上学；如今孩子十八了，

我还没到过你的城市，而它和我们

已经一起永远失去了你……①

陈超之死与戈麦之死都意味着诗人采取了极端方式，使自己从"生命不能承受之重"中解脱。在戈麦自沉后的一段时间，西渡也曾对死亡有过"认真思量"，但他最终还是认为，活着就要像"一颗嵌入时代肉身的钉子"，"心爱的诗有权利活下去"。21 世纪已经进入第二个十年，诗人所面对的现实问题，比起 20 世纪 80 年代、90 年代已经有了很大的不同。在这种语境中，戈麦等"诗人之死"就不只是过去年代的悲剧性的诗歌现象，更为关键的是，如何透过"诗人之死"重新审视 1980—2000 年的诗学问题，在回忆中还原转型期的社会与诗歌之间的关系，"记忆"也由此成为连接诗人过去与未来写作的重要途径。

对"记忆"主题的阐发，是西渡进入"晚期"阶段的标志之一，诗人从"记忆"中汲取创作资源，也通过"记忆"，将个人的情感与历史结合在一起。而从更深一层的意义来说，"晚期"还体现出诗人的历史意识：在西渡的诗中，"历史"不仅是过去的人与事，而更多地进入到当下的现实之中。正如西渡自己所说："我希望以诗歌对当代历史进程做出某种反应，为诗歌中的批判意识找到一个现实的阿基米德点。"②

三、历史意识的日常化

张桃洲指出，西渡早期诗作中"高亢而激越的声调"与"内倾的独白语调"并存③，如《但丁：1290，大雪中》《雪景中的柏拉图》《狄多》等。这些作品的重点或在于借历史人物之口，表达强烈的感

---

① 西渡：《天使之箭》，上海教育出版社 2020 年版，第 25—26 页。

② 西渡：《草之家》，新世界出版社 2002 年版，第 291—292 页。

③ 张桃洲：《现代汉语的诗性空间：新诗话语研究》，北京大学出版社 2005 年版，第 277 页。

情；或在于与历史人物对话，吐露自己的心声。比如，在《雪景中的柏拉图》里，他写道："在图书馆阴暗的天井里，这古代严峻的大师/眺望着逝者的星空，预见到两千年后/美洲的一场雪、一次火灾，以及我们/微不足道的爱情，预见到理想国的大厦在革命中倾覆。"在对柏拉图声音的模拟中，诗作寄寓了西渡对历史与现实关系的思考：《理想国》本是柏拉图这位古希腊时期的哲学家所构想的理想世界，但在该诗写下的 1991 年，诗人们的理想却陷入崩塌的危机，需要得到重建。西渡《雪景中的柏拉图》等早期作品所呈现的是典雅、纯正的语言风格，不避讳"大词""圣词"的使用，但对于积极追求词语想象力的西渡来说，诗歌语言的多样化、复杂化是非常必要的，尤其在 1995 年之后，西渡的诗歌语言包容性更强，甚至将口语纳入作品之中，反映了1980—2000 年诗歌的转型。在发表于 1998 年的一篇诗论文章中，西渡曾谈到 20 世纪 80 年代与 90 年代诗歌的区别："20 世纪 80 年代强调的是诗歌对历史的超越，强调诗歌独立的审美功能，主张一种'非历史化的诗学'。这种情况到了 20 世纪 90 年代发生了根本性的变化，诗歌对历史的处理能力被当作检验诗歌质量的一个重要标志，也成为评价诗人创造力的一个尺度。"[1] 在商业化的社会中，构成普通人日常生活的不是"圣词""大词"，而是各种琐碎的日常生活细节：上下班、吃饭、睡觉、看电视……这些细节看似无关紧要，但恰恰是历史的组成部分，就如王家新所说："当你挤上北京的公共汽车，或是到托儿所接孩子时，你就是在历史之中。"[2] 只有在具体的生活中，历史的流变才是为普通人真实可感的，经历过 1980—2000 年诗歌转型期的诗人，也有责任表现日常生活中的历史，使诗歌中的历史意识日常化。

在处理日常生活与历史的关系时，西渡选取的切入点之一是北京的

---

① 西渡：《历史意识与 90 年代诗歌写作》，《诗探索》1998 第 2 期。
② 王家新：《夜莺在它自己的时代关于当代诗学》，《诗探索》1996 年第 1 期。

城市建设。西渡虽然是南方人，但自 1985 年进入北京大学读书之后，他一直生活在这座城市，工作和家庭生活离不开北京的发展。北京悠久的历史文化渗透在城市的每一个角落里，而随着社会的转型，它的商业化、现代化气息越来越浓郁，城市面貌可谓是日新月异。西渡第一次在诗歌中具体地描写北京的发展，或许是 1996 年的《石景山之春》。诗中主要书写了首钢的工业建设场景，但不同于一般的工业题材诗作，西渡试图将钢铁意象的"硬度"与其以往诗歌的典雅风格结合在一起，所以作品中充满"力度"："在炼钢炉的内膛，春天和人性/经受了熔炼，并从中跃上天堂/钻石的火焰！花岗岩的黎明！/新时代的炼金术士从中冶炼出/黑色的钢铁之燕，喷薄的朝霞/在流水线上传送着不凋的桃花。"① 但仅有"力度"还不能体现出西渡对城市建设的思考，所以他又写道："在废弃的旧工地，鹦鹉发明了/蹩脚的诗歌，智慧的猫头鹰用玻璃之眼/监视着热恋的工人和钢铁之都的春天。""鹦鹉""猫头鹰""玻璃之眼"等词语中蕴含着反讽意味，可视为"现代性"对"古典性"的冲击。这种冲击在西渡一些以北京地名为题的诗作中表现得更为明显。定慧寺、颐和园、阜成门、玉渊潭等地名具有丰富的历史底蕴，见证了北京城从古至今的变迁，而西渡在北京的生活轨迹，就是在这些地点中穿梭的过程，个人的日常生活、城市的发展与历史就此发生了巧妙的联合。比如他在《定慧寺》一诗中写道：

> 空气里凝聚着檀香的气味。
> 但定慧寺并不存在。
> 绕着慈寿塔飞来飞去的燕子
> 送来城郊的气息——
> 京密引水渠抱着自恋的腰身

① 西渡：《雪景中的柏拉图》，文化艺术出版社 2002 年版，第 89 页。

在附近，名仕花园出售着昂贵的绿地。

……

往西一公里，我所居住的塔楼

整个春天被风声包围

像吊在城市悬崖上的一只蜂箱

但是直到瓢泼大雨倾盆而下

从未飞进一只燕子，就像对面的

肿瘤医院和中央电视塔

被春天永久地拒绝①

定慧寺、慈寿塔等历史古迹与京密引水渠、肿瘤医院、中央电视塔等现代工程与建筑同时出现在诗中，构成了当代北京的复杂景观，西渡本人的生活空间也被镶嵌其中：他所居住的塔楼被其比喻成"吊在城市悬崖上的一只蜂箱"，与昂贵的"名仕花园"形成对照。这是颜炼军所说的"中国式的现代化场景"②，也是历史进程中难以避免的生存困境：田园诗的日常生活在消逝，每个人都是钢筋水泥铸就的蜂巢里的一只工蜂。《颐和园的冬天》《阜成门的春天》《为白颐路上的建设者而写的一支颂歌》中也呈现了类似的场景。但这并不意味着西渡放弃对田园诗生活方式的追求。虽然 21 世纪以来北京城市的现代化速度超越了以往所有的时代，但诗人却能在玉渊潭公园游动的野鸭中发现"另一种火热的生活"："诗是对生活的渴望，这种渴望的力量是赞颂的力量。"③从这里可以看出诗人创作思想的转型——从"青春写作"时期的拒斥日常生活转向对日常生活的肯定，并在日常生活中发现历史。

近年来，西渡诗作中历史意识的日常化还体现在对中国古典诗词、

---

① 西渡：《雪景中的柏拉图》，文化艺术出版社 1998 年版，第 101—102 页。

② 颜炼军：《悬案，或迷津的火焰——西渡诗歌阅读笔记》，《江南诗》2016 年第 4 期。

③ 西渡：《天使之箭》，上海教育出版社 2020 年版，第 4—5 页。

古代传说、历史人物故事等素材的处理上，在体裁方面主要呈现为
《返魂香》《中国人物》（又名《故园，心史》）《中国情史》等系列组
诗。组诗是写作计划的产物，也体现出诗人书写"中国故事"的努力：
"《中国情史》想以一本诗集的规模，以诗的形式重述散见于传说、笔
记和小说家作品中的中国爱情，以此刷洗旧诗的艳诗传统，重新发现、
塑造我们这片土地上爱的精神性。《中国人物》的设想是通过一些至今
仍能感召我们的伟大个体呈现中国灵魂和中国精神。"① 组诗中令人印
象最深刻的诗作之一是《杜甫》。杜甫的诗歌常被文学史称为"诗史"，
而 20 世纪 90 年代以来的诗歌对杜甫的致敬或对杜甫诗学资源的汲取，
可视为诗人历史意识的当代呈现："回望古典汉语诗歌传统，杜甫无疑
是诗人作为个体如何以精湛的诗艺转换'广阔现实'的诗学榜样，也
为诗人提供了克服各种生命和生活困难的精神资源。"② 西渡本人也曾
说道："杜甫在中国诗人中最能显示人格的深沉与博大。"③ 而这影响到
他的灵魂状态甚至于写作本身。在《杜甫》一诗中，西渡模拟了杜甫
的声音，并借杜甫的声音阐释了自己对世界的认知：

> 黑暗太深。我担心人们会习惯
> 暴力，甚至爱上暴力，失去了
> 那唯一可以依凭的，柔软的心。
> 当人把琴当柴禾烧的时候，上天
> 选择我，作为宇宙的泪腺，所以
> 我写诗，每日，每夜。这是我的
> 补天大计。世界从一首诗开始，

---

① 西渡：《钟表匠的记忆》，北岳文艺出版社 2020 年版，第 2 页。
② 颜炼军：《象征的漂移：汉语新诗的诗意变形记》，广西师范大学出版社 2015 年版，第 264 页。
③ 西渡：《诗歌是灵魂的倾心告白》，《南方都市报》2003 年 10 月 17 日。

世界也会在一首诗中新生。我

记下我的哭，记下百姓的哭，

和那些无耻的、残忍的笑。

我要让后来的人们记住：记住

诗，也就是记住了光。我走过

这个无光的世界。我一直

爱着。这是唯一的安慰。

我死的时候，我说："给我笔，"

大地就沐浴在灿烂的光里。①

面对历史抉择的时刻，戈麦曾写下《献给黄昏的星》，该诗被西渡描述为："这首一共十四行的短诗典型地表现了一个时代知识分子的内心冲突和精神状态，代表了那个时代最痛苦也最富尊严的声音。与杜甫的那些杰作一样，这是一首关于历史的诗，也是一首关于存在的诗。"②而西渡所赋予杜甫的声音，却更多地渗透出他对世界的"爱"，正如前文所述，西渡试图建构一种"幸福的诗学"，其中也蕴含着他前进的历史观：诗人的痛苦终将转换为他对诗歌的热爱，并坚定地朝向未来。

在为张桃洲而作的诗歌《茅荆坝之秋》中，西渡提到"想象中展开的晚期写作"一词。从其诗作中的语言想象力的展开、记忆主题的阐释、历史意识的日常化等方面来看，"晚期写作"体现出西渡创作转型后的思考，但并非是"中年写作"概念的简单延续——圆熟是其风格的一方面，更多的是"可能性"。戈麦曾说过，诗歌便是"让不可能的成为可能"，而西渡的创作便是使"可能性"进一步延展，值得读者期待。

---

① 西渡：《天使之箭》，上海教育出版社 2020 年版，第 217—218 页。

② 西渡：《历史的终结与最后的人——细读戈麦〈献给黄昏的星〉》，《文艺争鸣》2021 年第 4 期。

从"反叛诗学"到"介入诗学"

——论周伦佑诗学观念的转变

从 20 世纪 80 年代到 90 年代，四川诗人周伦佑的诗学观念发生了重大转变。在 20 世纪 80 年代，贯穿于周伦佑诗论文章的核心理念是"反叛"：在他看来，真正的"第三代"诗歌是具有"反崇高、反文化、反修辞"倾向的，从语言意识、文化态度、价值系统三个方面实现了对"朦胧诗"的全面超越。这种观念体现了周伦佑身为"第三代诗人"对自我身份的定位："反"字当头。在以"反叛"为核心的诗学观念统摄下，周伦佑把诗歌语言与"价值"视为一体，对"价值"的更新也是对语言的变构。这种看起来具有强烈叛逆意识的诗学观念实际上迎合了 20 世纪 80 年代整体的诗歌创作氛围，尤其是 1986 年中国现代诗大展所体现的诗歌运动浪潮。而诗歌方面"反叛"的根源与 20 世纪 80 年代的文化语境不无关联。

虽然周伦佑写作于 20 世纪 80 年代的诗论充满"反文化""反价值"的叛逆色彩，但到了 1992 年的《红色写作》，周伦佑却提出了一个较为"保守"的诗学观念："写作即是介入。"在这篇文章中，周伦佑对"逃避现实、追求'闲适'"的"白色写作"进行了批判，主张从"白色"转向"红色"，提倡一种"纯粹"的"红色写作"："从书本转向现实，从逃避转向介入（对生命的介入和对世界的介入），从天空转向大地，从模仿转向创造，从水转向血，从阅读大师的作品转向阅读自己的生命。"① 这种从"破"到"立"的转向，与周伦佑对诗歌语言的自我反思有关，也与 20 世纪 80 年代末 90 年代初社会的转型有关：经历了社会转型的心灵阵痛之后，周伦佑感受到以往"反"字当头的理论局限，逐渐意识到语言不是工具，而是人的存在本身。并且作为对 1989 年后国内社会语境的回应，周伦佑认为诗歌语言必须介入生存、介入现实，强调诗人对现实的承担。值得注意的是，周伦佑在提倡介入现实的"红色写作"的同时，又呼吁"创造中国现代的本土文学""宣布西方中心话语权力无效"，这种观念虽然有保守主义倾向，但也显示出周伦佑对中国文学（尤其是诗歌）独立性的重视，对中国当下现实的关注。

一、"反"的诗学

在 20 世纪 80 年代中期以来的诗歌史与批评文章中，周伦佑的名字不可避免地与"非非"这个诗歌团体关联在一起，这是因为周伦佑不仅是"非非"的发起者，也是其流派理论体系的构建者与阐释者。作为"第三代"诗歌潮流的一部分，"非非"在 20 世纪 80 年代的诗歌创作与诗学活动已经得到了许多研究者的关注，这些学者对 20 世纪 80 年代"非非"诗学理论的关注点主要集中于其文化与语言观念上，尤其是周伦佑与蓝马在《非非主义诗歌方法》中提出的"三还原"（感觉还原、意识还原、语言还原）与对语言的三度处理（非两值定向化、非抽象化、非确定化）等观念。这些具有叛逆性诗歌观念的提出与周伦佑的"变构诗学"观不无关系，即强调"觉醒的个体意识"，与艺术的"不稳定倾向"，并认为"诗人要以语言为材料，在原构现实之上创造一个新现实——超原构世界"②。

① 周伦佑：《打开肉体之门——非非主义：从理论到作品》，敦煌文艺出版社 1994 年版，第 215 页。
② 周伦佑：《打开肉体之门——非非主义：从理论到作品》，敦煌文艺出版社 1994 年版，第 227 页。据本书所载，周伦佑的《变构：当代艺术启示录》与署名为周伦佑、蓝马的《非非主义诗歌方法》写作于同一天，即 1986 年 5 月 2 日。

由于这两篇文章《非非主义诗歌方法》《变构：当代艺术启示寻》的出现，"非非"在诗歌创作中对语言的"变构"与反叛有了理论依据，出现了周伦佑的《自由方块》《头像》、杨黎的《高处》、何小竹的《梦见苹果和鱼的安》等代表性作品。

周伦佑写于 1988 年的长文《反价值》则是对"艺术变构"的进一步阐释，对语言的反叛倾向更为明显。他先是从西方的"反文化"潮流（如以马里内蒂为代表人物的"未来主义""达达主义"等）与中国的"反文化"传统（老子与庄子为代表人物）中寻找"破坏"（语言破坏、形式破坏、感觉破坏）的依据，认为"反文化"者与"社会多数"的分歧不是政见，而是价值观，所以他要使人们认识"价值"。周伦佑认为"文化问题实际上是价值问题"，"价值"是指"人类生存的自我肯定值"①，而"新价值"又具有"否定性、拒绝评价、自我确认"等特点。周伦佑还认为，迄今为止，人类给自己创造了五个价值系统：希伯来文化、古希腊文化和东方的儒、道、佛。但在"巨大的意义空白之间"，"实用主义以新价值的面目登上了 20 世纪的讲台"，"实用主义是一种功利化哲学，一种功利价值论"，"作为物化时代的价值观，它本身就是物化的产物，就是精神被物化的结果"②。正因为如此，反抗"物化时代的价值观"成了"反价值者"必然的选择，而"反价值"的方式是"取消'两值对立'结构、取消价值评价、清除价值词"，具体到艺术方面，就表现为"反美（反和谐、反对称、反完整）、反情态、反真实"。综上所述，如果用一句话来概括周伦佑的"反价值"理论，那就是通过一系列的"价值变构"使"旧价值"（"五个价值系统"、实用主义价值等）还原到"零度状态"。这里足以

---

① 周伦佑：《打开肉体之门——非非主义：从理论到作品》，敦煌文艺出版社 1994 年版，第254 页。

② 周伦佑：《打开肉体之门——非非主义：从理论到作品》，敦煌文艺出版社 1994 年版，第271 页。

看出周伦佑"反"字当头的决心。

周伦佑对"反价值"理论的论述看似逻辑严密，但还有一些站不住脚的地方，如他把老子和庄子看作"反文化"的代表，对"五个价值系统"的理解与阐释也过于简单，有"为反而反"的倾向。他对"实用主义"的认识也有些片面，把其完全等同于"物质主义""功利主义"而加以贬斥。不过周伦佑对"实用主义"的反抗并非没有现实原因，他看到了 20 世纪的"物化"倾向对现实与人性的侵蚀，并且在他提出"反价值"理论的 1988 年，虽然社会主义市场经济制度还未确立，但商品经济大潮所带来的一些负面效应已经出现，"金钱至上"的观念、泛滥的物欲在人群中弥漫开来，社会语境充满浮躁的气息。也是在这一年，物价上涨现象变得尤为严重，进而导致了通货膨胀。这种情形的出现，体现了 1980—2000 年社会转型中存在的问题，也正因为如此，"知识分子"隐隐感到生存与精神的双重危机，正如骆一禾的《残忍论定：告别》一诗中写道："一九八八扭人的年代/在地震的传言中气功多么明亮/绿毯上的台球 出轨和肝炎一样轰动，红色眼睛。""一九八八价值不可言说，一九八八全是价格。""一九八八/没有金字塔，也没有逍遥游/它们都不曾这样贬值过，在这上涨的迷宫/生产和消费空前可怜。"周伦佑也在《反价值》中大声疾呼："西方人经历的炼狱中国知识分子必将要经历——现在我们已踏上各各他。这是痛苦的进步，物欲之唇已使一张张抽象的脸痉挛变形，这是进步的痛苦！继续变形，人将在这一过程中完成为自己的异在。"[①] "物欲的折磨"的存在使周伦佑"反价值"的诉求有了现实依据，并不是一种心血来潮的空泛理论。

在周伦佑看来，语言是"价值"的体现。因此，要达到"反价值"的目的，就要从语言入手，清除语言的价值结构和各种价值词，使语言

---

① 周伦佑：《打开肉体之门——非非主义：从理论到作品》，敦煌文艺出版社 1994 年版，第 271 页。

还原到"零度状态",在此基础上完成对价值的清理:"人类的精神活动是从语言的零度开始的——语言的零度即价值的零度""零度以下是尚未被命名的原初世界(命名就是发现,不多不少,恰恰达到零度);零度以上便是人类的精神世界,即意义世界、价值世界""'反价值'指向人类的精神世界、意义世界、价值世界——如果实现,便是要使人类重新回到他的零度状态——语言的零度,精神的零度"①。这种观念与伽达默尔的"语言观就是世界观"的表述相类似。为了"反价值"而清理语言,暗示着周伦佑对语言重要性的肯定,也反映出20世纪80年代中后期中国诗歌界语言意识的觉醒。孙基林总结道:"1985年前后,随着新时期文学主体理论或认识论的中心话语被消解之后,一种显而易见的语言中心论开始凸显于文学话语之中。……无论'诗到语言为止',还是'诗从语言开始',都无可疑义地将语言作为诗的言说中心,并事实地成为诗人生命存在或诗性写作方式的一种限定。"② 无论是韩东提出的"诗到语言为止",还是周伦佑对语言的"变构",实际上都体现了一种诗歌语言本体观,呼应了20世纪西方哲学的"语言学转向"潮流。周伦佑曾在文章中提到,他也读过一些具有"语言学转向"倾向的哲学家著作,如罗素、维特根斯坦等,但他又认为,这些语言哲学家都只注意到了语言的逻辑结构,并把"逻辑结构"作为语言—世界的主要结构形式,而没有发现语言—世界的另一重结构:价值③。由此可见周伦佑对语言与价值关系的重视。

结合中国当代诗歌发展历程来看,周伦佑对"语言—价值"体系的认知并不是没有依据的,其中包含了他对社会现实与诗歌关系的观

---

① 周伦佑:《反价值时代——对当代文学观念的价值解构》,四川人民出版社1999年版,第73页。
② 孙基林:《非非主义与西方语言哲学》,《诗探索》1997年第4期,第64页。
③ 周伦佑:《反价值时代——对当代文学观念的价值解构》,四川人民出版社1999年版,第3页。

察。的确，长期以来，诗歌语言与"价值"关联过于紧密，而使得诗歌语言不再"纯粹"，成为一套有着附加成分的话语体系，渗透着诗人的"价值"观念。即使是"朦胧诗"，也仍没有超脱原有的话语方式，仍然带有较为强烈的政治诉诸倾向。并且在这些具有"价值"属性的诗歌中，周伦佑所称的"两值对立"（肯定词与否定词，褒义词与贬义词、反义词）与"价值词"（具有价值判断性质的词语）屡见不鲜，可以举出"卑鄙是卑鄙者的通行证，高尚是高尚者的墓志铭"。（北岛《回答》）"为了祖国的这份空白/为了民族的这段崎岖/为了天空的纯洁/和道路的正直/我要求真理!"（舒婷《一代人的呼声》）等诗句作为例证。在周伦佑看来，这些诗句中所充斥的是"旧价值"（政治价值、认知价值、伦理价值、审美价值以及情感价值），而他所要做的是清理诗歌语言中的这些"价值"成分，实现艺术的"纯粹之境"。

不过，周伦佑这种"反"字当头的诗歌理论虽然是对诗歌语言的清理与改造，有语言实验成分，但他采用的这种"反"的方式并不新鲜，体现出一种大刀阔斧的、激进的"革命"姿态。并且周伦佑要达到的目的也不仅是"反"，他所持的是一种"不破不立，破而后立"的态度，通过清除"旧价值"，达到价值的"零度状态"，然后再在这个基础上创造"新价值"。周伦佑于 1992 年所提出的"红色写作"理念就是其在"价值的零度之上建立的一种写作可能"，与其 20 世纪 80 年代中后期"反"字当头的诗歌理论有所不同，"红色写作"强调价值和信仰的重建，其理论基点是"承担和介入"，体现了周伦佑对 1980—2000 年诗歌转型的反思。

二、"写作即是介入"

周伦佑把自己的理论写作分为两个时期："反价值"时期与"红色写作"时期，并认为"贯穿于第一阶段理论写作的方法是减法，潜存于第二阶段理论写作的方法则是加法"①。可以说，周伦佑所提出的"红色写作"是对"反价值"的自我否定，形同于一次"自我驳难，自己以自己为对手，自己以自己为堡垒，两只手互相厮打的思想战争"，这是因为"红色写作"的核心是"承担与介入"，与"反价值"的理念看似背道而驰。但周伦佑认为"红色写作"并不是背叛了自己原先"反价值"的立场，而是在价值的"零度"基础上建立的一种全新的写作可能，其实质仍然是"用语言对抗语言，用语言超越语言"，它所"对抗"与"超越"的是周伦佑所称的"白色写作"。

周伦佑《红色写作》后所标注的写作时间为 1992 年 3 月 14 日，而在这一年的 10 月，中共第十四次代表大会召开，社会主义市场经济体制正式确立。因此《红色写作》的诞生暗含了某种启示录意义：在商品经济即将全面展开的时代，价值与信仰的重建显得迫在眉睫，并且面对社会语境的变化，诗人也在反思自己的写作是否具有意义。诚如张颐武所说："20 世纪 90 年代严肃文学所面对的挑战似乎来自两个方面：一是'大众文化'和商品化的冲击所导致的困惑和焦虑。二是如何在'实验文学'（包括实验小说与后新诗潮的诗歌作品）广泛地对写作神话进行消解之后，重新建立一套可供运用的价值准则。"② 在 1992 年这个关键时刻，诗人面对的焦虑是双重的，一方面来自外界，另一方面则来自诗人内心。昌耀在 1992 年的一首诗中写到了这种焦虑的感受："烘烤啊，烘烤啊，永怀的内热如同地火。/毛发成把脱落，烘烤如同飞蝗争食，/加速吞噬诗人贫瘠的脂肪层。/他觉得自己只剩下一张皮。/这是承受酷刑。"（《烘烤》）同月，陈超也在《博物馆或火焰》中写道："悬在两个时代脱钩的瞬间/谁能抽身而去？嘶叫的火车/抻出世纪最后

① 周伦佑：《自序》，《反价值时代——对当代文学观念的价值解构》，四川人民出版社 1999 年版，第 4 页。
② 张颐武：《论"后乌托邦"话语——九十年代中国文学的一种趋向》，《文艺争鸣》1993 年第 2 期，第 24 页。

的狂飙，被挟持者/在轮子间紧张验算距离/坠落和上升含混难辨。"陈
超作为诗人兼诗学评论家，在身临理想主义的缺失之境时提出了其重要
的诗学理论"生命诗学"，"生命诗学"以"个人乌托邦"为核心，与
周伦佑的"红色写作"理念有某种类似之处。因为"红色写作"追求
一种"诗的纯粹"，强调"生命与艺术同一"，并且与陈超所提出的
"完成诗歌对当代题材的处理，对当代噬心主题的介入和揭示"形成呼
应的是，周伦佑在《红色写作》一文中提出了"写作即是介入"这个
命题。

　　"写作即是介入"是针对"白色写作"而提出的。周伦佑在《红色
写作》一开始便对"白色写作"进行了猛烈的批判："中国现代诗刚刚
经历了一个白色写作时期，铺天盖地的弱智者以前所未有的广泛，写下
许多过目即忘的文字：缺乏血性的苍白、创造力丧失的平庸、故作优雅
的表面文章。从存在的中心和四处溃散，没有中心的溃散。……在轻音
乐的弱奏中，一代人委迤分行排列，用有限的词语互相模仿、自我模
仿、集体模仿、反复模仿，一个劲地贫乏与重复，使琐屑与平庸成为一
个时期新诗写作的普遍特征。"①"白色写作"被周伦佑形容为一种
"丧失血性"的文字，并且它缺乏创造力，一味模仿。甚至在周伦佑看
来，"白色写作"的缺陷还不止这些，它最大的问题是追求一种"闲
适"的写作。周伦佑认为"闲适"是"中国传统文人的生活理想与艺
术理想"，但他又把"闲适"与"'玩'文学""'有闲阶级'的文学"
联系起来，并抨击"闲适"写作是"逃避社会，逃避现实"的写作。
"传统文人趣味"被周伦佑等同于"逃避社会，逃避现实"，这体现了
其激烈的"反传统"（尤其是中国古典诗歌传统）的倾向。周伦佑把中
国古典诗歌传统理解为吟风弄月、表达"闲情逸致"，这种认知显然是

---

① 周伦佑：《打开肉体之门——非非主义：从理论到作品》，敦煌文艺出版社 1994 年版，第
　　197 页。

片面的，但周伦佑的最终目的是批判"白色写作"的"逃避社会，逃避现实"，因此便把"白色写作"与中国古典诗歌传统共有的一个特点"闲适"作为了批评对象。此外，周伦佑还对"白色写作"一味模仿罗布·格里耶、"拒绝深度"、标榜"后现代"等创作方法与理念提出了批评，认为"白色写作"已经做和正在做的是通过"模仿"与追求"闲适"，与世界的暴力结构和解，进而将中国当代诗歌"弱化"。因此周伦佑提倡一种有力度的"红色写作"，试图与"白色写作"的这些弱点对抗。

有许多当代诗人强调诗歌中的"力度"，可以举出昌耀、多多、戈麦等诗人为例。从诗人的具体诗作来看，他们对"力度"的强调不仅是一个诗歌语言的问题，也涉及诗人的精神状态。就周伦佑的"红色写作"观念而言，其对"力度"的强调与其"写作即是介入"的观念是相吻合的，即要求一种"纯粹"，一种"艺术形式推向某一极端的锋芒"，反对"中庸""中性"的写作，"以血的浓度检验诗的纯度"。周伦佑认为，以"红色写作"观念对抗"白色写作"并不是他个人的主观因素，而是"艺术自身的转机"："一道巨大的裂痕划开鲜明的阵线，我们站在艺术一边。在深渊中置身于更深的伤口，深切存在的敏感核心触到了灵魂的痛处。喷涌的热血把味觉染得鲜红。"① 从这段抒情性的文字中可以看出，周伦佑经历过"灵魂之痛"之后对艺术尊严的捍卫，这在同一时期陈超的诗论中也能够看到类似的表述，但与陈超"让我的脚趾紧紧扣住我的母语，向上攀登"的表述有所不同，周伦佑对"纯粹"的追求是要"从书本转向现实，从逃避转向介入（对生命的介入和对世界的介入），从天空转向大地，从模仿转向创造，从水转向血，从阅读大师的作品转向阅读自己的生命"②。对"现实""大地"

---

① 周伦佑：《打开肉体之门——非非主义：从理论到作品》，敦煌文艺出版社 1994 年版，第 214—215 页。
② 周伦佑：《打开肉体之门——非非主义：从理论到作品》，敦煌文艺出版社 1994 年版，第 215 页。

"创造""血"的强调意味着周伦佑提出"红色写作"的目的不是为了超脱现实，而是以"介入"的方式反抗物质现实所带来的"非暴力压迫"，追求"生命与艺术同一"。

值得注意的是，周伦佑对艺术地位的捍卫，也意味着"写作即是介入"："我们必须介入——但我们只能以写作的方式介入；我们当然要承担——但我们只能以诗人的身份来承担。"周伦佑的表述体现了 20世纪 80 至 90 年代诗歌转型过程中诗人对待现实的一种态度：社会并非诗人的身外之物，政治也绝非与诗歌艺术对立，面对变化中的社会现实，诗人有责任与义务在诗歌中进行"承担"。社会存在于诗歌之中，但是以一种隐秘的方式存在："20 世纪 90 年代，政治在诗里——就像司汤达说的那样——就像在音乐会上打响的手枪一样。至少'政治'要像诡秘如气体一样的东西藏匿于繁复的语词美感之内。"① 没有人能置身于中国社会现实之外。周伦佑"写作即是介入"观念所植根的土壤，就是中国 1980—2000 年转型期的社会现实以及诗歌的写作状况。周伦佑对中国现实的关注呈现了其强烈的"本土意识"，而为了建立"现代的中国本土文学"，他在提出"红色写作"的理念之后，还大声宣布"西方中心话语权力无效"。周伦佑虽然强调他提出的这一"文学的本土主义"并不是"狭隘的民族主义"，其对"文学的本土主义"的阐释也具有建设性，体现了"旁观者"的个人化立场。但周伦佑对西方文化，以及西方文化与中国文学的关系的认知仍存在一些偏颇或故意曲解的地方，可以视为周伦佑为了宣扬其"文学的本土主义"的观念而采取的理论策略。

三、"文学的本土主义"？

周伦佑的"艺术变构"论、"反价值"论曾被论者认为是借用西方

---

① 陈晓明：《表意的焦虑：历史祛魅与当代文学变革》，中央编译出版社 2002 年版，第 212 页。

的后现代主义的诸多理论观念与方法（尤其是德里达的"解构"策略）来"建构"第三代诗论的体系①。但周伦佑却称自己在写作《变构：当代艺术启示录》与《反价值》两篇文章时并没有读过德里达和罗兰·巴特的著作，并认为当时国内没有出版或刊载过西方后现代主义理论的任何译文，系统译介后现代主义理论是 1991 年之后的事，因此他的所谓的"后现代主义"或"解构"主义写作倾向多少有一点自发的性质②。不过周伦佑的说法并不准确，因为在 20 世纪 80 年代初，后现代主义的理论就在一些期刊上被零星译介过，1985 年美国学者杰姆逊就来北京大学做了名为《后现代主义与文化理论》的专题讲座，1986 年同名著书被翻译出版（陕西师范大学出版社，唐小兵译），使中国学界第一次较为全面地看到了后现代主义的基本框架③。至于德里达的思想，更是在 20 世纪 80 年代初就被介绍到中国：1980 年，比利时学者 J. M. 布洛克曼所著《结构主义：莫斯科-布拉格-巴黎》一书被翻译成中文（商务印书馆，李幼蒸译），此书中已经论述了德里达的学术思想。以此为开端，其他"解构主义"思想家的文章陆续被介绍到中国，并在 20 世纪 80 年代中后期产生了重要影响。周伦佑的"艺术变构"思想也是在这个时期产生的，如果说其完全没有受到西方后现代理论的影响，并不能让人信服。而联系周伦佑的诗论文章来看，他之所以强调其"艺术变构"论、"反价值"论的独创性，与其"建立现代的中国本土文学"的构想是分不开的，为了这一构想的实现，周伦佑试图宣布"西方中心话语权力无效"。

周伦佑所提出的"西方中心话语权力"这个概念包含两层意思："首先是对一个'文化的西方中心'之存在的确认；其次是对这个文化

---

① 尹国均：《先锋试验》，东方出版社 1998 年版，第 205 页。
② 周伦佑：《自序》，《反价值时代——对当代文学观念的价值解构》，四川人民出版社 1999 年版，第 2—3 页。
③ 王岳川：《后现代主义与中国当代文化》，《中国社会科学》1996 年第 3 期。

中心的‘话语权力’无所不在的感受和意识”①。众所周知，中国新文学的诞生与西方文化有密不可分的关系，受到其重要影响，把中国新文学与西方文化完全分割开来是不可能的。但在周伦佑的论述中，西方文化是一个具有霸权地位的“话语中心”，中国文学因“文化的西方中心”的存在而被迫边缘化了，因此“建立‘现代的中国本土文学’”刻不容缓。从周伦佑的一系列文章（如《有一种后现代散文吗?》《后现代诗歌：源头与两种向度》《迷宫之镜：欧美后现代小说艺术语码解读》《后现代理论的突破》）及其自述（周伦佑称自己在 20 世纪 70 年代便阅读了大量外国文学、哲学、政治、历史书籍）来看，其对西方文化及文学并不是一无所知，并且西方的文学作品，以及政治、历史、哲学著作对其诗歌写作与诗歌理论的阐释产生了重要影响。因此，周伦佑之所以认为存在一个“西方话语中心”，并不是因为无知，而是基于其对现实的认知。

20 世纪 80 年代的“文化热”从一定程度上反映了改革开放之后国内对引进、译介西方文化的热情，也呈现了中国与西方接轨的渴望。陈超认为在 20 世纪 80 年代有两套书对其思想产生了重要影响，一套是生活·读书·新知三联书店出的“现代西方学术文库”，一套是上海译文出版社出版的“20 世纪西方哲学译丛”。这两套书都是对西方哲学思想的翻译与介绍，许多诗评家（如唐晓渡、程光炜、耿占春、陈仲义等人）都或多或少阅读过。西方文学作品也得到了大量翻译，影响了中国作家、诗人的创作。比如受“后现代主义”影响，20 世纪 80 年代中后期出现了一批具有“后现代主义”因素的作品，如马原、余华、格非、孙甘露等人的小说，周伦佑、蓝马、杨黎等人所创办的“非非”从某种程度上也具有“后现代主义”色彩。随着 20 世纪 80 年代末事

---

① 周伦佑：《反价值时代——对当代文学观念的价值解构》，四川人民出版社 1999 年版，第 358 页。

件的发生与商品经济的发展，"文化热"在 20 世纪 90 年代以后逐渐降温，批评家也开始重新审视中国文学的位置。在周伦佑看来，中国文学，尤其是中国现代诗，在年代交替的短短几年中便遭遇了两次打击："第一次打击来自政治，第二次打击来自经济。与第一次打击相比，第二次打击更温柔，更日常，更切身，因而也更暴烈。"① 面对"如何在商品与通俗文化的双重夹击下发展和深入中国的严肃文学写作"的问题，周伦佑首先反思了中国文学现状，他认为要解决问题，首先要"清理混乱、澄清混乱"，因此周伦佑对 20 世纪 80 年代中国文学"走向世界"与"走向后现代"两种倾向进行了辨析。

周伦佑对 20 世纪 80 年代中国文学"走向世界"倾向进行辨析的起因，是因为他观察到 20 世纪 80 年代一些诗人、作家的国外定居现象。宋琳的观点可以视为去国诗人写作的典型心态："远离本土所造成的距离感使故国经验内化为记忆，语言与文化差异则更加强化了我的母语意识。"② 但周伦佑的观点却与宋琳等去国诗人有所不同，他认为 20世纪 80 年代的诗人去国现象是"走向世界"梦想的驱动："在他们看来，西方就是世界，走向西方就是走向了世界。"周伦佑还认为，去国诗人很快便发现这个"世界"的虚幻性："那些说着另一种语言的西方人（除少数几个汉学家之外）根本不了解，更不关心中国的文学艺术。""在外国定居的诗人、作家大多才思枯竭，没写出好作品，即使写作仍勤的也不过是重复过去的话语。"③ 如果仔细阅读去国诗人的具体作品便可以得知，周伦佑的观察是片面的，去国诗人在国外的写作较之国内时期实际上有所突破，可以举出北岛、顾城、张枣、宋琳等人的

---

① 周伦佑：《反价值时代——对当代文学观念的价值解构》，四川人民出版社 1999 年版，第 330 页。
② 宋琳：《内在的人——渤海大学"诗人讲坛"上的讲演》，《当代作家评论》2013 年第 1 期。
③ 周伦佑：《反价值时代——对当代文学观念的价值解构》，四川人民出版社 1999 年版，第 345 页。

诗作为例。周伦佑之所以对去国诗人评价不高，是因为他认为这些诗人
出国的动机是文化上的"恋母情结"在起作用，其本质是对西方文化
话语权的依附。周伦佑承认中国新文学的产生和发展与西方文化有密不
可分的关系，但他同时认为，中国文学要在 20 世纪 90 年代及以后获得
更大的发展，必须摆脱依附西方文化话语权力的心态，不刻意去模仿以
迎合西方的审美标准。所以周伦佑对"后现代主义"也采取谨慎态度，
他认为西方的"后现代主义"并不完全适用于中国文学，如果完全认
同这套理论，就会对中国的文学发展造成损害。

实际上，无论是批判"走向世界"，还是怀疑"后现代理论"，周
伦佑对"西方"的警惕的背后是对中国文学发展的焦虑，他担心 20 世
纪 90 年代的中国文学丧失活力与有效性，因此试图宣布"西方中心话
语权力无效"，进而提倡一种"现代的中国本土文学"。他所定位的
"本土文学"的具体特质是"走向本土"（使中国作家返回到母语的根
上，重新思考和写作）"深入当代"（关注当下现实）"面对生存"（使
作家的小生存融汇民族和人类的大生存中，而互相承担)①，最终达到
"生命与艺术同一"。可以看出，周伦佑"创造现代的中国本土文学"
的目标与其"红色写作"的理念是一致的，都强调"写作即是介入"，
包含了周伦佑对中国 1980—2000 年社会转型过程中现实语境的密切关
注。但周伦佑认为"创造现代的中国本土文学"的前提是"宣布西方
中心话语权力无效"，似乎对西方话语过于警惕。周伦佑的这种思路可
以视为其"在清理旧价值的基础上创造新价值"的"反价值"观念在
其文学（诗歌）思想方面的投射，即为了"创造现代的中国本土文
学"，必须把"旧"的文学理念——"西方中心话语"清除出去。不过
问题是，虽然西方文化（包括文学思潮）在 20 世纪 80 年代大量涌入

---

① 周伦佑：《反价值时代——对当代文学观念的价值解构》，四川人民出版社 1999 年版，第
359—366 页。

中国是不争的事实，但中国是否因此依附于"西方中心话语"，则值得讨论。并且从周伦佑的论述来看，他把 20 世纪 80 年代诗人去国现象等同于对西方话语的依附，也有所偏颇。所以周伦佑把"宣布西方中心话语权力无效"作为"创造现代的中国本土文学"的前提是站不住脚的。从周伦佑对"中国本土文学"（"走向本土""深入当代""面对生存"）的阐释来看，虽然他表达了对中国现实的关切，但他的具体论述显示出其激进、感性的倾向（如"在深渊中置身于更深的伤口，身后没有退路，周围是交叉的矛头，我们只能手挽着手，手挽着灵魂，在凤凰的火焰中坚持到最后。"①），缺少理性的分析，所举的例子也不够准确（如把苏童、叶兆言、池莉、贾平凹的作品理解为逃避现实的"闲适"作品）。总之，周伦佑对现实与文学的理解，还保有"革命"的痕迹，有激进和偏颇的倾向，这也是其"创造现代的中国本土文学"较少被人重视的原因之一。

从"反叛诗学"到"介入诗学"的转变，周伦佑诗学观念的转向受到了 1980—2000 年社会转型的影响，这种转向也体现了周伦佑对社会转型时期现实与文学、诗歌关系的观察。虽然周伦佑针对"中国本土文学"的观点存在一些偏颇，但他毕竟针对 1980—2000 年诗歌转型发出了具有个人特点的声音，他的诗学观点与诗歌转型的关系值得进一步研究与辨识。

---

① 周伦佑：《反价值时代——对当代文学观念的价值解构》，四川人民出版社 1999 年版，第 366 页。

"梦境"书写与"中国经验"

——论顾城海外时期的诗歌写作

　　20 世纪 70 年代末以降，中国诗人旅居海外就已经成为一个令人瞩目的现象。这些诗人包括被认为是"朦胧诗人"的北岛、顾城、多多，还有张枣、宋琳、孟浪、李笠等。对于北岛、顾城、多多而言，"朦胧诗人"似乎成为他们身上抹不去的标签，但他们去国之后的诗作却与"朦胧诗"时期的作品有着较大区别。比如，张桃洲已经指出了北岛、多多去国后诗作对早年经验的疏离与回溯，并认为北岛去国前的长诗《白日梦》所依赖的"梦"的诗学——超现实笔法逐渐成为北岛后期诗歌的重要技巧。[①] 其实，对"梦"的演绎不仅出现在北岛诗作中，顾城的诗作中也一直萦绕着"梦"主题。只不过在顾城去国之后，其"朦胧诗"时期的"童话梦"逐渐变形，加入了更多的现实因素，顾城写下了他在梦中见到的中国（尤其是其熟悉的北京城）。同时，顾城写诗也是一种"做梦"的方式，无论是旧体诗写作，还是以《水银》组诗为代表的语言实验，都接近一种"梦呓"。此外，顾城去国后的诗作还渗透了其对"中国哲学"的认识，但顾城所吸收和援引的"中国哲学"，只是为了印证他个人对中国文化的认识，即"证梦"。总之，顾

---

① 张桃洲：《去国诗人的中国经验与政治书写——以北岛、多多为例》，《江汉大学学报（人文科学版）》2011 年第 6 期。

城对"梦境"的书写，体现了1980—2000年去国诗人在跨文化语境中的"中国经验"。这种"中国经验"充斥着诗人对中国现实的关注，也表现出诗人在回忆昔日场景时的复杂心态。

一、现实的变形：梦中造城

1991年4月至1993年3月，顾城陆续写下了组诗《城》（52首），这部组诗与其1992年10月的作品《鬼进城》一起，被论者视为顾城晚期最重要的两部作品。在这两部组诗中，顾城从"城"这个角度发明了对北京的一种文学想象，顾城与北京城存在着同构关系，而"幽灵"的角色设置对挖掘北京"层累式"文化记忆具有重要功用。① 实际上，除了《城》和《鬼进城》两部组诗之外，顾城在去国后还写了一些具有北京意象的诗作，如《圆明园》《展览路》《光华西里》《南口》《新开胡同》《定陵》《莲花池》等。这些散布于《顾城诗全集》（江苏文艺出版社2010年版）中的诗作与《城》《鬼进城》组诗一起构成了顾城笔下的"北京序列"。但值得注意的是，顾城去国后对"城"的书写并不是一般意义上的对北京城市及文化的回忆，因为就其写作的时间和空间，以及诗作中透露出的思想情绪与对语言的探索而言，顾城对"城"的书写从一定程度上加入了20世纪80至90年代的诗歌转型，体现了这一时期的去国诗人对"中国经验"的呈现。

谈到去国诗人的"中国经验"，首先最容易想到的就是对"乡愁"的记叙。这种"乡愁"并不简单地等同于"思乡"，更重要的是对中国文化、对汉语的深刻眷恋。无论诗人出于怎样的原因离开祖国，在一个充满异质性的环境中，他总能发现祖国文化与母语带给他的安全感与归属感，并深刻意识到离开祖国的行为与眷恋祖国心理之间的矛盾。北岛

---

① 胡少卿：《"层累式"北京的文学重建——顾城组诗〈城〉〈鬼进城〉索解》，《中国现代文学研究丛刊》2015年第2期。

在作于 1989—1993 年的几首诗中写道:"仅仅一瞬间/一把北京的钥匙/打开了北欧之夜的门/两根香蕉一只橙子/恢复了颜色。"(《仅仅一瞬间》)"祖国是一种乡音/我在电话线的另一端/听见了我的恐惧。"(《乡音》)"在母语的防线上/奇异的乡愁/垂死的玫瑰。"(《无题》)"临近遗忘临近/田野的旁白/临近祖国这个词/所拥有的绝望。"(《不》)而多多的作品也呈现了"祖国"的重要意义:"秋雨过后/那爬满蜗牛的屋顶/——我的祖国//从阿姆斯特丹的河上,缓缓驶过……"(《阿姆斯特丹的河流》)"从指甲缝中隐藏的泥土,我/认出我的祖国——母亲/已被打进一个小包裹,远远寄走……"(《在英格兰》)"一些游泳者在水中互相泼水/他们的游泳裤是一些面粉袋/上面印着:远离祖国的钉子们。"(《地图》)"祖国"这个词在北岛、多多"朦胧诗"时期的作品中也曾出现过,而在他们去国后的作品中"祖国"再次出现,其意义却有了变化:一个在身体上脱离了"祖国"束缚的人却要在诗中一遍又一遍地叙述对"祖国"的重视与依恋。实体的"祖国"无法返回,作为"乌托邦"的"祖国"已经坍塌,但作为词语的"祖国"却承载了诗人在作品中"返乡"的企图:"母语的记忆再度规定了他们的命运。一次次或想象或现实的对家园的短暂回归都仅仅强化了某种内在的疏离感。一次次对故国的弃绝或背离都陷入更深的文化无意识的纠缠。诗,一旦说出,便是对产生特殊语境的当下生存和包含国家话语的历史经验的双重捕捉,便是对过去与现在的冲突、自我与他者的冲突、家园与异乡的冲突的积聚和缠绕"。①

从这个意义上说,顾城去国之后对"北京城"的书写可以视为其"祖国"意象的浓缩。圆明园、新开胡同、紫竹院、六里桥、西单、新街口等北京地名不仅象征着北京这座城市,还成为顾城心目中"祖国"的缩影。在诗歌这种承载回忆的文体中,顾城一次又一次回到"城"

---

① 杨小滨:《历史与修辞》,敦煌文艺出版社 1999 年版,第 197—198 页。

（祖国）。顾城在谈到组诗《城》的创作缘起时经常谈到自己在梦中常回北京①，并表示自己虽然在新西兰的小岛上生活得"如鱼得水"，却"不由得"梦回北京，其中隐含了某种细微的失落感②，"去国"与"返城"之间的矛盾也由此呈现。从1991年10月顾城所写的一首名为《春当秋感》的歌谣体短诗中可以清楚地看到这一点："好秋天/真想家/片片灰瓦/新喜鹊/老乌鸦/树树落花/城没了/路没了/不能喊妈。"顾城身处南半球的新西兰，10月恰好是春天，但对于北京而言却正是秋天，"片片灰瓦""新喜鹊""老乌鸦"也都是北京常见的景象。但这种怀念故土的思绪却被现实所打断："城没了/路没了/不能喊妈。"这里又出现了一种矛盾：作为实体的"北京城"仍然存在，但诗人记忆中的"城"已经消失。在顾城其他的诗作中，也时有对"城没了"的感慨，如"少了/地上有纸/你说起街边事/女孩放大 牌子缩小/城一块块拆了/这是事实。"（《圆明园》）"老了就想街头辽阔的日子/淡青的树叶/放大 遮住街市/一座城 一次就没了/你说 这不现实。"（《一切从痛哭开始》）"北京/城没了/城是各种砖砌成的。（《新开胡同》）"北京的城墙和城门从20世纪50年代就开始拆除（恰好是顾城的童年时期），到20世纪60年代顾城第一次"出城"（全家被下放）时基本消失在人们的视野中。而当顾城开始写"城"时，"城"已经"没了"二十多年③。在现实载体已经消失的情况下，诗人如果想要在作品中找回失落的记忆，有效的方法之一就是采用"拼图"的方式，以语言为黏合剂，以"梦境"为背景，把记忆碎片一个个拼接起来，构成一座全新的"城"。这种回忆的方式不是要在现实层面上返回过去，也不是

---

① 据不完全统计，在《顾城文选》（四卷本）中，顾城去国后谈到"梦回北京"的地方至少有26处。

② 顾城：《顾城文选（卷一）》，北方文艺出版社2005年版，第74页。

③ 伊索尔认为，北京城墙改造这个涉及城市空间建设的历史事件可以视为顾城诗学创作的起源。见伊索尔：《顾城诗源初探》，《新诗评论》2008年第2期，第98页。

在精神世界里完全依赖或寄望于传统的安抚，而是通过记忆使时间的碎片与现实碰撞，从而在一个个被记忆和现实双重塑造的碎片中找到自身存在的真实感①。因此，顾城梦中的"城"已经不完全等同于现实中的北京城，而是在历史与个人记忆的共同塑造中重新构造出来的"城市"，将北京城从名词转变为动词："作为名词的记忆，乃是保留在脑海里的关于过去事物的印象；作为动词的记忆，则是追想、怀念、记住某人与某事……将'记忆'从名词转为动词，意味着一个人物、一件史事或一座城市有可能从此获得新生。"② 顾城也多次谈到自己"梦中造城"的行为，他在"造城"中的角色是一个"幽灵"，他观看与建造的行为因为梦境的因素而变得亦真亦幻，诗中的现实也就此成了"幽灵式的现实"③。比如《德胜门》一诗：

地太多了　总不好　四边都是土
陷在中间　只有挖土做屋子

龙本来是一美人

竟有百十张床 去的人选一张
返回时 灯亮了

可上帝下命令把龙

---

① 赵静蓉：《怀旧——永恒的文化乡愁》，商务印书馆 2009 年版，第 191 页。

② 陈平原、王德威：《北京：都市想象与文化记忆》，北京大学出版社 2005 年版，第 1 页。

③ 比如顾城曾说道："就说是出国以后吧，我每回做梦都回北京，所以我的生活像是发生了一个颠倒，这梦里很现实，这醒的时候倒像是梦，不那么真实。这历史上的人怎么感受的我就不清楚了，在他们的诗里有反映。我的诗里有什么呢？我写了《城》这组诗，没写完，又写了《鬼进城》。全部是写北京的生活现实感觉的。"见《顾城文选（卷一）》，北方文艺出版社 2005 年版，第 112 页。

说这些都是为了等你装束好了

细细地看上边还有别人

拍成一个美人·直到

带你去看后边的小街 说有个

人死在这 他们更老了

永永远远

还在干活你肯定没有见到这个地方

转　坟

冯　你怎么知道她的名字①

　　"德胜门"这个地点具有深远的历史意义，它建筑于元代，原名"健德门"，明军攻入元大都后改为"德胜门"，取"旗开得胜"之意。明代于谦指挥的"北京保卫战"、李自成的进京，清代康熙平定噶尔丹时的进出、慈禧和光绪在八国联军攻入北京后的西逃，都经过德胜门。可以说，德胜门承载了从元到清的成功与失败，后来德胜门的瓮城与城楼都先后被拆毁，直到1980年才得以重建。这个见证了众多历史事件的地方，也是在历史事件中死去的亡灵游荡之处。诗中第一、二句说"地太多了""四边都是土""陷在中间""只有挖土做屋子"，从现实层面来说，这是修地铁的后果②，但这样的场景会使人联想到"坟地"，

---

① 顾城：《顾城诗全集（下卷）：1983—1993》，江苏文艺出版社2010年版，第690—691页，诗中格式及粗体字为原文所有。

② 顾城1987年离开中国时，德胜门附近在修地铁，到处都是大坑，见《顾城文选（卷三）》，中国文化出版社2006年版，第188页。

"亡灵"自然住在"屋子"里面，躺在"百十张床"上。加粗的第三句"龙本来是一个美人"以及其他加粗的部分"可上帝下命令把龙/拍成一个美人·直到/永永远远"实际上又重新开始了另外一层叙述，形成了这首诗诡异的嵌套结构。

借助"亡灵（鬼魂）"的视角来书写对"城"的回忆，体现了回忆的亦真亦幻性，曾经发生过的事实在其中发生了变形。因为回忆中的"城"是无法以肉身的形式回返的，而"亡灵"却能自在地穿梭于过去、现在与未来之间。顾城说："《城》好像就是一个死人，忽然忧伤地'想回去'那种感觉。"① 值得注意的是，以"亡灵之眼"窥探"城"的历史，并重新"造城"的尝试固然有其"轻"的一面，但由于"亡灵"天然地与死亡联系在一起，所以"梦中造城"的行为也摆脱不了"沉重"，而这种"沉重"与历史有关。顾城 1986 年去国之际，中国社会就已经经历着以市场经济为主导的转型进程，而文化转型也随之而来，人们的精神状态和思想观念也发生了很大变化。而在"梦中造城"的写作中，历史事件被巧妙地隐藏在对北京地名的书写之中，"新开胡同""军博""新街口""后海""西单""紫竹院""六里桥""甘家口"等地名的意义便超越了地理位置本身，而渗透着特殊年代的历史记忆。在这些诗作中，顾城并不是简单地再现已经发生过的事实，而是利用修辞手段和想象力使经验书写变得"举重若轻"，所造出的"城"也是一个变形的"新世界"。并且可以看出，语言策略在"梦中造城"的过程中起到了重要作用，顾城以一种近乎"梦呓"的方式在诗中叙述他作为"亡灵"所见到的一切。而在顾城其他一些去国后的诗作中，"梦呓"式语言的作用同样得到了出色发挥，使顾城去国后的中国经验书写呈现出较强的实验性。

---

① 顾城：《顾城文选（卷二）》，中国文化出版社 2006 年版，第 115 页。

二、"梦呓"式语言

去国诗人在书写中国经验的过程中，语言的重要性不言而喻。这是因为在诗人们身处异质性语境之中，母语成为他们与故国产生联系的亲密方式。布罗茨基谈到诗人去国后的"流亡"状态时认为，"流亡"首先是一个语言事件："他被推离了母语，他又在向他的母语退却。开始，母语可以说是他的剑，然后却变成了他的盾牌、他的密封舱。他在流亡中与语言之间那种隐私的、亲密的关系，变成了命运——甚至在此之前，它已变成了一种迷恋或一种责任。"① 虽然诗人离开故国的原因各不相同，但在空间上与故国的疏离状态却是一致的。与这种状态相对应，去国诗人的作品就不仅表现为对母语的依恋，还体现了诗人在异域语境中对母语特质的再创造，语言也由此超越了本体的意义，更具有精神方面的价值。比如，张桃洲这样评论多多去国后的诗作："多多相信锤炼语词——'手艺'的力量。在他的诗中，历史经验或政治意识经过变形或锻造，都被吸附到语言饱满的枝叶中而内化为后者的一部分，它们借助于语言的猝然爆发，升腾为一种富有冲击力的语感或语势。"② 而在顾城去国后的诗作中，语言的表现力也得到了充分发挥，并呈现出多样化的创作态势。顾城去国后的诗作虽然也在一定程度上延续了其国内时期的写作方式（比如旧体诗写作），但较之北岛和多多，顾城去国后诗歌"自说自话"的成分更为突出（北岛曾认为顾城《滴的里滴》的写作太"个人化"了，要考虑下读者③），近似于个人的"梦呓"。但顾城对语言的探索的确是有其独特价值的，他的许多诗作体现出汉字本身的语音与排列特点，还创作了一些"图像诗"。这使得他的"梦

---

① ［美］布罗茨基：《文明的孩子》，刘文飞等译，中央编译出版社 2007 年版，第 52 页。
② 张桃洲：《去国诗人的中国经验与政治书写——以北岛、多多为例》，《江汉大学学报（人文科学版）》2011 年第 6 期。
③ 顾城：《顾城文选（卷二）》，中国文化出版社 2006 年版，第 115 页。

吃"式语言在晦涩之余，也体现了去国诗人对母语可能性的积极实验。

据《顾城诗全集》所载，从 1962 年到 1993 年这三十多年的时间，顾城创作旧体诗共有 241 首，在其全部创作中占一定比例。并且就目录来看，1988 年之前顾城的旧体诗创作被单独标出，体现了旧体诗在顾城创作中的重要地位。新诗诗人写旧体诗，其实并不是一个罕见现象，郭沫若、田汉、叶圣陶、茅盾、老舍、沈从文、胡风、臧克家、何其芳等新文学作家和诗人都创作过旧体诗，这说明新诗诗人与传统文化有着千丝万缕的联系。1966 年至 1976 年被认为是旧体诗创作的一个潜伏期①，而顾城正是在这一时期开始旧体诗创作的，内容以描写自然景物和赠送亲友为主，间或表达忧国忧民的情怀，如《题姐姐生日》《春江图》《白云梦（十三首）》《秋望》等。1976 年是旧体诗潜伏期的一次总爆发，顾城也写了若干首悼念周恩来总理的旧体诗作，如《悲风（悼总理）》《祭》《真言》《碑前》等，既表达了对一位伟人的崇敬之情，也隐含对"四人帮"的愤恨，并从一个侧面表现出这一时期顾城心态与时代主题的同构性。总体来看，顾城去国之前的旧体诗作大都遵循格律要求，而在去国之后，尤其是 1988 年以后，顾城旧体诗中有些作品不再严格遵循格律要求，呈现出恣意而为的状态，更类似于佛教里的"偈子"，如《改变光色》：

中国哲学

中国天性

遍布世界

中国人民

会写东西

---

① 李遇春：《中国当代旧体诗词论稿》，华中师范大学出版社 2010 年版，第 10 页。

生活完整

生所阻隔

死令贯通

法本无相

遇相成相

城本无形

一念成形①

　　这首诗从一定程度上表现出顾城对"中国哲学"的推崇。的确，在顾城去国之后，他对作为传统文化的"中国哲学"（尤其是道家经典，如《庄子》《道德经》等）的信任与推崇在其诗作及访谈中表现得非常明显，并呈现出"扬中抑西"的状态，这与其身处异域语境的因素是分不开的。虽然顾城在新西兰小岛的生活"如鱼得水"，但在文化方面，他仍然脱离不了中国传统文化的羁绊，他的旧体诗写作也是受传统文化因素影响的体现。除《改变光色》之外，这一点在《寒烟寒》《瓶歌》《本待》《梦可了得》《"生也平常"》《"空山不为空"》等诗中都有体现。而从语言的角度来说，顾城旧体诗创作体现了 20 世纪 80 年代末 90 年代初去国诗人对"中国元素"的运用，在张枣那里表现为一些古典意象的渗入，而顾城也有意识地把文言语词作为一种诗歌写作资源，丰富了去国诗人对中国经验的书写。比如《"日入薄暮染黄沙"》："日入薄暮染黄沙／一颦一笑总是家／我有血泪哭不得／自怀穷图守天涯。"与《此生》："此生误为人／青风困红裙／身碎千万里／纸飘各西东／不见爹娘面／还复儿女心／自古伤悲事／一哭在梦中。"由此可见，旧体诗词所代表的中国传统诗歌语言已经成为顾城的一种精神寄托，在

---

① 顾城：《顾城诗全集（下卷）：1983—1993》，江苏文艺出版社 2010 年版，第 448 页。

"造城"之余，文言语词成为顾城书写思乡之情的另一套话语①。

顾城去国后对语言的探索并不限于创作旧体诗词，《水银》（48 首）组诗呈现出其诗歌语言更近似"梦呓"的一种面貌。顾城在去国之前就开始创作这部组诗，一直延续到 1988 年 3 月。可以说，顾城去国后的语言探索从某种程度上来说是其国内语言实验的延续。这就要说到 1985 年在顾城生命中的意义："一九八五年我感到我几乎成了公共汽车，所有时尚的观念、书、思想都挤进我的脑子里。我的脑子一直在走，无法停止。东方也罢，西方也罢，百年千年的文化乱作一团。"②1985 年可以说是国内文化潮流风起云涌的一年，西方的各种理论、思潮纷纷涌入国内，给予顾城剧烈的思想冲击。值得注意的是，顾城与同样出生于北京的北岛、多多、芒克等诗人的经历存在一定的差异性，这在某种程度上影响了顾城对西方文学资源的吸收③，使之更认同中国传统文化。实际上，不仅是西方理论思潮的涌入影响着中国社会，由于商品经济的迅速发展，中国社会本身也在经历着前所未有的变化。在 20 世纪 80 年代中后期这样一个"一切坚固的东西都烟消云散"、东西方文化发生剧烈碰撞的时代，顾城"不由自主地在旋涡中打转""打碎了一些东西，超过了极限"，但在这个时候顾城突然发现了一种声音：《滴的里滴》，他便感到"和这个世界的冲突结束了"："我没有办法对抗现实，我就依靠我的梦想；我没有办法改变世界，我就依靠文化；我

---

① 北岛虽然也有写旧体诗的经历，但后来就转向了现代诗，并认为"古诗与现代诗不能同时写"，说顾城"太传统"。这段描述见《顾城文选（卷二）》，中国文化出版社 2006 年版，第 271 页。从这里可以看出北岛与顾城诗学观念的不同。

② 顾城：《顾城文选（卷一）》，北方文艺出版社 2005 年版，第 103 页。

③ 北岛、芒克、多多都有在白洋淀做知青的经历，在此期间他们互相传阅"供内部参考批判"的"黄皮书"，大多为西方文学作品，如《人·岁月·生活》《带星星的火车票》《在路上》《麦田里的守望者》《〈娘子谷〉及其他》等。而顾城在 20 世纪 60 年代末 70 年代初随父下放山东，一直处于较封闭的环境，直到"西单民主墙"出现后才与北岛等人有接触。顾城承认自己受到惠特曼、洛尔迦等诗人的影响较深，但他更认可的还是中国传统文化。

没有办法在现实中间实现自己，我就想到历史。这些都不错，但是我却依靠着我以外的东西，就像依靠着一根拐杖，当这个支持物崩塌的时候，我就跟着倒下去。我所抓住的一切都在崩溃，这就是一个价值崩溃的时代。《滴的里滴》就是这个崩塌和解脱发出的声音。"① 与日常逻辑相比，《滴的里滴》这首诗许多地方都是奇特的：

　　　脚伸过去　里
　　　　　　　看
　　　　　　　鱼
　　　　　　　锅里
　　　　　　　雨

　　　整个下午都是风季

　　　盘子讲话　盘子
　　　　　　　盘子
　　　　　　　盘子

　　　你是水池中唯一跃出的水滴
　　　　　　　一
　　　　　　　滴

　　　门开着门在轻轻摇晃②

---

① 顾城：《顾城文选（卷一）》，北方文艺出版社 2005 年版，第 103 页。
② 顾城：《顾城诗全集（下卷）：1983—1993》，江苏文艺出版社 2010 年版，第 263 页。格式为原诗所有。

　　这里值得关注的是汉字声音的使用。"滴的里滴"韵母都为 i，模拟水滴的声音，"里""鱼""雨""风季"等字韵母也为 i，从听觉上就有一种悦耳的感受，适合朗诵出来。而从汉字排列方面来说，独字成行、错落有致的安排也使人想到一滴水从空中落下的姿态。这里体现了汉字的优越性：将"听"（声音）与"看"（字形）结合在一起。作为在异域用母语写作的诗人，顾城对汉字功能的发掘是具有重要意义的①，他所关注的是在一个"价值崩塌与思想分裂"的时代，怎样重新发现诗歌中汉字声音的可能性，并将此作为一种精神支撑。实际上，自新诗诞生以来，汉语诗歌中的"声音"一直是诗人关注的对象。张桃洲认为，自 20 世纪 20 年代中期闻一多提出"三美"原则，要求以音乐、绘画、建筑为鉴，重建新诗"格律"以后，从 20 世纪 30 年代林庚探索"半逗律"，到 20 世纪 50 年代卞之琳、何其芳等关于新诗格律（"顿"）的讨论，直至 20 世纪 90 年代郑敏对于"音调的设计"的期待，新诗及现代汉语的音乐性始终是一个化解不开的"情结"②。而在 1980—2000 年诗歌转型的过程中，诗歌的声音问题又一次被提出来，比如张桃洲已经关注到了宋琳、王寅、西渡等诗人诗歌中的"声音"。在《水银》组诗的写作之中，汉字声音的灵动性被顾城挖掘出来："水银就是汞，一粒汞掉到盘子里，会变成许多粒，而一个振动，又会让它们有可能走到一起；它们相互吸引又排斥，在这个冥冥的振动中——其实就是你的心在冥冥中的振动——它们因由这个振动，就列成了诗。"③除了《滴的里滴》之外，我们从《水银》系列的其他诗中也可以看出汉字声音自由拓展的特点，如《名》《水银》《呀》《大清》。然而，顾

---

① 顾城认为："声音是重要的，声音中间有含义；诗也有'看'的因素在，这'看'跟那声音，要懂中文的话，它有时候就合为一体了，诗也就层次更丰富了。我觉得中文倒是多了这样一重好处，就是还有'看'的效果。"见《顾城文选（卷一）》，北方文艺出版社 2005 年版，第 80 页。

② 张桃洲：《现代汉语的诗性空间——新诗话语研究》，北京大学出版社 2005 年版，第 39 页。

③ 顾城：《顾城文选（卷三）》，中国文化出版社 2006 年版，第 167 页。

城对汉字声音的探索虽然有其独特性，但也存在晦涩的问题，因为在他的很多诗中，汉字的排列过于自由，容易丧失意义而导致晦涩难解，如《暗》：

进来
　　　箱子走了

你一人看马车
你一人是两块互相折磨的积木

家
和
锅　　爸爸或者儿子①

这样的诗很难让人猜到确切意义，或者根本没有意义，完全是作者对汉字的自由发挥，"梦呓"自说自话的特质表现得较为突出。这说明顾城去国后的诗作并不是完全考虑读者感受的，"个人化"的经验得到强烈凸显。并且如前文所说，顾城是中国传统文化的拥趸，为了证明自己的观点（"证梦"），他习惯于从个人的角度去理解中国传统文化（尤其是中国哲学），并为己所用，从而建构起属于自己的一套诗学和哲学思想体系。但他对中国哲学的理解是有偏差的，呈现出"六经注我"的局面。

三、"证梦"：对中国传统文化的误读

长期以来，顾城的早期创作（如《一代人》等）常被贴上"反思"的标签，但从顾城的具体言论来看，他对历史的认知是复杂与暧

---

① 顾城：《顾城诗全集（下卷）》，江苏文艺出版社 2010 年版，第 406 页。

昧的，之所以会出现这种现象，与他对中国传统文化的认识与误读有关。他习惯于采用"六经注我"的方式，截取中国传统文化（尤其是《庄子》《老子》等中国哲学经典）中有助于证明自己观点的部分进行阐释。这种"个人化"的"证梦"方式说明去国之后的顾城自觉地把中国传统文化作为书写"中国经验"的资源，但又有断章取义的危险，具有一定的局限性。

顾城去国后的诗作中常出现他对中国哲学的思考，除前文提及的《改变光色》之外，还可以举出《生生》《瓶歌》《本待》《写经》《轮廓》《读经》《"生也平常"》等诗。在《瓶歌》一诗中，顾城写道："云在天/水在瓶/水为云生/云为水映/天与地合/光与影同。"而在《本待》一诗中，顾城又写道："明如一月 幻化万山 只好说是/云在青天水在瓶。"从这两首诗中可以看出"云在青天水在瓶"① 对顾城而言是一个比较重要的文学典故，他在访谈和文章中也多次提及。比如，顾城说过："在中国的艺术中，有寂静无为的一极，云在青天水在瓶；也有无不为的一极，灵动多变无法无天。"② "精神法则就是云在青天，生存法则就是水在瓶。"③ 可见顾城一方面把"云在青天水在瓶"理解为"精神"与"生存"的"二分"，"精神"可以脱离"生存"而独立存在；另一方面，他认为"云在青天水在瓶"是中国文化中"无为"的一极，另一极是"无不为"。顾城所定义的"无为"的一面表现为清逸高远、超脱世俗；而"无不为"则表现为对既定规则的破坏，在"自由自在"中体现"精神"。从顾城的这种对传统文化的理解出发，就可以从一定

---

① "云在青天水在瓶"语出唐代诗人李翱《赠药山高僧惟俨（其一）》："炼得身形似鹤形，千株松下两函经。我来问道无余说，云在青天水在瓶。选得幽居惬野情，终年无送亦无迎。有时直上孤峰顶，月下披云啸一声。""云在青天水在瓶"的本意是说，"道"就像云在天上、水在瓶里一样，事物的本质在自然而然中就显现出来；而只要领会到了这一点，人的心灵就会得到净化和平和。

② 顾城：《顾城文选（卷一）》，北方文艺出版社 2005 年版，第 203 页。

③ 顾城：《顾城文选（卷二）》，中国文化出版社 2006 年版，第 183 页。

程度上解释他去国后诗歌写作中语言打破常规、"恣意而为"的现象，也可以解释他"梦中造城"过程中"亡灵"视角的存在（精神脱离肉体四处飘荡），也能解释他对历史的双重态度："从泼墨画到'大闹天宫'，从'逍遥游'到'文化大革命'，可以看到一个由齐物到齐天，由无法到无天的意识演变；这个演变同时也不断接近着行为；演化的结果当然是文化秩序的毁灭。"① 在顾城看来，正是因为中国传统文化中"无不为"的一面爆发，"精神"脱离了生存的控制肆意发挥，所以才导致了历史事件的出现。这样的解释看起来比较新奇，但从《老子》等哲学原典来看，顾城对"无为""无不为"的理解实际上存在一定偏差。

"无为"的观点源远流长："'无为'在《论语》里出现一次，在《周易》里出现一次，《诗经》为三次，《春秋》《尚书》不见，《孟子》为一次。这些元典中没有'无为无不为'一词出现。'无为无不为'为道家专有，此意识应是老子首创，经后来道家阐发。"② 但《老子》（《道德经》）的版本众多，比如郭店楚简《老子》、马王堆帛书《老子》等。这些都是最原始的材料，后人的注疏集解就更多。顾城虽然对中国哲学有浓厚的兴趣，但从其学养与经历来看，对《老子》的阅读可能不够深入，或者存在故意忽略的情况。据《老子注释及评介》，"无为而无不为"出现在第三十七章（"'道'常无为而无不为"）、第四十八章（"为学日益，为道日损。损之又损，以至于无为。无为而无不为。"）。陈鼓应认为，"无为"是指顺其自然，不妄为；"无不为"是说没有一件事不是它所为的，这是由于"无为"（不妄为）所产生的效果。"无为而无不为"即是不妄为，就没有什么事情是做不成的③。

---

① 顾城：《顾城文选（卷一）》，北方文艺出版社 2005 年版，第 282 页。
② 刘文元：《从〈自然哲学纲要〉看顾城对老庄哲学的误读》，《安徽文学（下半月）》2012 年第 9 期。
③ 陈鼓应：《老子注释及评介》，中华书局 1984 年版，第 207 页。

这种解释与顾城的理解就存在差异，因为"无不为"并不是精神的恣意发挥，而是无为的结果，离开"无为"，就没有"无不为"。而顾城试图割裂原因与结果之间的联系，把"无不为"置于一个更高的位置，这种理解虽然可以视为诗人天马行空的想象，但与原典的真实意义有距离。

顾城在《没有目的的"我"——自然哲学纲要》中认为"自然是中国哲学的最终境界"，"自然"是指一种"没有目的的和顺状态"①。在顾城定义的"自然之境"中，思想是没有目的的，是一种自然现象，② 而"无为无不为"就是这种自然方法论的总要③。在这种"自然"哲学观的影响之下，顾城去国后很多诗作都取消了抒情主体"我"的存在，他希望进入一种"无我"的状态："做一种自然的诗歌，不再使用文字技巧，也不再表达自己。不再有梦。不再有希望。不再有恐惧。"④ 在去国前的组诗《颂歌世界》中，他对"无我"的试验已经开始，而在《水银》《城》《鬼进城》中，"我"的存在基本上被取消。顾城对"自然"的理解也来源于《老子》（第二十五章）："人法地，地法天，天法道，道法自然。""自然"一词可被视为《老子》的核心概念，许多《老子》的研究者认为"自然"的意思是"自己如此"。这与顾城的解释又存在差异。顾城认为"自"是内容，"然"是形式。这样的二分法解释过于绝对，具有一定的片面性。而从顾城整体的文化观念来看，他的偏颇性不仅限于对中国传统文化的理解中，也出现在对东西方文化的理解中，呈现出"崇中抑西"的状态。

顾城曾多次谈到自己对中西文化的比较理解。比如，在对作为个体的"我"的态度方面，顾城认为西方文化是"有我之境"，凡事要强调

---

① 顾城：《顾城文选（卷四）》，中国文化出版社 2007 年版，第 154 页。
② 顾城：《顾城文选（卷四）》，中国文化出版社 2007 年版，第 157 页。
③ 顾城：《顾城文选（卷四）》，中国文化出版社 2007 年版，第 159 页。
④ 顾城：《顾城文选（卷一）》，北方文艺出版社 2005 年版，第 233 页。

一个"我"，以"我"为中心，以"个人"为中心；而东方文化是
"无我之境"，"我"与天地万物融为一体，实质上取消了"我"的存
在。在思维方式方面，顾城认为"西方喜欢化无为有，做形而上的探
求；东方却习惯化有为无，不是解决问题而是取消问题"①。"西方人的
感觉重形式……然后对现象背后的了解，对本质的了解，他们是特别依
凭概念逻辑分析的。中国人的感觉呢，它就好往本质去，焦距就不放在
表象……它穿过表面就直冲着本质"②。顾城还认为中国的哲学"没有
任何精神律法""超生死""等万物"，而西方讲究"思辨精神"，极为
看重"人的个性自由"③。可以说，中西文化之间的确存在明显差异，
顾城在此基础上认识到在中国完全套用西方的思想方法是行不通的，中
国不能走"全盘西化"的道路，这种认识是正确的。顾城对中西文化
的比较与认识体现了他对中国 20 世纪 80 年代对西方文化盲目崇拜的反
思与批判，体现了其可贵的"中国意识"。这种"中国意识"，一方面
受其成长经历的影响，另一方面也体现了去国诗人在异域语境中对中国
传统文化的回归。但顾城在回归中国传统文化的过程中也产生了一些偏
颇观点，顾城认为西方哲学"好思辨"是合理的，但他同时认为中国
文化"没有律法"，这就存在片面性。此外，顾城把中西文化简单归纳
为"有我"和"无我"的二元对立，也有简单粗糙的一面。总之，顾
城对中西文化差异的认识、对中国传统文化的误读都较为"个人化"，
虽然能从一定程度上消除其身处异域语境的焦虑与精神危机，但又有强
证个人观点的倾向。

顾城在其诗作、诗学文章、访谈中对"梦中的中国"的塑造，可
视为 20 世纪 80 年代末至 90 年代初去国诗人书写"中国经验"的一

---

① 顾城：《顾城文选（卷二）》，中国文化出版社 2006 年版，第 233 页。
② 顾城：《顾城文选（卷四）》，中国文化出版社 2007 年版，第 231—233 页。
③ 顾城：《顾城文选（卷三）》，中国文化出版社 2006 年版，第 122—123 页。

个典型。在处理历史事件与个人回忆之间的关系方面，顾城做出了
"梦中造城"的尝试；在诗歌语言的探索方面，顾城既延续了旧体诗
创作的个人传统，又发挥了汉字声音的特点。而在对中国传统文化的
态度方面，顾城虽然推崇中国传统文化，但因为各种原因，顾城对中
国传统文化及其与西方文化的区别的认识上存在一些误区，体现了其
观念的局限性。

"身份"视域中的晴朗李寒诗歌

　　晴朗李寒是一位具有多重现实身份的诗人，同时他对自己在诗歌创作中的身份也有自觉与清晰的认同与定位。因此，把晴朗李寒的诗歌写作置于"身份"这个视域中来分析，能够像"剥洋葱"一样透过文字现象看到其作品的本质。个体"身份"的塑造与其自身经验密切相关，而成熟的"身份意识"又将对个体下一步的思想与行为产生重要作用，成为新的经验与意义的来源，"身份"与"经验"就此形成了一个循环体。正如吉登斯所说："'自我身份认同'并非个体所拥有的一个特质（或特质集合），它是每个人对其个人经历进行反身性理解而形成的自我概念，既存在时空方面的延续性，又更多地强调个体对自我经历的反思。"① 首先，诗人在写作中的"身份"，是对其自身诗歌写作责任意识的承担，即作为怎样的诗人来写作，写作表现了怎样的诗学观念体认与技艺。比如，欧阳江河在《89后国内诗歌写作：本土气质、中年特征与知识分子身份》一文中把1980—2000年诗歌转型过程中的诗人的"真实身份"定义为"知识分子诗人"，而这个身份的核心是"一群词语造成的亡灵"，诗人借"亡灵"的声音发言，"亡灵"身份彰显了诗歌写作的神秘性与虚构性②。其次，随着时间的推移，诗人的经验在不

---

① ［英］安东尼·吉登斯：《现代性与自我认同》，夏璐译，中国人民大学出版社2016年版，第49页。
② 吴昊：《20世纪80—90年代中国诗歌转型研究》，首都师范大学2018年博士学位论文。

断发生变化，而经验的变化又影响着诗人的现实身份，因此诗人的身份存在多重性、变动性，这与诗人的人生经验密切相关，并影响了诗人的写作。比如，宋琳在 1991 年去国之前曾被视为"城市诗"的代表诗人，到法国之后他的诗作中仍然有对城市的书写，但在上海——塑造巴黎的"双城记"中，诗人的身份发生了变化，不仅是城市的"波希米亚人"，而且是一个"母语"的"流亡者"，体现了去国诗人对母语资源的重新发现与挖掘①。总之，诗人的"写作身份"与现实身份对其创作都有重要影响，前者是诗人诗歌理念的体现，后者则进一步塑造着诗人的创作。

从现实身份来说，作为河北诗人的晴朗李寒还拥有另外两层重要身份：俄语诗歌翻译者与书店老板。此外，他还是一个三口之家的顶梁柱、一个热爱家庭的丈夫和父亲。晴朗李寒的工作经历也很复杂：他曾在俄罗斯工作过，回国后做过公司职员、记者、编辑，2012 年离开体制，成为个体书店老板。这样的复杂身份与人生经历使其在一定程度上区别于"燕赵七子"这个河北诗歌群体的其他成员。而在晴朗李寒描写日常生活的作品中，随处可见其对自己现实身份的认同感：他曾写到其在俄罗斯工作的见闻，也写到自己的书店工作情况，更为重要的是，他的许多诗作都是献给其妻子和女儿的，体现了他对家人的关爱。正因为对自己的现实身份有着深刻认同，晴朗李寒成功地将"日常、内心、现实"三种元素相互交融、相互转化，构建起了其诗学体系②。晴朗李寒的主要翻译对象是俄罗斯诗人，尤其是阿赫玛托娃、英娜·丽斯年斯卡娅等女诗人的作品，这些女诗人的作品反映了俄罗斯女性坚强不屈、悲天悯人、激情与忧伤并存的精神气质，这些精神气质影响了晴朗李寒的诗歌创作，而晴朗李寒在翻译这些女诗人作品的过程中又注意个人风

---

① 吴昊：《20 世纪 80—90 年代中国诗歌转型研究》，首都师范大学 2018 年博士学位论文。
② 杨东伟：《日常、内心与现实的三重变奏——论晴朗李寒的诗歌创作》，《廊坊师范学院学报（社会科学版）》2015 年第 3 期。

格的表现，体现了其创作与翻译的互文性。进一步来说，晴朗李寒的现实经历与诗歌翻译又影响了其写作身份的自我塑造：晴朗李寒把自己定位为一个词语的"手艺人"，既体现了他对诗歌语言的热爱与崇敬，又能够看出他受阿赫玛托娃、茨维塔耶娃诗歌的影响，并与多多、张枣、蔡恒平等当代诗人产生了共鸣。在 21 世纪以来的社会语境中，晴朗李寒对"词语手工艺人"的身份认同与对"专业性"的坚守是难能可贵的，说明写作仍然可以使诗人的心灵得到救赎。

一、现实身份的自我认同

从诗歌地理学的角度来说，一个地域的自然与人文地理环境会在一定程度上影响诗人的创作，在诗人写作风格与诗歌观念的形成、身份认同中起着建构作用。但这种作用并不是绝对化的，比如很难说一个从小生活、成长于地理意义上的"南方"的诗人写下的作品必然是"南方诗歌"，或者说一个地域的诗人就自然地被贴上这个地域的标签。因此，虽然晴朗李寒、东篱、北野、见君、李洁夫、宋峻梁、石英杰这七位出生、生活、工作于河北的诗人被合称为"燕赵七子"，但他们的生活、工作经历不同，彼此的诗歌创作风格与诗歌观念也有很大差异。从诗人郁葱印象式概括中可以大致了解到"燕赵七子"不同的诗歌风格："我一直相信东篱的沉实和深邃，李寒的内敛和忧郁，北野的深度、含蓄和广阔，见君的隐忍和神祗，李洁夫的随意和多变，宋峻梁的简单和澄澈，石英杰的厚重与舒展……"① "燕赵七子"群体成员虽然共享了相同的地域身份、共同继承了"好气任侠""慷慨悲歌"的"古燕赵精神"，却是"有着不同诗歌理念而又有着共同诗歌精神的诗人的凝聚"②。

---

① 郁葱：《无岸之河——"燕赵七子"的诗学意义》，郁葱编《在河以北——"燕赵七子"诗选》编后记，花山文艺出版社 2015 年版，第 352 页。
② 郁葱：《无岸之河——"燕赵七子"的诗学意义》，郁葱编《在河以北——"燕赵七子"诗选》编后记，花山文艺出版社 2015 年版，第 352 页。

所以对"燕赵七子"群体成员进行研究时，应该重点关注每个诗人不同的现实身份与诗歌理念。

诗人晴朗李寒出生于沧州河间的农村（1970 年），高考后就读于河北师范学院（今河北师范大学）俄语系（1992 年），毕业后有在俄罗斯任翻译的工作经历（1993—1998），回国后长期居住在石家庄（1999年至今）。可以说，晴朗李寒迄今为止的人生经历，大部分时间都在石家庄度过，石家庄已经成为他生命中的一部分。所以，在晴朗李寒写河北风土人情的那些诗作中，我们可以看到他对石家庄城市风貌的亲近感，如《槐北路》《石家庄》《河北作协·初冬》《槐花落》《东环公园》《深冬在石门公园》《林间正午——在秀水公园，兼致诸友》等。在《深冬在石门公园》中，晴朗李寒写到美丽的石门公园："对于公园，我是多余的部分。/树木、石头、青铜、结冰的水池，/都有拒绝我的理由。/我走动，止步，/坐下来，四处张望，/多像落到宣纸上的/一滴忧伤的墨汁。"而在另外一些写石家庄的诗作中，晴朗李寒则表现出对城市化进程中出现的环境问题的愤慨，以及对未受污染的自然山水的眷恋：

在这里，人们建造着废墟。

在这里，人们生下来就是死人。

魔鬼统治着这里，

他和雾尘达成了永久的契约，

让人们永不见天日。

即便太阳——这亘古不变的老家伙，

偶尔闪现，那枯黄的一团——

也像肺结核病人吐出的一口浓痰。

我看到灰尘在慢慢洒落，洒落，

我嗅到了火山灰的味道，骨殖的味道。

这一头头庞然大物——肃立的楼群，

这一个个灰色幽灵——行色匆匆的路人，

这一辆辆迟缓爬行的铠甲猛兽，

就要被灰尘掩埋。

——《灰烬之城》①

西去石家庄不过百里，头顶之上，

便是另一片天空。

突破尘霾，车子一路随山势婉转，

冬日的群山，霎时奔来眼底。

城市在灰色的帷幔后陷落，我们的车轮

被山路渐渐抬升。

人多的地方埋伏着危险，这是新年的第一日，阳光如斯照耀：

山谷间寂静的村落，山坡上的青松翠柏，

除了我们，偌大的仙台山中

再没有游人。

细微的山风送来松柏的浅香，可深深呼吸，

洗净肺腑间的浊气。

——《登仙台——致泽文兄》

晴朗李寒虽然长期生活在石家庄，但他对这座城市的情感并非完全是赞美。他看到了石家庄城市化进程中出现的雾霾、灰尘等严重的污染现象，并为石家庄成为"灰烬之城"而感到愤怒。但在愤怒之余，晴朗李寒又有一丝无奈——作为在"灰烬之城"中长期生活、工作的一

---

① 晴朗李寒：《时光陡峭》，人民文学出版社 2018 年版，第 127 页。

员，他和他的家人仍然必须与这座城市共存，他厌恶石家庄的雾霾，却难以离开石家庄。在这种生存境遇中，诗人只能到仙台山这样没有遭受工业污染的地方去呼吸新鲜空气，并寄情于山水之间。而在《张家口诗抄·山城月》《张家口诗抄·大境门》《张家口诗抄·暖泉镇》《张家口诗抄·堡子里》等"张家口系列"与《太行深处》《醉酒：太行月》《太行诗册》等"太行山系列"诗作中，晴朗李寒深情赞美了张家口、太行山秀丽的自然风光与居民朴实的乡间生活，他似乎在远离喧嚣城市的环境中才能感到心安。这是因为晴朗李寒长期居住在石家庄这座污染较严重的城市，"回归自然"成为他内心的渴求。此外，张家口、太行山的乡村风情与自然景观，也从某种程度上唤醒了晴朗李寒沉睡已久的乡村记忆。

上文所提到的晴朗李寒书写石家庄、张家口、太行山的作品，都是以"日常生活"为素材的诗歌，他现实身份的建构就植根于"日常生活"。这里所说的"日常生活"，是指"以个人的直接环境（家庭和天然共同体）为基本寓所、旨在维持个体生存和再生产的各种活动的总称，其中包括衣食住行、饮食男女等以个体的肉体生命延续为目的的生活资料获取与消费的活动；婚丧嫁娶、礼尚往来等以日常语言为媒介，以血缘和天然情感为基础的日常交往活动，以及伴随上述各种活动的非创造性的重复性日常观念活动。"① "日常生活"不可避免地具有凡俗性、重复性，充斥着人们平常司空见惯的场景与事物。正因为如此，虽然人们无时无刻不处于"日常生活"中，但"日常生活"却在很长一段时间被视为是不宜在诗歌中表现的题材，直到 20 世纪 80 年代之后，对"日常生活"的表现才大量出现在诗歌中。并且"日常生活"书写常伴随着对"叙事性""口语化"等问题的讨论。一般而言，叙事元素的加入，

---

① 衣俊卿：《从日常生活批判到哲学人类学——中国现代化的宏观理论构想》，《天津社会科学》1992 年第 1 期，第 13 页。

能够改变抒情的单一性，从而更充分地表现"日常生活"的细节。晴朗
李寒对"日常生活"的书写也具有"叙事性"，他细致入微地观察着周围
的一切，使那些生活中不起眼的小事诗意化，如这首《风中的自行车》：

> 一个家，三口人，被命运安置在
> 这辆半新不旧的
> 自行车上，被生活安排在
> 突然降临的暮色中，西北风吹过冷清的都市
> 吹着这辆吱嘎作响的自行车
> 使它前进的方向不断扭曲
>
> 此刻路灯昏暗，如同花眼的老者
> 将树干的碎影，胡乱地涂在他们身上
> 三个人黑成一团，像被焊接在一起的奇怪物体
> 而自行车多么单薄，可怜
> 它肯定是在提着气，一面躲避着西北风
> 一面承载着一个家的全部重量
>
> 男人的面目不清，他把力气都交给了双腿，
> 如同一匹上坡的老马
> 他肯定张大了鼻孔，闭紧了嘴巴，
> 而他的脊背，像绷紧的弓弦
> 瘦削的女人坐在背后
> 双臂紧紧趔着儿子，也许是女儿，
> 个头与她相差不多
> 为了平衡，她把身子仰向后面的虚空

西北风掠过太行山，像发威的猛兽

什么也不能阻止它的脚步

没有谁可以减小它的速度

它吹出来三颗星星，在石家庄上空闪烁

当它吹过这辆自行车，吹过

这三个寒夜回家的人

它是否会发生些微妙的变化

在石家庄的寒风中骑自行车，这是再平凡不过的场景，但晴朗李寒通过对这一场景细节的描写，让读者体会到一个普通家庭亲情的温暖。诗中这一家三口的生活并不富裕，否则不会三个人挤在一辆"半新不旧""吱嘎作响"的自行车上，艰难地骑行在寒风中。破旧的自行车承载着"一个家的全部重量"，而骑自行车的男人，无疑是全家的"顶梁柱"。他如同"一匹上坡的老马"一样骑着，并带着他瘦削的妻子和孩子。骑行对这个男人而言是一种家庭责任的承担，更是一种亲情的流露。晴朗李寒把这"三个寒夜回家的人"比喻成石家庄上空的"三颗星星"，表达了他对这一家三口的赞美之情，也将"现实之硬"转化成了"诗歌之软"①。

可以说，《风中的自行车》这首诗，渗透着晴朗李寒自己对家庭生活的深刻体会，从某种程度上《风中的自行车》就是晴朗李寒生活的自况。因为在现实生活中，晴朗李寒也是一个三口之家的顶梁柱，他由衷地爱着他的妻子小芹与女儿晴晴，并为她们写下许多饱含深情的诗歌。正如诗人郁葱所说："晴朗李寒是诗歌中坚定的'现实主义者'，他的诗歌与生活、与经验、与情感的线谱有着相当紧密的关系，他几乎可以用自己的诗作为自己勾勒出面容和个人的'信史'。"② 在《晴晴》

① 刘波：《在生活里求真，在思想中问道——晴朗李寒诗歌论》，《新文学评论》2015 年第 3 期。
② 郁葱：《一种诗歌精神的延展与命名——再论"燕赵七子"的诗学意义》，晴朗李寒著《点亮一个词》，花山文艺出版社 2017 年版，第 15 页。

《黄昏——致小芹和女儿晴晴》《2005 年中秋致小芹》《文竹——献给小芹》《纸飞机——给晴晴》《白夜——给小芹》《春困——给小芹和晴晴》《小梧桐——给晴晴 6 周岁生日》《悠长夏日：献给小芹和晴晴的慢板》等作品中，晴朗李寒表达了自己对"丈夫和父亲"这一家庭身份的强烈认同感，他把妻子小芹和女儿晴晴视为生命中最宝贵的一部分来爱，小芹和晴晴也成为晴朗李寒诗中倾诉的对象。晴朗李寒称自己为献给小芹的"最好的生日礼物"，并密切注视着晴晴的成长。在《文竹——献给小芹》一诗中，晴朗李寒写到自己对小芹"敏感的爱"：

> 一丛竹子带来去年的薄荷，带来旧日的
> 风雨，让我变小，说出爱。
>
> 它的绿是新鲜的，梦是纤纤的。
> 就算是一杯小小的酒，它也是微醉的。
>
> 缪斯打开甘甜的喷泉，
> 突然让我面对一片云，无语。
>
> 谁点起五枝檀香，轻烟袅袅
> 让我平静了呼吸？
>
> 恰似敏感的爱，隐藏在肉体深处的
> 心跳，每一下，都引它颤动。

在当下，"说出爱"这一本来很正常的情感表达对很多人来说却是困难的。晴朗李寒在诗中坦然地对小芹"说出爱"，说明他把"爱"视为家庭生活中最为自然的一部分，也体现了他对家庭身份的自觉认知：

"对于家庭，我非常珍视它的和谐、安宁、稳定。家是永远的避风港，有了这样的生活保证，人才能后顾无忧。你在外面受到的伤害、受到的压抑，在温暖的家中，在爱人和孩子身边都会立刻消解。她们带给你的精神与心灵抚慰，是任何东西都无法替代的。"① 评论者杨东伟也谈到，对"爱"的书写是晴朗李寒缓和、平衡自己与世界关系的天平②。总之，"爱"是晴朗李寒诗歌中极为重要的一部分，即便日常生活中充满平庸与麻木，晴朗李寒仍然能够体会到"爱"、写出"爱"："我们的爱，肯定没错。/看看七岁的女儿，飞来跳出，顺风而长，/这是我的血，你的肉，/是我们的爱/相加后，最正确的答案。"(《多点情，多点色——给我们的纪念日》)"它无需声调，只管轻轻地/从心灵深处/穿越漫长黑暗的喉咙/自平静的舌头上滑过/在稍稍开启的双唇间吐出/爱——"(《爱……》)

晴朗李寒不仅在诗中坦然写出"爱"，并且为了他爱的家人，晴朗李寒愿意承担现实生活中的一切磨难与考验。他曾在俄罗斯西伯利亚做过几年俄语翻译（1993—1998），短暂地在某文学函授学院做过编辑与指导老师（1990—2000），到俄罗斯的远东做过皮货贸易的翻译（2000—2001），在《大众阅读报》《诗选刊》等刊物当过编辑（2002—2012），可以说，晴朗李寒为了谋生，换过很多份工作，他的物质生活并不宽裕③。尤其是在 2012 年之后，晴朗李寒离开了体制内工作，失去了稳

---

① 刘波、晴朗李寒：《在诗歌写作中获得自我救赎——晴朗李寒访谈》，《新文学评论》2015 年第 3 期。

② 杨东伟：《"那依旧闪烁的，在更远处……"——晴朗李寒诗歌论》，《六十七度》2015 年总第 11 期。

③ 晴朗李寒在《阿赫玛托娃诗全集》译后记《我的缪斯，我的爱》中曾提及自己生活的艰辛："……1998 年，因公司停止在俄罗斯的业务，我回国了，回国便面临着失业。公司经营不景气，不再发工资，不再给交各种保险，所有员工无奈地各奔东西，自谋生路。我先后换了多家单位，在私立文学院当过函授老师，在广告设计公司当过营销员，自己开店当过小老板，也曾做过短期的翻译，到俄罗斯的远东地区，去收购腥臭难当的牛皮和猪皮。"见《阿赫玛托娃诗全集》第 1347 页。

定的收入，妻子小芹也早已没有了工作，为了全家人的生活，晴朗李寒决心"不再给别人打工"，而是和妻子一起开起了"晴朗文艺书店"，以出售中外诗人的诗集为主。开一家个人书店并不容易，从进货到销售全由晴朗李寒夫妻二人操办，其中的辛苦外人难以知晓。但晴朗李寒似乎是"以苦为乐"，对他目前的生活感到知足，他近年来的作品也时常透露出对"书店老板"这一身份的认同。在《书店一日》《淘书记》《书（一）》《书（二）》《人书俱老——小书店工作汇报》《书奴日记》等诗中，晴朗李寒都写到了他的书店工作。这份工作一方面是为了谋生，另一方面是出于对书籍的热爱。晴朗李寒认为人与书共享着相同的命运，他也为从他书店里买到书的顾客寄予深深的祝福。例如，在《书店一日》中，晴朗李寒写道：

> 这一天，卖出了几本书，
> 知足了！
> 我知道，我们还被一些人
> 持续地爱着。
> 这些诗集被仔细包裹，会随我们的
> 祝福远去！
> （读诗人，请接受我们的祝福！）

又如《人书俱老——小书店工作汇报》：

> 这是每天的劳作——两个文字的搬运工：
> 我将它们一本本从书堆中淘回，沉甸甸地拎回家。
> 你认真填写好快递单，一笔一画写好明信片，
> 为远方的书友写下祝福的话语，
> 我忐忑地

在自己书的扉页上签下名字。

我们一层又一层包好，像年轻父母

用襁褓包裹起婴儿，

仿佛年老的父母，护送即将远行的孩子，

生怕在旅途中，他们会受到损害和惊吓。

"好啦，出发吧，去开始自己新的生活，奔向

你新的主人，新的家，

一路平安！"

晴朗李寒认真地对待每一本书，如同对待自己的孩子。他以自己书店老板的身份为傲，因为他可以与书一起生活，"每日在书堆中吃饭、睡觉、阅读、思考"，并且还可以与书一起慢慢变老。阿根廷诗人博尔赫斯说："我心里一直在暗暗地设想，如果有天堂，那应该是图书馆的模样。"而晴朗李寒则是希望他自己"最后的归宿——那只小小的木匣"，也有"书的形状"。可见，这位嗜书如命、自称为"书奴"的书店老板对书有着发自内心的热爱，甚至将书籍视为生命。正因为热爱，所以晴朗李寒选择与书为伴、以卖书为生。

除卖书之外，晴朗李寒还有一重现实身份：诗歌翻译者。他所选择的翻译对象主要是俄罗斯女诗人，如阿赫玛托娃、茨维塔耶娃、英娜·丽斯年斯卡娅等。晴朗李寒所翻译的《阿赫玛托娃全集（三卷本）》与英娜·丽斯年斯卡娅诗集《孤独的馈赠》已经正式出版。此外，晴朗李寒还翻译过 2015 年诺贝尔文学奖获得者阿列克谢耶维奇的作品《我还是想你，妈妈》。译者身份对晴朗李寒而言也十分重要，译诗这一举动对其创作有着重要意义：晴朗李寒认为翻译不仅是为了谋生，更重要的是"为快乐而翻译"，感受进入诗人内心世界"探险寻宝"的刺激。① 晴

---

① 晴朗李寒、邹建军：《想当大师，先得有"大诗"——晴朗李寒访谈录》，《中国诗歌》2011 年第 7 期。

朗李寒可以被视为"诗人翻译家"的一员，其翻译对象的诗歌精神气质深刻影响了他的诗歌创作，而他的翻译在忠实于原文的同时也力图体现个人的风格，他的创作与翻译之间形成了互动关系。

二、"诗人作为译者"：创作与翻译的互动

在前文提到的《书店一日》的结尾处，晴朗李寒写到他晚上七点之后的书店生活："七点的灯光下，书店成为/我们两个人的书房。一本厚厚的诗集/在电脑前打开，/我与阿赫玛托娃的长谈/才刚刚开始。"这段诗句形象地描述了晴朗李寒在灯下翻译阿赫玛托娃作品的场景，他把翻译视为与阿赫玛托娃的对话，一个灵魂与另一个灵魂的碰撞，通过翻译去感受阿赫玛托娃的内心。而除了阿赫玛托娃之外，晴朗李寒还系统翻译过另外一位俄罗斯女诗人英娜·丽斯年斯卡娅的作品。他在自己的诗歌《蜕》中表达了对英娜·丽斯年斯卡娅的崇敬与赞美之情：

> 你耻于和他们为伍。是的，
> 你永远地站在了人群的另一方。
>
> 是他们最初抛弃了你，
> 这是多么被动而无奈的选择。
>
> 你曾多么无助，在黑暗中向他们呼唤，
> 他们却厌倦地背转身去。
>
> 你曾撕裂胸膛，捧出炽热的心给他们看，
> 而得到的是耻笑和谩骂。
>
> 暴风雪一次次席卷过生命的上空，

你坚守着作为人子的美德。

是的，这不是你的时代。那些人
不屑于面对正义、高尚、善良。

不是你愿意背离他们，与世界隔绝，
你一直不曾放弃期待。

你默默吐丝，一层层把自己包裹，
那是泪水和血液凝结的丝呀——

上帝是盲目的，他是否能宽恕你，
是否让你背生双翅，破壳而出

会的，你带血的诗句会惊醒他们，
多少年后，他们会回转身来亲眼看到：

你飞起来投身火焰，让不死的灵魂，
与心中的祖国一起涅槃。

这首诗最初发表于"诗生活"网站的时候，是以英娜·丽斯年斯卡娅自己的口吻"我"来写的，而在正式出版的诗集中，晴朗李寒把人称"我"改成了"你"，变成了晴朗李寒与英娜·丽斯年斯卡娅之间的对话。实际上，翻译的过程便是两个不同国度、不同时代甚至不同性别的灵魂之间的对话过程，好比是译者在海滩上捡到了原作作者抛出的漂流瓶，并以自己独有的方式打开它，再通过翻译这种方式将漂流瓶传递给读者。晴朗李寒之所以选择阿赫玛托娃、英娜·丽斯年斯卡娅等俄罗斯女诗人作为自己主要的翻译对象，其中一个很重要的原因就是他在俄罗斯女诗人的人生经历与诗歌作品中发现了与自己志趣相投、灵魂相通的部分。晴朗李寒曾在访谈中提到自己对俄罗斯诗人的认识："他们往往都具有虔诚的信仰，怀有'弥赛亚'精神，悲天悯人，把自己看成是时代的先行者，唤醒世人于麻木状态的先知，拯救世人于苦难的圣徒。他们执着地追求精神的高度独立，反抗专制统治，不妥协，拒绝遗忘，并为此不惜牺牲肉体的自由，甚至付出生命的代价。"① 的确，俄罗斯诗人，尤其是俄罗斯女诗人的诗句中充满坚强不屈的精神与虔诚的信仰，她们大多有坎坷的人生经历，但从未向命运屈服，而是把苦难视为人生的财富，以自己心灵的光辉照亮整个俄罗斯。比如，被称为"俄罗斯诗歌的月亮"的阿赫玛托娃在诗中写道："痛苦成了我的缪斯，/她和我勉强一路走过，/那里禁止通行，那里只有别离，/那里有头猛兽，品尝着罪恶。"英娜·丽斯年斯卡娅也在诗中说："请你不要绕过我，/这倒数第二的不幸！/至于那最后的不幸/我自己也不会主动绕行。"从阿赫玛托娃、茨维塔耶娃到英娜·丽斯年斯卡娅，俄罗斯的女诗人有一条贯通的精神线索，她们不是依靠外在的事物而使自己立足于人世间，而是凭借自己内心坚定的信仰，在她们身上呈现出忍耐、牺牲、奉献、坚韧的"俄罗斯精神"。

在访谈中，晴朗李寒曾谈到自己对"好诗"的理解："1. 好诗应该有真感情、高境界、美意趣、深哲理。2. 好诗是用文字记录精神的历险，为自己设置精神的悬崖，把自己打入精神的地狱，或推上精神的峰巅。3. 优秀的现代诗，并非在诗中堆砌大量的现代生活中的新生事物名称和科技术语，而应更多地体现诗人精神、思想上的高度和超前意识。4. 好诗要认真把握内心确切要表达的事物，平淡中求真味，在细

---

① 晴朗李寒、邹建军：《想当大师，先得有"大诗"——晴朗李寒访谈录》，《中国诗歌》2011 年第 7 期。

碎而单调的生活细节里，捕捉人性的光辉。5. 好诗要有对生命和生存的独特揭示，冷静呈现，细致描摹。6. 好诗应该有优美的语言、柔软的内心和强韧的灵魂。7. 好诗应该传达出来自灵魂深处的疼痛，让承载它的白纸也颤抖起来，让读到它的人如同遭遇电击。8. 好诗让灵魂获得自由的空间，成为可以与命运抗衡的工具。"① 从晴朗李寒对"精神""灵魂"的强调可以看出，"俄罗斯精神"在某种程度上与他对诗歌的认知相契合。不仅如此，"俄罗斯精神"也影响到晴朗李寒的诗歌创作，正如他自己所认为的那样："研究、翻译一位诗人久了，他的写作风格势必也会潜移默化地影响到自身的诗歌写作，甚至会作用于我的精神思想和人生境界。"② "俄罗斯精神"对晴朗李寒诗歌创作的影响可以从以下诗句中看出来："我必须发动一场革命，我必须一次一次地杀死自己，必须/再三地把自己推向生活的边缘，/必须时时面临绝境，才能让心灵不再麻木不仁，/我必须在心中不断地呼唤/自己的名字，我才能明白，/日渐沉重的躯壳，还在爱着这个冷酷的世界。"（《体内的闪电》）"人啊，你这具人皮做的灯笼！/小心提着它，走在路上，/你的生，你的灭，谁也无法替代。/有些灯火通明，甚至照彻别人的路途，/有些光线微弱，只能稍稍照亮自己的脚下。"（《人皮灯笼》）"他们让我失语，被承诺信守的/隐秘折磨。而我的骨头，却在血肉深处/咯咯作响/拿去吧！用它们去为自己敲响丧钟，/即便化成灰，它突然爆起的磷火/也会灼痛施暴者的灵魂。"（《骨头——致曼德里施塔姆》）晴朗李寒的这些诗句，既反映了"人"在世界上悲剧的处境，又显示出个体面对悲剧性的生存所做出的回应——对命运的承担，与"俄罗斯精神"形成了呼应。

---

① 晴朗李寒、邹建军：《想当大师，先得有"大诗"——晴朗李寒访谈录》，《中国诗歌》2011 年第 7 期。
② 刘波、晴朗李寒：《在诗歌写作中获得自我救赎——晴朗李寒访谈》，《新文学评论》2015 年第 3 期。

晴朗李寒在翻译俄罗斯诗人作品的过程中体会到他们悲剧性的个体承担精神，并结合自己对现实人生的认识与感受，写下了如上这些诗句。这个过程反映出原作作品对译者精神气质的影响。郁葱认为晴朗李寒"有那种把时间、岁月和日常酿进酒中的能力，他的书写多取自日常生活，具有很强的现实性和存在感，……他让我想到阿赫玛托娃，想到茨维塔耶娃，想到希尼——想到曼德尔施塔姆……他们都是那种能在日常中建筑诗性和神性的诗人，他们携带着微弱光源，将眼前那些黑色的字迹一一照亮"①。如前文所述，日常生活不可避免地存在琐碎与凡俗的部分，晴朗李寒与他的翻译对象俄罗斯诗人却善于在日常生活的细节与场景中发现真理。阿赫玛托娃的诗歌具有强烈的抒情性，而晴朗李寒则在抒情的同时加入了叙事元素。另外，阿赫玛托娃、茨维塔耶娃、英娜·丽斯年斯卡娅都是女诗人，晴朗李寒对女性诗人的偏爱有其生活背景的原因：无论是其"文学的启蒙者"——母亲，还是与其相知相伴的妻子和女儿，女性在晴朗李寒的生活中占据了重要地位。所以，"女性"不仅成为晴朗李寒"永远关注并写作的主题"，女诗人的作品也成为其重点翻译的对象。

实际上，从中国现代诗歌到当代诗歌，像晴朗李寒这样的"诗人翻译家"并不少见，甚至可以称为诗歌写作中的一个重要现象。早在1927年，朱湘就在《说译诗》中提出了"诗人译诗"的宣言："唯有诗人才能了解诗人，唯有诗人才能解释诗人，他不单应该译诗，并且只有他才能译诗。"② 朱湘的观点在本雅明的阐释中得到了呼应："即使拙劣的译者也承认，文学作品的精髓是某种深不可测的、神秘的、'诗意的'东西；翻译家若要再现这种东西，自己必须也是一个诗人。"③ 朱

---

① 郁葱：《一种诗歌精神的延展与命名——再论"燕赵七子"的诗学意义》，晴朗李寒著《点亮一个词》，花山文艺出版社 2017 年版，第 14—15 页。
② 朱湘：《说译诗》，《文学周报》1928 年 2 月第五卷合订本。
③ ［德］本雅明：《启迪：本雅明文选》，汉娜·阿伦特编，张旭东、王斑译，生活·读书·新知三联书店 2008 年版，第 82 页。

湘与本雅明的说法虽然有些绝对，但事实的确正如王家新所认为的那样："'诗人译诗'是一种'现代传统'"。① 从胡适、周作人、郭沫若、梁宗岱、徐志摩、朱湘、戴望舒、卞之琳、冯至到穆旦、王佐良、袁可嘉、陈敬容、郑敏、绿原、屠岸，再到北岛、荀红军、张枣、西川、张曙光、王家新、黄灿然、宋琳、臧棣、姜涛、李笠、西渡、田原、桑克、北塔、明迪、海岸、汪剑钊，"诗人作为译者"这一具有"现代性"的传统明晰可见，晴朗李寒也属于这个系统之中。王家新还借穆旦翻译《英国现代诗选》的例子，深入地谈到诗人翻译与写作的关系："他的翻译和他所关注的诗歌问题深刻相关，和他自身的内在需要及其对时代的关注都密切地联系在一起。他通过他的翻译所期望的，正是一种'真正的诗'的回归。"② 如前文所述，晴朗李寒所选择的翻译对象都是与其兴趣相合、心灵相通的俄罗斯诗人，而俄罗斯诗人作品中充溢着的"俄罗斯精神"又进一步影响到了晴朗李寒的诗歌写作，晴朗李寒的诗人身份与译者身份之间产生了互动。

晴朗李寒在翻译俄罗斯诗歌的过程中，力图还原诗歌的原始风味，准确地对待字词，使每一个诗人的独特作品风貌都得以呈现："我与友人谈到翻译时，把译介作品比作按照原作重新雕刻一件作品。我的翻译程序是先熟读原作，直到烂熟于胸后，再雕刻出大概，使其初具原作的形态，然后便是于细节处的雕琢，尽力使每一个词都能传达出原作的本意，并力求把原作的灵魂思想也移植入这个新的载体。……我要努力保持诗人原作的原味儿，令其个性最大限度地保留，不致使人读后，分不清这是阿赫玛托娃，还是茨维塔耶娃，不致使千人一面，不致使每个诗人的译作都打上'晴朗李寒制造'的烙印。"③ 这段话传达了晴朗李寒

① 王家新：《翻译的辨认》，东方出版中心 2017 年版，第 94 页。
② 王家新：《翻译的辨认》，东方出版中心 2017 年版，第 87 页。
③ 晴朗李寒、邹建军：《想当大师，先得有"大诗"——晴朗李寒访谈录》，《中国诗歌》2011 年第 7 期。

个人的翻译观：译者的权力不能大于原作者的权力，对作品的重新雕刻并不等于将原作者的风格全部置换成自己的风格。因此作为译者的晴朗李寒的身份态度是严肃而谦卑的，他没有把自己的译者身份置于比原作者更高的地位。而从诗歌语言的角度来说，晴朗李寒对诗歌翻译的理解区别于美国学者韦努蒂所说的"归化的翻译"与"异化的翻译"（前者迎合本土读者，往往以"通顺"和本土的语言文化规范为翻译标准，后者则力求存异、求异，让翻译本身成为一种异质性的话语实践①）。他没有按中国读者的传统阅读习惯（如文言句式、词汇，刻意追求押韵等）来翻译俄罗斯诗人，也没有为了凸显自己的风格在翻译语言方面刻意"求新""求变"，而是严肃地对待每一个字词，尽量让读者阅读到原汁原味的俄罗斯诗人作品。

然而，汉语毕竟不同于俄语，即便翻译再忠实于原文，也不可能等同于原文，诗歌翻译考验了译者对汉语的驾驭能力与创造力，怎样将原作的精神气质与汉语的使用相结合，是一个具有创造性的问题。正如本雅明所说："译作者的任务就是在自己的语言中把纯粹语言从另一种语言的魔咒中释放出来，是通过自己的再创造把囚禁在作品中的语言解放出来。"② 所以，晴朗李寒对俄罗斯诗人的翻译不仅是一个还原诗歌原意的过程，也是一个用汉语对原作进行再创造的过程。他是用汉语重新"解释"阿赫玛托娃的诗句，也是用汉语"重塑"阿赫玛托娃。所以，虽然晴朗李寒并不认可那种把翻译作品全部打上自己"烙印"的翻译方法，但他认为个人的语言风格必定会带入他所译介的作品中，如对一些词语的偏爱，叙述的语气等③，这就使自己的译作区别于他人的译作。

---

① 王家新：《翻译的辨认》，东方出版中心 2017 年版，第 13 页。
② ［德］本雅明：《启迪：本雅明文选》，汉娜·阿伦特编，张旭东、王斑译，生活·读书·新知三联书店 2008 年版，第 92 页。
③ 刘波、晴朗李寒：《在诗歌写作中获得自我救赎——晴朗李寒访谈》，《新文学评论》2015 年第 3 期。

就拿对阿赫玛托娃这位女诗人的翻译来说，除晴朗李寒之外，目前国内阿赫玛托娃作品的主要译者还有高莽、汪剑钊、戴骢、陈耀球、杨开显、伊沙、王守仁等，晴朗李寒的翻译与这些译者的翻译就存在明显不同。晴朗李寒的翻译过程也与其人生经历有着密切联系：晴朗李寒对阿赫玛托娃的翻译虽然开始较早（20 世纪 90 年代后期），但由于他回国后工作频繁变动，在石家庄居无定所，所以他的翻译过程比较艰辛，经常被迫中断。直到晴朗李寒离开体制内工作之后，他才有时间和精力翻译完《阿赫玛托娃全集》。因此，晴朗李寒对阿赫玛托娃的翻译是在克服种种困难后完成的，凝聚了他的辛苦与汗水。晴朗李寒称阿赫玛托娃为自己心目中"伟大的缪斯"："她的姓名的缩写，是三个 A，居于俄文字母表中的第一位；她是白银时代'阿克梅派'的核心诗人。'阿克梅'是希腊文，有'高端、顶峰'的意思，它的第一个字母也是 A。这些都暗中契合了她在我的诗歌世界中无可替代的首要位置。"[1] 从语言角度来说，晴朗李寒从初中就开始学习俄语，大学期间就读于俄语专业，之后又有在俄罗斯的工作经历，因此晴朗李寒不仅具有较强的俄语功底，也更加了解阿赫玛托娃生活与写作的社会环境。他对阿赫玛托娃的翻译直接来源于俄语原文，并非转译；并且晴朗李寒对《阿赫玛托娃全集》的翻译，在国内尚属首次，他力图使读者了解到一个更加全面、更加复杂的阿赫玛托娃："这本诗全集是参考多种俄语版本，由本人编辑、整理，按照作品的大致写作年份顺序来排列的，一些断句、散章也收入，力求保留原貌。为便于阅读，把《安魂曲》等几首叙事长诗放在了后半部分。最后，还附有诗人生平及创作年表，也是经多方搜集资料，比对、勘误，然后翻译完成的。"[2] 可见，晴朗

---

[1]　晴朗李寒：《我的缪斯，我的爱》，［俄罗斯］安娜·阿赫玛托娃著《阿赫玛托娃全集》，晴朗李寒译，人民文学出版社 2017 年版，第 1343 页。

[2]　晴朗李寒：《我的缪斯，我的爱》，［俄罗斯］安娜·阿赫玛托娃著《阿赫玛托娃全集》，晴朗李寒译，人民文学出版社 2017 年版，第 1351 页。

李寒不仅致力于诗歌文本的翻译，他还在诗人生平的史料搜集方面下了很大功夫。

综上所述，对"诗人作为译者"的晴朗李寒而言，翻译不仅是一种任务，也是一门"手艺"。他在翻译的同时也是在创造一个全新的"手工艺品"。实际上，晴朗李寒也将诗歌创作视为一门"秘密的手艺"，把自身定位为一个"词语的手工艺人"。这种身份认知受到他的翻译对象——俄罗斯诗人的影响，又与多多等中国当代诗人的诗歌观念形成了共鸣。

三、"掌握语言秘密的手艺人"

晴朗李寒的诗歌中经常出现"词语"一词，对"词语"的书写倾注了晴朗李寒的热爱。比如《我渴望被一个词点亮……》：

> 我渴望被一个词点亮！
> 词，命令舌头抵达黑暗，
> 并突破所有禁锢。
> 让词根说话，
> 在幽暗的深渊中挖掘火种，
> 让骨骼中的磷，燃烧，
> 冲破肉体的樊笼。
> 让它奔走，让它寻找光明，让它歌唱，
> 贯穿一生，直达来世。
>
> 我渴望被一个词点亮，
> 更渴望用一生，点亮一个词。

又如《瓷·词》：

……

瓷与词，走过漫长而黑暗的通道，

得到了神的祝福，

当它们降生，它们就有了从内部

发散的光芒，

或力透纸背，或掷地有声。

……

"词语"被晴朗李寒在诗中赋予了神圣的、至高无上的地位，它具有"从内部发散的光芒"，能"点亮"诗人的一生，使诗人突破"肉体的樊笼"，去"寻找光明"。正如伽达默尔所说："诗说的是语词的事件，事件如火山爆发一般，它将诗从对抗日常生活的追逐中脱出。"[1] 实际上，自 20 世纪 80 年代中期开始，对"词语"的热爱与崇尚就已经逐渐成为中国诗人共同的追求。比如，诗人戈麦便宣称："诗歌应当是语言的利斧，它能够剖开心灵的冰河。在词与词的交汇、融合、分解、对抗的创造中，一定会显现出犀利夺目的语言之光照亮人的生存。诗歌直接从属于幻想，它能够拓展心灵与生存的空间，能够让不可能的成为可能。"[2] 臧棣认为，戈麦对词语的信赖体现出一代诗人对诗歌语言的重视："从喜爱词语到信赖词语，戈麦（不是唯一但却有相当程度的代表性的）发展了我们时代的汉语的一个美学特征。"[3] 在另一篇文

---

① ［德］汉斯·格奥尔格·伽达默尔：《诠释学的实施：美学与诗学》，吴建广译，北京大学出版社 2013 年版，第 398 页。

② 戈麦：《戈麦诗全编》，西渡编，上海三联书店出版社 1999 年版，第 426 页。

③ 臧棣：《犀利的汉语之光——论戈麦及其诗歌精神》，戈麦著，西渡编《戈麦诗全编》，上海三联书店出版社 1999 年版，第 442 页。

章中，臧棣也把 20 世纪 90 年代的诗歌主题指认为"历史的个人化与语言的欢乐"，并认为"对语言的态度，归根结底也就是对历史或现实的态度"①。无论是在戈麦，还是在臧棣看来，"语言"／"词语"在 20世纪 80 年代中期之后已经具有了超越其本身的意义，与时代语境有了更为紧密的联系。这种联系在 20 世纪 80 至 90 年代诗歌转型的过程中变得更为明显，王家新作于 1992—1993 年的一首长诗便直接命名为《词语》。他在访谈中说道："现在对我来说，不仅诗歌最终归结为词语，而且诗歌的可能性，灵魂的可能性，都只存在于对词语的进入中。"② 可见"词语"在经历过时代转型的诗人心目中已拥有了足以与"灵魂"沟通的力量，与诗人的"时代经验"融合在一起。

进入 21 世纪，随着社会环境的进一步变化，诗人的物质生活与精神世界的张力越来越大，尤其是对晴朗李寒这样脱离体制工作的诗人而言，来自物质生活的压力无处不在，其心灵经受着严峻考验。在这种充满危机的生存境遇之中，诗歌中的"词语"成为照亮晴朗李寒心灵的一盏明灯，具有了改变诗人生命的力量，甚至具有"神性"。但诗人并不是"词语"的奴隶，诗人对"词语"的使用也是赋予"词语"以全新生命的过程。这一"词语"与诗人相互作用的过程在晴朗李寒的诗中有所体现：

> ……
> 一个词，
> 有时会改变一个人的命运。
> 一个人，
> 有时会在一个词中，虚度一生；
> ……

---

① 臧棣：《90 年代诗歌：从情感转向意识》，《郑州大学学报（哲学社会科学版）》1998 年第 1 期。
② 王家新：《夜莺在它自己的时代》，东方出版中心 1997 年版，第 47 页。

几千年过去，

所有的词，都用旧了，

只有诗人

能够赋予其新生。

——《一个词，一个人》

字如其人。我的字里

是我的命！

每写下一个字，就是从内心取出一粒火种，

我的心

都要被灼伤一次。也许，

一个字还没来得及写完

就会耗尽我的一生。

——《白纸黑字——兼怀周建岐》

嘘，——

别轻易触动那些

黑暗之词，它们的破坏力

超乎你的想象。

它们可以摧毁

你所创造的一切，直至

毁灭你的生命。

它们像一把把神秘的钥匙，

一旦被你选中，

嵌入某个句子，就仿佛一把钥匙

准确插入了神秘的门锁。

大门轰然开启，犹如打开的潘多拉盒子

所有的邪恶、罪孽

都会蜂拥而出。

——《黑暗之词》

　　在这些有关"词语"的诗句中，我们可以看出晴朗李寒把"词语"置于与其生命相同的高度，并强调了"词语"与诗人生命的相互作用："词语"改变着诗人的生命，而诗人也有能力塑造"词语"。在另一首名为《秘密的手艺——答李南》的诗中，晴朗李寒把对"词语"的运用形容为一门"秘密的手艺"，而诗人也就此成为"掌握语言秘密的手艺人"：

……

这是你的快乐，一个

掌握着语言秘密的手艺人，

爱上日夜不停地敲打，

爱上熊熊的烈焰，

在脊骨上锤击，在血泪中淬火，

让每一个词，都锻造成

一把把刺破黑夜的闪电。

……

再残酷的时代，

也不能撬开你的嘴，

让你交出这传承已久的技艺。

而在生命的终点，

为了让它——这词语的漂流瓶

去未来寻找自己的传人，

你将自信地

把它抛向大海无际的深渊。

在这首诗中，晴朗李寒将诗人"锻造词语"的过程称之为"手艺"，既然是"手艺"，就区别于机器流水线批量生产的部件，从而强调了诗人作品的独一无二性。晴朗李寒在访谈中也把自己定位为一个"手工艺人"："写作者是永远的手工艺人，他应该永远不被那些流行的技巧所迷惑，他不羡慕那些快速生产加工的流水线，不羡慕别人做工精良的模具。他对自己永远是苛刻的，他坚信，世界上最好的精神艺术品、最有效的生产方式，便是用手、用心一点一点雕琢出来的，它应该独特、个性，应该精益求精，别人难以复制或仿制。他在慢慢地雕琢着，感到了生命的真切可爱。"① "诗人像小作坊中的个体手工业者，但不是标本制作者。"② "手工艺人"的自我定位显示出晴朗李寒对写作甚至翻译的专业性、高标准要求：无论是写诗还是翻译，都不是随意而为的游戏，也不是千篇一律的流水线产物，而是一项"日夜不断敲打""用手用心一点一点雕琢出来"的独一无二的精细工业品，虽然产量可能不高，但能够保证作品的质量。正因为如此，晴朗李寒才会把"闪电化""模式化""庸俗化""没文化"③ 视为当下诗歌的弊端，并在诗中写道："我的字里是我的命。""一个字还没来得及写完/就会耗尽我的一生。"

在中国当代诗歌发展过程中，晴朗李寒把写诗视为"手艺"、将诗人视为"手工艺人"的身份认同观念并不是个案，而是有着可以辨认的传统。洪子诚认为当代诗人中较早把诗歌写作与"手艺"联

---

① 晴朗李寒、邹建军：《想当大师，先得有"大诗"——晴朗李寒访谈录》，《中国诗歌》2011 年第 7 期。
② 晴朗李寒、邹建军：《想当大师，先得有"大诗"——晴朗李寒访谈录》，《中国诗歌》2011 年第 7 期。
③ 晴朗李寒对"闪电化""模式化""庸俗化""没文化"的定义分别为："灵光片羽，瞬间一亮，不留印象""流水作业，产量大，无限复制""突破底线，乱丢垃圾""没有门槛，谁都能写，浅陋粗俗，随意，放肆"。见晴朗李寒、邹建军：《想当大师，先得有"大诗"——晴朗李寒访谈录》，《中国诗歌》2011 年第 7 期。

系起来的诗人是多多，1974 年他写出了《手艺》这首诗①。这首诗有一个副标题是"和茨维塔耶娃"，而茨维塔耶娃曾出版过一本名叫《手艺集》的诗集。在张桃洲的研究中，多多《手艺》这首诗的标题还有一个更直接的出处，那就是茨维塔耶娃的组诗《尘世的特征》里的几行②：

> 我知道，
>
> 维纳斯是手的作品。
>
> 我，一个匠人，
>
> 懂得手艺。

张桃洲就多多诗中的"手艺"一词谈了他的看法："在很多严肃的诗人那里，他们提到'手艺'一词时，不仅仅指单纯的诗歌技巧或技艺，而是在一种原初的意义上使用它的，即在类似海德格尔'技艺'（technē）一词的内涵上来理解"手艺"的。在海德格尔看来，'技艺'（technē）不是一个单向度的语汇，而是'联结技术与艺术的中间环节'，也就是，它一方面指示了现时代技术的根源，另一方面意味着'美的艺术的创造（poiesis）'，而恰恰是后者才真正构成现时代'拯救'力量的来源。"③"手艺"对多多而言不仅是一个单纯的"词"，而是指向"创造"，以及心灵的拯救。在多多写下《手艺》的 20 年后，身处海外的张枣写出了十四行组诗《跟茨维塔耶娃的对话》。在这首"我"与"你（茨维塔耶娃）"对话的诗中，"手艺"也作为一个具有

---

① 洪子诚：《诗人的"手艺"概念》，《文艺争鸣》2018 年第 3 期。
② 张桃洲：《语词的探险——中国新诗的文本与现实》，社会科学文献出版社 2012 年版，第 268 页。
③ 张桃洲：《语词的探险——中国新诗的文本与现实》，社会科学文献出版社 2012 年版，第 269 页。

重要意义的词语而现身：

> 诗，干着活儿，如手艺，其结果
> 是一件件静物，对称于人之境，
> 或许可用？但其分寸不会超过
> 两端影子恋爱的括弧。

　　如果说多多、张枣对"手艺"的书写受到茨维塔耶娃的直接影响的话，晴朗李寒对"手艺"的认知与茨维塔耶娃的联系则更为隐秘。茨维塔耶娃虽然目前还不是晴朗李寒最主要的翻译对象，但从他现有的译诗与诗作中也能够看出茨维塔耶娃对其心灵的重要意义。比如，晴朗李寒写于 2011 年的《活着——致玛丽娜·茨维塔耶娃》这首诗：

> 茨维塔，玛丽娜，
> 这高贵的姓氏，美丽的词根，
> 是花朵，是色彩，
> 是大海般：深广。忧伤。苦涩。
> 是这个世界
> 让我们依恋的部分。
> 四十八年，你如是度过了——
> 在绚丽的开放中，
> 是你自己掐断了这束绽放的火焰？
> 不是，当然不是！
> "是我自己选择了非人的世界——
> 我有什么可抱怨？"

在黑暗与禁锢之中，茨维塔耶娃仍然选择"活着"，"我有什么可抱怨？"的自我设问中蕴含着一种悲壮。与茨维塔耶娃的命运相比，晴朗李寒的人生际遇显然平顺许多，但他也经历过生活的跌宕起伏；在困境中，茨维塔耶娃所具有的不屈精神给予晴朗李寒以心灵的启示。晴朗李寒认为，诗歌是他用来与黑暗抗衡的一种工具，写作能够使自己的心灵获得救赎①。从这个意义上来说，晴朗李寒所指认的"手艺"就不仅是就语言本体层面而言的一种"技术"，而是包蕴着一种神秘的精神力量，与个体命运与时代境遇相联系。正如张桃洲所说："一个人将诗歌写作指认为'手艺'，这表明他很大程度上认同了'手艺'所蕴含的原始力量：一方面，它与现实的土壤紧密相连，从而显得质朴、坚韧、浑沉；另一方面，它保持着与'手'有关的一种古老劳作的神秘品性，从而显得隐晦、超然、深邃。"②

多多、张枣、晴朗李寒的人生经历不同，他们的写作也处于不同的时间段，但他们共同的身份"词语的手艺人"，使他们成为"词语"与时代的连接点。除这几位诗人外，还有一位自诩为"汉语手工艺人"的诗人值得注意。蔡恒平，这位毕业于北京大学的诗人，虽然在 20 世纪 90 年代中期之后逐渐停止了诗歌写作，但他对"汉语手工艺人"的自我身份认同使得他的作品在 1980—2000 年诗歌转型中占有一个重要位置，他的诗歌、小说合集《谁会感到不安》（新世界出版社 2002 年版）可以视为经历过 1980—2000 年社会转型的诗人心灵史。在写给友人吴晓东的诗歌《处境》中，蔡恒平把"汉语手工艺人"的身份理解为一种诗人在变化的时代中自处的方式：

---

① 刘波、晴朗李寒：《在诗歌写作中获得自我救赎——晴朗李寒访谈》，《新文学评论》2015 年第 3 期。
② 张桃洲：《语词的探险——中国新诗的文本与现实》，社会科学文献出版社 2012 年版，第269 页。

尽管境况凄凉，身无长物

但我还活着。活在汉语迷人的镜像中

像一个手工艺人，每日都有辛苦的劳作

把粗糙的事物给予还原，变得完美

让我忘掉自己身在何处

是否还有明天。

20 世纪 80 年代末 90 年代初是中国社会发生重大转型的时代，在一个急遽变化的社会语境中，诗人的内心需要经受住来自多方面的考验。"汉语手工艺人"的身份认同意味着"每日辛苦地劳作"，将"粗糙的事物变得完美"。这不仅是语言层面的"技术发挥"，更指向一种内心的坚守："技艺不等同于某种技术、方法，它与感受，与生命相关。"[1] 写作虽然能让诗人"忘掉自己身在何处/是否还有明天"，但并不是对现实的逃避，而是在对现实有着清醒认知的同时，保持自己对忠实与严肃的诗歌写作态度："我为自己的形象找到了一个无须更改的命名：手工艺人。做一个汉语手工艺人是我唯一的愿望——这同样是我对自己使用汉语写作所能表示的唯一严肃的理解。怀着真正的谦卑和傲慢，愿时光的流逝也能使我心安。"[2] "汉语手工艺人"的自我坚守在 20 世纪 90 年代中期之后变得更加困难，很多诗人（包括蔡恒平本人）放弃了诗歌写作，即便坚持下来的诗人，也很少再将写诗视为一种"专业化"的"手工艺术"。因此，在一个诗人纷纷放弃"专业"、走向"业余"的时代中，"视诗歌如生命"的观念变得多少有点不合时宜。但晴朗李寒却偏要选择这种略为陈旧的观念，仍然将诗人视为"掌握语言秘密的手艺人"，并将诗歌与自己的"命运"相提并论：

---

① 洪子诚：《诗人的"手艺"概念》，《文艺争鸣》2018 年第 3 期。

② 蔡恒平：《谁能感到不安》，新世界出版社 2001 年版，第 19 页。

我写下的这些文字，多么无用，

可它们温暖着

我的今生，它们浸染了我的血，我的泪，

附着了我的魂魄。

它们是我与命运抗衡的唯一武器。

也许，它们会迅速随风而逝，

可临终时，我依然会留给世界最后一句话：

愿我的诗句，

比我的尸骨活得长久。

——《墓志铭》

或许在晴朗李寒看来，写诗仍然是一项高贵的、严肃的事业，而作为"掌握语言秘密的手艺人"，其身份也是需要继续坚守的。对晴朗李寒而言，"手艺"不仅意味着语言层面的"技巧"——一种修辞层面的"制作"与"加工"，而更多地指向诗人心灵层面的坚守——"以诗歌为志业"。

一位诗人可以有多重身份，但他只能有一个灵魂——一个热爱诗歌的灵魂。在现实中，诗人晴朗李寒的身份是驳杂的：他是一个翻译者，一个书店老板，还是一个丈夫和父亲。晴朗李寒每日游走于这几重现实身份之间，忙碌的生活并没有使他沉沦于俗世，而是在诗歌写作中体现了自己的现实身份认同。在晴朗李寒的几重身份中，"诗人翻译家"的身份尤为引人注目，他是目前国内重要的俄罗斯诗歌译者之一，他对阿赫玛托娃、英娜·英斯年斯卡娅等俄罗斯女诗人的翻译体现了其作为译者的专业态度。值得注意的是，晴朗李寒的诗歌翻译与诗歌创作之间存在紧密的互动联系：一方面，俄罗斯女诗人的精神气质深刻影响了晴朗李寒的诗歌写作，他的作品中存在与俄罗斯女诗人心灵互通的部分；另一方面，晴朗李寒在翻译诗歌过程中也注意到原作的精神气质与诗人自身创造力相融合的问题。因此，翻译对于晴朗李寒而言是一门"手艺"，他也把自己的写作身份定位为一个"词语的手工艺人"，"掌握着秘密的手艺"。从多多到张枣，再到晴朗李寒，中国当代诗歌写作中存在一条"手艺认同"的潜在线索，而这种"手艺认同"的观念或多或少受到茨维塔耶娃的影响。对晴朗李寒等诗人而言，"手工艺人"的自我身份认同不仅意味着语言方面的"精心制作"，更指向诗人内心的自我救赎。尤其是在 1980—2000 年诗歌转型的关键时期，"汉语手工艺人"的身份认同成为蔡恒平等诗人对抗精神危机的一种方式。虽然蔡恒平在 20 世纪 90 年代中期后逐渐停止了诗歌写作，但"手工艺人"的诗人身份认同却没有因此消失。近年来，以晴朗李寒为代表的诗人仍然坚守"词语手工艺人"的身份，视诗歌如自己的生命。就晴朗李寒个人来说，他很看重自己的写作，也很珍视"诗人"这个"古老的不算职业的职业"，也"从不羞愧于在人前被称为诗人"①。可以说，在一个飞速变化的社会语境中，晴朗李寒对"词语手工艺人"身份的坚守，不仅体现了他作为诗人的责任意识，也使更多的人意识到，诗歌写作的"专业性"仍然十分重要。

---

① 刘波、晴朗李寒：《在诗歌写作中获得自我救赎——晴朗李寒访谈》，《新文学评论》2015 年第 3 期。

论 1980—2000 年大众文化与诗歌的关系

　　当代中国的大众文化与商品化密不可分，它的兴起是在中国总体的社会变革（改革开放）和体制转换（由计划经济到市场经济）的历史背景下发生的，它既是这一背景的产物，也是这一历史的见证；并且作为一种文化转型现象，它也是中国社会转型的一个组成部分。① 总之，大众文化在当代中国社会的兴起标志着市场开始介入文化领域，文化可以作为商品来生产、销售、传播，并且普通大众的审美趣味与文化需要也得到了充分重视。正因为如此，从 20 世纪 80 年代起，大众文化开始对"精英文化""主流文化"等文化类型造成冲击，使"精英文化"与"主流文化"这两种本来存在较大异质性的文化类型有了一个共同的"他者"。而在 20 世纪 90 年代之后，由于市场经济体制的正式确立与全面发展，"精英文化"与"主流文化"对大众文化的态度由一开始的不理解、震惊、抵触逐渐变为理解、包容，甚至表现出与大众文化合作的倾向。正如赵勇所说，20 世纪 80 年代"主流文化""精英文化"与大众文化的冲突多于磨合，20 世纪 90 年代磨合大于冲突②。相比之下，"主流文化"对大众文化要更友善一些，因为大众文化的存在为"主流文化"的宣传、

----

① 黄会林：《当代中国大众文化研究》，北京师范大学出版社 1998 年版，第 12 页。
② 赵勇：《透视大众文化》，中国书籍出版社 2013 年版，第 74 页。

包装提供了便利条件，"主流文化"可以借助大众文化使更多的大众接受自身。而"精英文化"与大众文化的关系则较为微妙，一部分"精英文化"的拥护者们为大众文化对"精英文化"的无情冲击而表示担忧，但他们却无法制止大众文化的进军。20 世纪 90 年代的"人文精神大讨论"，以及"二张"（张炜、张承志）20 世纪 90 年代的一些作品与言论可以视为捍卫"精英文化"立场的典型例子。而另一部分人则以强烈的热情拥抱了大众文化，一个突出的例子就是"文人下海"现象，王朔、汪国真的走红，金庸、琼瑶小说的畅销也证明大众文化成功渗透进了文学这种"精英文化"。客观来说，大众文化已经成为中国当代文化语境中不可或缺的一环。

诗歌在 20 世纪 80 年代可谓是"精英文化"的代表，诗人也曾被笼罩上一层神圣的光环。但随着市场经济浪潮的涌起，诗歌也不可避免地与大众文化遭遇，并与之发生冲突与碰撞。大众文化（电视剧、电影、流行歌曲、通俗文学等）凭借自身在市场经济社会中占据的优势，与诗歌争夺受众，从而在 20 世纪 80 年代中后期造成了"诗歌不景气"的现象。在 20 世纪 80 年代末至 90 年代初，由于社会因素的影响，20 世纪 80 年代的诗歌运动热潮归于沉寂，诗人们也对自己的写作进行了冷静的清理与反思，诗歌的转型悄然发生。而大众文化也在这个时候渗透进诗歌转型造成的空白与缝隙中，造就了汪国真这个"诗歌偶像"。但大众文化对诗歌的渗透并不完全意味着是对诗歌艺术的消解，实际上从 20 世纪 80 年代开始，诗歌的创作、传播、接受与大众文化的关系就逐渐变得紧密起来，大众文化中的一些类型（如摇滚乐、电影等）也具有了更多诗性色彩。20 世纪 90 年代之后，大众文化对诗歌的渗透成为一种不可忽视的趋势，诗歌也与大众文化有了更多的互动。

一、"非诗的时代"

1988 年 9 月 10 日，由北京和平商业大厦、中国外文出版社、北京天元国际信息公司主办的"和平之夜·中国当代诗人朗诵会"在北京举行，会上江河、方含、童蔚、王家新、马高明、老木、陈东东等诗人朗诵了自己的作品①。但这次朗诵会并没有达到诗人们所预期的效果。老木的说法具有代表性："这场晚会是一群北京先锋诗人自行组织的，严格说来是中国先锋诗歌的一个新的实验——利用商业赞助而试图将先锋诗歌深入到文学界之外的大众的一个实验。但同样从严格意义来说，这个实验是一场失败。所有参加朗诵的青年诗人包括我不得不承认晚会的气氛糟糕透顶……诗人在一个非诗的时代，面对一群大部分对这场诗歌朗诵会的兴趣仅仅在于'晚会'，小部分仅仅在于'先锋性'的听众朗诵自己的作品，袒露自己的全部真实，得到的效果是可想而知的。"②"一场失败""糟糕透顶""非诗的时代"等言辞意味着以老木为代表的诗人对 20 世纪 80 年代末的诗歌氛围流露出了失望与悲观的情绪。老木等诗人同时认为，诗歌氛围之所以"糟糕透顶"，并不是因为自身创作的问题，而是因为时代变了，听众对诗歌不再那么感兴趣，而是把目光聚焦在"晚会"这种具有商业性的娱乐形式上。仅在两年前，诗人还被大众视为"文化英雄"：1986 年 12 月，《星星》诗刊社举办"中国·星星诗歌节"，有六千多人参加了这一诗歌节，舒婷、北岛、顾城、叶文福、傅天琳等诗人的到场受到了大众的热烈欢迎，他们举办的三场讲学活动场场都有近两千人参加，没买到票的人甚至涌满了过道。"1986 年中国现代诗群体大展"中涌现出的诗歌团体、流派，有不少也是来自普通群众。由此可见，在 1986 年，广大群众对诗歌寄寓了充足的热情，就拿老木个人来说，他于 1985 年编选的《新诗潮诗集》虽然是自印诗集，但在当年也引起了不小的轰动，人们争相购买和传阅。正因为 1988 年与1985、1986 年相比，大众对诗歌的态度有了如此鲜明的变化，所以老木

① 刘福春：《中国新诗编年史（下卷）》，人民文学出版社 2013 年版，第 1239 页。
② 老木：《诗人与世纪之末——从"和平之夜·中国当代诗人朗诵会"谈起》，《一行》1989 年 3 月总第 7 期。

等诗人才感叹 20 世纪 80 年代末的中国处于一个"非诗的时代"。

然而,"非诗的时代"的出现不是偶然的,也不是突然的,从某种意义上来说,这种情况的出现恰好证明中国普通大众的文化选择更加多元化了。在经济转型的同时,文化也在经历自身的转型:商品经济对文化的渗透使得大众文化从沉睡中被唤醒,成为与代表官方话语的"主流文化"以及代表知识分子话语的"精英文化"相异的一种类型文化。与大众文化同时崛起的是一个更为世俗化的市民社会,经过 20 世纪 80 年代前半期的恢复与重建,人们逐渐意识到自己作为一个"普通人",有着除崇高信仰以外的生活需求。而在 20 世纪 80 年代后期,随着改革开放的进一步深入,人们的思想也变得更为开放、更具有包容性,对文化的需要也更加多元化。因此,普通民众不再需要诗歌,而是在诗歌之外,人们找到了电视节目、电影、流行歌曲、通俗小说等更符合大众口味的文化类型;并且随着社会的分层,不同年龄、性别、学历、职业的人对文化的需求也有所不同。正如戴锦华所说:"从某种意义上说,20 世纪 80 年代后期,中国大陆社会的同心圆结构经历多重裂变,已然蕴含着 20 世纪 90 年代的政治文化、消费文化,浮现着准市民社会与公共空间的权力裂隙;蕴含着金钱作为更有力的权杖、动力的润滑剂的'新神即位';蕴含着文化边缘人的空间'位移'与流浪的开始,以及都市边缘社区的形成。"①

可以说,大众文化在 20 世纪 80 年代的浮现更新了中国文化的格局,但在 20 世纪 80 年代,人们对大众文化这个概念的具体所指与性质还没有清晰的认识,直到 20 世纪 90 年代,对大众文化的研究才初具规模。而对于 20 世纪 80 年代后期的诗人而言,他们仅是从感性的角度出发,把大众文化视为诗歌的"敌手",认为"晚会"从诗人那里夺走了听众。这种观点背后潜藏着一种二元对立的逻辑:诗歌是高雅的、"先

---

① 戴锦华:《隐形书写:90 年代中国文化研究》,江苏人民出版社 1999 年版,第 72 页。

锋"的,"晚会"则是"俗"的象征;听众对"晚会"的热情、对诗歌的冷落说明听众的欣赏水准在下降,诗歌与晚会的结合是一场失败。因此,20世纪80年代后期对老木等诗人来说是一个"非诗的时代",而诗人们把"非诗的时代"出现的原因归结为金钱、商业文化对诗歌的侵蚀。这种担忧与焦虑的情绪在20世纪80年代末90年代初愈演愈烈,许多诗人认为在"非诗的时代",人的生存面临危机、充满荒诞感,"世界之夜"已经降临。在这种语境中,海子的自杀被视为反抗"绝望"与危机感的象征:"当这个世界不再为我们的生存提供充分的目的和意义的时候,一切都变成了对荒诞的生存能容忍到何种程度的问题。那么我们是选择苟且偷生还是选择绝望中的抗争?"①从写于20世纪80年代末90年代初的一些诗歌作品中,也可以看出诗人们的担忧与焦虑,如骆一禾《残忍论定:告别》、戈麦《誓言》、胡宽《惊厥》、陈超《博物馆或火焰》、昌耀《一天》等。在一篇发表于1989年6月的文章中,陈超把当下的时代称为"精神萧条的时代",这比老木所称"非诗的时代"更进一步,点出了以诗人为代表的"精英文化"群体在20世纪80年代末90年代初所遭遇的困境。

与诗人在20世纪80年代末90年代初的"受挫感"相比,大众文化在这一时期对民众的影响则越来越大。这种情况的出现,一方面与大众文化的商业化、工业化运作模式有关,另一方面则是因为大众文化迎合了民众的心理需要。1990年热播的电视剧《渴望》就是一个代表性的例子。从电视剧这种文化类型来说,《渴望》无疑是通过技术手段与商业包装塑造出来的一个情感故事,但故事中所透露出的有关亲情、友情、爱情的观念,对人伦温暖的诉说,则成功地撩拨了观众的心弦,起到了抚慰人心的作用。正如学者所说:"《渴望》似乎预示了20世纪90年代新的话语秩序的生成。它还给经历了20世纪80年代激进风潮的人

---

① 吴晓东、谢凌岚:《诗人之死》,《文学评论》1989年第4期。

们以安宁的想象，它是一个精心编码的抚慰性的文本，它化解了人们的焦虑不安和挫折。《渴望》不同于 20 世纪 80 年代的那些充满着个人欲望与追求的强烈的文本，而将世俗生活的基本人伦关系重新加以确认。"① 因此，《渴望》的成功似乎预示着 20 世纪 90 年代世俗化、实用化潮流的崛起，而 20 世纪 80 年代诗歌曾给人们富有崇高感的理想、激情的想象则让位于这一潮流。从另一个角度来说，"精英文化"在 20 世纪 80 年代末 90 年代初在政治因素作用下的"低迷"与反思状态，也给了大众文化以"乘虚而入"的机会。在双重作用下，大众文化可以视为"精英文化"与"主流文化"自我调整时期的文化缓冲地带，它使民众在一个世俗化程度加深的时代找到了新的"乌托邦"。

除《渴望》之外，还有更多的例子证明世俗"乌托邦"正在逐渐建立，比如金庸、琼瑶的小说，港台流行歌曲，时装模特展，电视广告等。从一定程度上来说，这些大众文化的"产品"使普通民众有了更多贴合他们日常生活情感需要的文化选择，但对许多诗人来说，这些文化产品的流行意味着诗歌的生存状况遭遇危机。因为大众文化会凭借自身在传播（利用现代传媒、技术手段）、内容（贴合大众心理需要）方面的相对优势，吸引更多的普通民众。因此，诗歌在 20 世纪 80 年代末 90 年代初面临大众文化的挑战。同时，商业利益的诱惑也在考验诗人对诗歌的坚守，一部分诗人加入了"下海经商"的队伍，精英意识被削弱，在具体的市场运作中找到了自己的"位置"，并与大众汇合②；而对另一部分诗人而言，里尔克"哪有什么胜利可言/挺住意味着一切！"的诗句显然更具有号召力，但他们也在对自己以往的写作进行总结与反思，从而促成了 1980—2000 年的诗歌转型。然而诗歌转型并不

---

① 谢冕、张颐武：《大转型——后新时期文化研究》，黑龙江教育出版社 1995 年版，第 63 页。
② 虽然难以统计 20 世纪 80 年代末 90 年代初"下海"诗人的数量，但前期"非非"成员（如蓝马、杨黎、何小竹、吉木狼格等）的集体下海可以视为一个典型。

是一个完全"纯粹"的过程，大众文化也进入了诗歌转型的缝隙，它在 2000 年代初造就了汪国真这样的"文化偶像"。

二、诗人：从"英雄"到"偶像"

"偶像"与"英雄"这两个词虽然都含有被人欣赏、崇拜、效仿的意味，但相对于"英雄"一词给人的崇高感与悲壮感而言，"偶像"明显多了一层不真实的光环。而且在一个大众文化全面崛起的时代，"偶像"多是经过商业化包装与宣传的，与"英雄"的永恒性相比，"偶像"的出演多为昙花一现。大众文化时代的"偶像"往往不需要拥有突出的事迹或过人的才华，而仅仅是迎合了市场的需求，符合了大众的审美趣味。从"英雄"到"偶像"的转化，透露出了 20 世纪 80 至 90 年代社会转型中的某种症候。

至少在 20 世纪 80 年代前半期，诗人都被视为"文化英雄"，受到普通民众的热烈欢迎。而诗人在自己的作品中也热衷于扮演"为人民代言"的角色，叶文福的《将军，不能这样做》一诗在 20 世纪 80 年代取得的轰动效应，就是诗人试图"为人民代言"、在诗歌中将民众心声与个人思想融为一体的典型。叶文福本人因这首揭露腐败现象的诗歌而受到了官方的责难，但却因为其大胆、直率的表达而受到了民众的欢迎与拥护。北岛曾回忆他与叶文福一起参加"星星诗歌节"的情况："诗歌节还没开始，两千张票一抢而光。开幕那天，有工人纠察队维持秩序。没票的照样破窗而入，秩序大乱。听众冲上舞台，要求签名，钢笔戳在诗人身上，生疼。我和顾城夫妇躲进更衣室，关灯，缩在桌子下。""写讽刺诗的叶文福，受到民族英雄式的欢迎。他用革命读法吼叫时，有人高呼：'叶文福万岁！'我琢磨，他若一声召唤，听众绝对会跟他上街，冲锋陷阵。"① 虽然北岛的回忆不一定完全准确，或许还

---

① 北岛：《朗诵记》，《明报月刊》1998 年 8 月号。

带有一些夸张的成分，但足以看出，在 20 世纪 80 年代前半期，许多民众视诗人为"民族英雄"。实际上，不仅是叶文福，北岛、顾城、舒婷等"朦胧诗人"也在一定程度上扮演了"英雄"的角色。《诗歌报》1989 年 6 月 20 日第 115 期中刊出的叶君山的一篇文章《诗人，我们应该做些什么》中提道："当然作为一个民族英雄，北岛是值得我们敬佩的。"① 虽然因各方面的压力，《诗歌报》在 1990 年第 6 期（当时已改为月刊）中做了检讨，但这个事件已经证明，北岛的"英雄"诗人形象已在叶君山这样的普通青年心中占据了重要位置。北岛在《宣告》这首诗中曾写道："在没有英雄的年代里／我只想做一个人。"但事实是，正因为北岛写出了《宣告》等代表一代人呼声的、具有政治性的诗作，他还是成了大众心目中的"英雄"，受到敬佩，甚至是崇拜。

叶文福、北岛被大众视为"英雄"的深层原因，或许与 20 世纪 80 年代大众的社会心理有关。虽然 20 世纪 80 年代的文学在努力"去政治化"，但事实上仍然没有摆脱政治的影响；而通过文学这种富有激情、浪漫化色彩的方式来改造社会，解决政治问题，满足自己对国家发展的想象，也从一定程度上可视为 20 世纪 80 年代大众的普遍心态。正如张旭东所说："一方面，当时所有的人在基本的体制意义上、在社会学意义上都是依附于国家的；另一方面，在思想意识形态上，所有的人又都以为超越了国家，在引领着国家。"② 也就是说，虽然现实生活中仍然充满种种限制，但民众还是乐于通过阅读诗歌等文学作品，在想象中参与国家社会的建设，甚至引领国家发展的进程，对北岛等"朦胧诗人"的"英雄塑造"便体现了民众的这一心态。这种心态或许意味着 20 世纪 80 年代的民众还没有走出"革命时代"的"神圣化思维"，热衷于

---

① 叶君山：《诗人，我们应该做些什么》，《诗歌报》1989 年 6 月 20 日总第 115 期。

② 张旭东，朱羽：《访谈：从"现代主义"到"文化政治"（中文版代序）》，张旭东著《改革时代的中国现代主义——作为精神史的 80 年代》，崔问津等译，北京大学出版社 2013 年版，第 12 页。

把个人经验融进整个社会的集体经验中去。而到了 20 世纪 80 年代中期之后，情况有了变化，一方面激情与"神圣化思维"仍在延续，而另一方面，随着商品经济的发展，世俗化已经不可遏止地进入了诗歌，也进入了普通民众的思维。于坚发表于 1985 年《他们》创刊号上的《作品第 39 号》中的诗句或许可以说明这一点："我一辈子的奋斗/就是想装得像个人。"从北岛"我只想做一个人"到于坚"就是想装得像个人"，虽然写作时间相隔并不久远，但"做"字与"装"字之间却有了很大差别。对于北岛而言，"做一个人"仍然意味着在"没有英雄的年代里"的自我崇高化；而在于坚的诗中，"一辈子的奋斗"都无法实现"做一个人"的愿望，而只能"装得像个人"。"做人"都成为诗人的人生难题，这意味着在世俗化潮流中，人们开始更多地关心自己的日常生活，关心自己基本的生存与发展。"英雄"的崇高与革命色彩在于坚的诗作中开始让位给"人"的生活，这也为"英雄"的消逝埋下了伏笔。

在戴锦华看来，20 世纪 90 年代虽然不乏"文化英雄"，但她同时认为，这些"文化英雄"一经大众传媒与市场介入，便开始蜕变为某种公众偶像与流行时尚[1]。实际上，在大众文化时代，"公众偶像"的光环有时比"文化英雄"要耀眼得多。汪国真诗歌的走红，就是大众文化时代"英雄"陨落、"偶像"出演的一个例子。汪国真在 1990 年出名之前，在很长一段时间内都是一个创作数量可观，但向主流诗歌刊物投稿却屡屡失败的青年诗人。他曾经多次被《诗刊》拒绝，并经常受到嘲讽，甚至被认为"根本不是这块材料，诗写得太烂了"[2]，可见早期的汪国真并不受《诗刊》等纯文学刊物的重视。但汪国真后来还

---

[1] 戴锦华：《绪论》，《书写文化英雄：世纪之交的文化研究》，江苏人民出版社 2000 年版，第 14—15 页。

[2] 徐萧：《"诗歌界对汪国真、席慕蓉的忽视，是不公平的"》，澎湃新闻 2015 年 4 月 26 日，http：//www.thepaper.cn/newsDetail_forward_1325078。

是逐渐走向了"成功"——一种普遍的说法是,汪国真的处女作《学校的一天》发表于 1979 年 4 月 12 日的《中国青年报》,当时并没有引起很大反响。他第一首比较有影响的诗是 1984 年在湖南杂志《年轻人》上发表的《我微笑着走向生活》,后被《青年博览》等杂志转发,获得了一些青少年的喜爱。不过汪国真的诗真正成为一种文化现象,还是 1990 年的事情。当时学苑出版社编辑孟光的妻子是一名中学老师,她发现学生们在传抄汪国真的诗,就告诉了丈夫。孟光立即断定汪国真的诗"有市场",便主动与汪国真联系,并以不到一个月的速度出版了汪国真的诗集《年轻的潮》。① 在 1990 年这一年的时间里,汪国真还出版了《年轻的思绪》《年轻的风》等诗集,都取得了轰动效应。因此,1990 年可以视为"汪国真年"。汪国真之所以成功,除了其诗歌本身的特点之外,年轻学生的传抄、出版社的热捧、商业的包装都是使他走上"文化偶像"舞台的重要因素。有论者甚至认为,汪国真的走红与共青团系统的刊物(如《中国青年报》《年轻人》《辽宁青年》《追求》等)的精心组织和策划也分不开关系②,由此可见,"汪国真热"从一定程度上是"大众文化"与"主流话语"在不经意间的"合谋"所造成的效应。

值得注意的是,虽然汪国真的诗歌本身被一些批评者认为是"昭示了意志衰弱和精神退化的潜在的特征""充当了教化或某种世俗需要的工具"③,有着"自我重复""缺少提炼""分行的演讲""题材狭窄"的艺术上的致命缺点④,但从读者传抄汪国真诗歌、排队购买汪国真诗集、索要汪国真签名等行为来看,汪国真仍然得到了许多读者

---

① 崔凤敏:《试论多重文化视角下的"汪国真现象"》,山东师范大学 2014 年硕士学位论文,第 11 页。

② 详细分析见唐伟:《"汪国真热"的再解读——以汪国真与〈辽宁青年〉为线索》,《当代文坛》2016 年第 4 期。

③ 魏义民:《"汪国真热"实在是历史的误会》,《诗歌报月刊》1991 年第 7 期。

④ 冯金彦:《汪国真乎?汪国假乎?——评汪国真的诗歌创作》,《诗歌报月刊》1991 年第 8 期。

（尤其是青少年读者）的喜爱，一些论者甚至把"汪国真热"视为一种"青年亚文化"。所以，汪国真不仅是市场与"官方"共同的选择，读者本身的选择也导致了汪国真诗歌的走红。虽然有论者批判汪国真在诗歌中扮演了一个"引路人"的角色，他提供给读者的是"道理"而非"哲理"，用"微笑""远方""热爱"等词语简化、抹平了人生的痛苦、波折，但对许多涉世未深、书籍阅读量较少的读者而言，汪国真这种"轻"的诗学正好满足了他们的心理需求和阅读体验，加之商业的宣传、包装以及主流意识形态的暗中引导，"汪国真"自然成了一个文化符号，一个"偶像"。进一步来说，"汪国真"这样的"文化偶像"的出现，也是1980—2000年社会转型的产物："汪国真走红的时期，正是中国市场经济迅速兴起的历史间隙。市场经济倡导合理的博弈，要求其参与者在遵守规则的前提下自强不息。对于无数要投身于市场的人来说，人文知识分子的退隐情怀显然不足为鉴，有关进取的言说更能激励人心。在这种情况下，市场需要特殊的心灵鸡汤：既能鼓舞众生，又不逾越意识形态的雷池。"① 而汪国真诗歌的"劝说"特质、对"远方"的向往正好符合了市场经济兴起时的要求，并且汪国真诗歌语言通俗易懂，更能为读者所接受。从这个角度来说，作为"文化偶像"的汪国真也是时代症候的表现之一，可视为富有崇高感的"英雄"在市场经济时代陨落后的世俗替代品。大众文化、"主流文化"、读者都或多或少参与了"文化偶像"的诞生。

　　就"汪国真热"现象看来，大众文化对诗歌这种"精英文化"的渗透似乎从一定程度上对诗歌造成了损害，从而受到许多评论者的质疑。但是从1980—2000年诗歌转型的过程以及20世纪90年代诗歌、21世纪诗歌的发展状况来看，大众文化对诗歌的渗透似乎是一个不可遏止的过程。并且大众文化对诗歌的渗透不一定总是产生负面

---

① 王晓华：《大转型时代的汪国真热》，《社会观察》2015年第6期。

的效果，在某些方面，大众文化能够为诗歌提供便利的资源，有些大众文化类型本身也有向诗歌靠拢的趋势。所以，大众文化并不是诗歌的"洪水猛兽"。

三、大众文化：包蕴"诗性"的可能

1986 年，由《诗歌报》与《深圳青年报》联合举办的"1986 中国现代诗群体大展"可以视为 20 世纪 80 年代诗歌界的一个重大事件，在"大展"中涌起的众多诗歌社团、流派及其口号、宣言在当时引起了轰动效应。值得注意的是，举办"大展"的两家报纸——《诗歌报》与《深圳青年报》具有不同的性质。《诗歌报》是一家专门发表诗歌作品与诗歌评论的"纯文学"报纸，并且《诗歌报》在最初发展的一段时间里拒绝任何形式的商业广告。但《深圳青年报》却是一家内容包罗万象、刊登广告的报纸，它的目标读者较之《诗歌报》更为广泛，可以说是包括所有的大众。《深圳青年报》所刊登的内容除诗歌这种"纯文学"之外，还刊登《碧血剑》《影后蝴蝶与军统头子戴笠》等通俗小说，时髦发型、化妆艺术、展销会、国际新潮服装展、气功、减肥、泳装变革、女子健美班、时装表演等粉墨登场，引领着青年一代"自由化"的生活方式①。这些具有大众文化倾向的内容与"大展"同时出现在一份报纸中，在一定程度上意味着"大展"并不具有绝对的优势，而是与大众文化处于同等的地位。"大展"的确也要借助《深圳青年报》的媒体资源来推广自身，使更多的大众了解到诗歌，因此"大展"上涌现出来的众多诗歌作品实际上是借商业话语力量而出现的审美话语，"精英文化"与大众文化进行了一次成功的合作。

"两报大展"只是大众文化与诗歌成功合作的一个例子。实际上，

① 李建周：《第三代诗歌的认同焦虑——以"1986 中国现代诗群体大展"为中心》，《文艺争鸣》2009 年第 8 期。

在当时，虽然有很多诗人不能理解甚至排斥诗歌与大众文化的合作（比如前文所述的老木言论），但是时间证明，诗歌与大众文化的合作从一开始的"不得已而为之"，逐渐变成了一种必要而有效的手段。因为诗歌作为"精英文化"，它的受众群体毕竟是少数人，诗歌本身也不可能为诗人带来经济利益。而"大众文化"作为一种面向大众、与市场紧密挂钩、追求经济效益的文化类型，它所拥有的物质与受众资源显然是诗歌这种"精英文化"所不具备的。诗歌若想在市场经济社会中继续生存下去并保持其活力，一条有效的途径就是在出版、传播方式等方面借助大众文化的丰富资源。诗歌与大众文化的合作，在 20 世纪 90 年代中后期以及 21 世纪之后变得更为普遍，比如一些转型为独立撰稿人、商人的诗人利用其资源为诗歌发展做出了一定贡献，各种诗歌活动的举行（如诗歌奖的评比、诗歌节的举办等）与大众文化所拥有的商业资源密不可分。因此随着时间的推移，大众文化对诗歌的渗透成为一种必然，无可厚非。

另外，大众文化虽然常被认为是一种"无深度的、模式化的、易复制的、按照市场规律批量生产的文化产品"[1]，但大众文化未尝没有向诗歌这种"精英文化"靠拢的趋势，有些大众文化类型本身就具有一定"诗性"，如崔健的摇滚乐就是一个典型。崔健自 1986 年在"国际和平年"百名歌星演唱会上以一首《一无所有》崭露头角之后，他的摇滚乐很快得到了众多听众（尤其是青年学子）的喜爱，并成为一种文化现象。与汪国真诗歌的"轻"相比，崔健的呐喊无疑是"重"的，他的很多歌词表现出特定时期年轻人的典型心态："不是我不明白，这世界变化快"（《不是我不明白》）体现了年轻人面对一个日新月异的改革时代，在过去、现在与未来之间寻找自己位置的迷惘；"我曾经问个不休/你何时跟我走/可你却总是笑我/一无所有"（《一无所

---

① 陈刚：《大众文化与当代乌托邦》，作家出版社 1996 年版，第 22—23 页。

有》），"我攮着手只管向前走/我张着口只管大声吼"（《出走》），"听说过 没见过 两万五千里/有的说 没的做 怎知不容易/埋着头 向前走 寻找我自己/走过来 走过去 没有根据地"（《新长征路上的摇滚》），这几首创作于 1986 年、收录在 1989 年发行专辑《新长征路上的摇滚》上的歌曲都呈现了一个共同的主题："出走"，这与 20 世纪 80 年代青年出走叛离、在"走"的过程中寻找自己的情绪不谋而合。并且值得注意的是，如前文所述，"走"也是 20 世纪 80 年代青年诗人的一种生活方式，崔健的"走"与诗人们的"走"从语言与行动两方面表现了时代主题。很多诗人也对崔健的摇滚乐表示肯定，比如于坚就曾说过："在崔健的歌声中，跳动的是伟大的 20 世纪 80 年代中国年轻一代的革命灵魂。"①

　　有论者认为，崔健的《新长征路上的摇滚》是"以特定历史背景下主体情绪感受的抒发和内心状态的真实呈现，来观照历史文化形态，表现出一种社会批判的激情和革新文化、革新语言的英雄主义倾向"，而 1991 年发行的专辑《解决》是"直接指向现实生活中许多具象的问题，表达了追求个体人生自由度的精神向往"②。从《新长征路上的摇滚》到《解决》，崔健的摇滚乐所反映的心态从"英雄主义"过渡到"现实问题"，从某种程度上与 20 世纪 80 至 90 年代社会的转型不谋而合：英雄主义的激情，自我浪漫化、崇高化的幻想与对现实人生、日常生活的观察与思索并存。比如，《投机分子》："我们有了机会就要表现我们的欲望/我们有了机会就要表现我们的力量/朋友请你过来帮帮忙/不过不要你有太多知识/因为这儿的工作只需要感觉和胆量。"又如，《快让我在雪地上撒点野》："快让我在雪地上撒点野/因为我的病就是没有感觉。"这些歌词的表述似乎预示着 20 世纪 80 年代"走"的激情和叛逆逐

① 于坚：《棕皮手记》，东方出版中心 1997 年版，第 204 页。
② 黄会林：《当代中国大众文化研究》，北京师范大学出版社 1998 年版，第 201 页。

渐让渡给 20 世纪 90 年代世俗化的 "感觉"。而从崔健的第三张专辑《红旗下的蛋》来看，虽然他仍然想保持激情与叛逆，但他显然已经力不从心，他的激情话语与时代环境已经产生了一定脱节。因为在 1994 年，20 世纪 80 年代已经慢慢远去，无论是对诗歌还是对崔健而言都面临着一个转型问题。

崔健沉寂四年之后，于 1998 年发行其第四张专辑《无能的力量》，从其歌曲名称《无能的力量》《九十年代》《时代的晚上》《春节》来看，崔健似乎是在为 20 世纪 90 年代的精神历程做了一次总结，其中也流露出一些 "世纪末" 情绪。而在同年，程光炜编选的一本诗歌合集《岁月的遗照》中，对 "20 世纪 90 年代诗歌" 的总结与回顾也呼之欲出。因此，崔健的摇滚乐虽然是一种大众文化，有 "俗" 的一面，但它在记录时代脉搏、见证时代转型方面与诗歌在某种程度上产生了同构关系，崔健的歌词在言说方式与内容等方面也富有张力，具有一定 "诗性"，而与许多商业化气息过浓的大众文化产品区别开来。实际上，不仅是崔健的摇滚乐，1988 年的 "西北风" 流行歌潮、1993 年起开始流行于大陆的校园民谣（如老狼的歌曲）、"第五代电影" 等，都或多或少与诗歌有着联系。所以对大众文化不能一概而论，想当然地认为其与诗歌这种 "精英文化" 格格不入。

大众文化与诗歌之间的确存在许多差异，甚至是摩擦；但在社会转型的进程中，大众文化与诗歌的交集越来越多，并慢慢渗透进诗歌之中。虽然大众文化对诗歌的渗透并不总是起到积极作用（"汪国真热" 的出现就是一个典型例子），但全盘否定大众文化仍然是不够理性的，因为诗歌的传播渐渐离不开大众文化，并且有些大众文化类型本身也具有一定 "诗性"。实际上，大众文化与诗歌的冲突与磨合贯穿整个 1980—2000 年诗歌转型过程，并且一直持续至今。在当下社会语境中，"大众文化已经成为产量最高、受众最多、影响最大的文化形态，它潜移默化地影响和改变着人们的世界观、价值观和日常生活经验，在塑造国民特别是青少年一代的价值观方面发挥着巨大作用。"① 因此，诗歌的创作与传播已经无法躲避大众文化的影响，而问题在于，如何使大众文化与诗歌配合得相得益彰，实现"共赢"？

---

① 陶东风：《导论》，《当代中国大众文化价值观研究》，中国社会科学出版社 2020 年版，第 1 页。

诗歌的"在场"与"在场"的诗歌

——从《新世纪诗典》看21世纪诗歌发展的可能性

中国当代诗坛自20世纪80年代以来一直处于"风起云涌"的局势中。从"朦胧诗"的出现到"第三代"的崛起，从"知识分子写作"和"民间立场"的"盘峰论剑"，再到"中间代""70后""80后""底层写作""打工诗歌"诸多"命名"的不断浮现，当代诗坛可谓是"英雄辈出，热闹纷呈"。此外，网络媒体（论坛、博客、诗歌等）、民间刊物的发展，发表、出版渠道的多样化，也为诗人发表诗歌和诗评家进行评论提供了方便，每年产生的诗歌和诗评的数量都达到了一定规模。然而不可否认的是，一些热门诗歌现象的出现让许多读者、媒体甚至批评家对21世纪诗歌的美学特质和发展前途产生了怀疑，如2006年的"梨花体"事件、2010年的"羊羔体"事件就在诗坛引起了轩然大波。这些"事件"在公共空间引发的热烈议论让诗人、批评家不得不反思：21世纪诗歌的发展走向究竟为何？诗评家沈奇认为："21世纪十年，回顾与反思当代中国大陆诗歌发展，或可用'告别革命之重，困惑自由之轻'概言之。"① 正像沈奇教授指出的那样，21世纪的中国大陆诗歌的确面临着许多问题："一是缺乏更高远的理想情怀；二

---

① 沈奇：《"自由之轻"与"角色之崇"——有关"新世纪诗歌"十年的几点思考》，《南方文坛》，2010年第5期。

是缺乏更深广的文化内涵；三是缺乏更精微的诗体意识。"① 的确，在经济社会飞速运转的今天，诗歌稍不留神就可能与商业、与政治"合谋"，走上"媚俗"的道路；而一些粗俗滥制、缺乏艺术难度的诗歌批量"生产"，又会使诗歌陷入庸俗甚至低俗的泥潭。此外，进入 21 世纪，人们的生活状况时刻面临着日新月异的变化，由此带来的生命体验也出现"个人化"趋势。因此，21 世纪诗歌"繁荣"发展的现象背后，存在着后现代书写带来的困境："宏大叙事"消解之后，对 21 世纪诗歌的社会意义、美学特质的质疑将会长期存在。并且，诗歌若能在保持其艺术性和"个人乌托邦的自由幻想"的同时完成对当代题材的处理与对当代"噬心主题的揭示"②，这就对诗人——雪莱所称"未经承认的立法者"的创作及其社会责任担当提出了严峻的挑战。

诗人伊沙于 1998—2001 年在《文友》等刊物开设《世纪诗典》诗歌点评月专栏，2011 年又应网易之邀，在网易微博主持《新世纪诗典》诗歌点评微专栏，以"每日一人一诗"的策略在微博这个平台进行诗歌的推选与点评，并与读者、诗人、诗评家通过微博的回复、转发、评论功能进行交流与互动，产生了较大影响。2012 年年底，《新世纪诗典（第一季）》的实体书也由浙江文艺出版社正式出版。《新世纪诗典（第一季）》收录了 2011 年 4 月 5 日至 2012 年 4 月 4 日在网易《新世纪诗典》诗歌点评微专栏中推出的所有诗人的诗作，人数共计两百余位，诗人所处地域遍布全国各省、自治区、直辖市、港澳台地区，诗人的"代际"分布也呈现多样化，从"朦胧诗"到"90 后"的诗人作品皆有收录。而《新世纪诗典》所呈现的诗人诗作本身，也揭示了 21 世纪诗歌的主要特点：诗歌的"在场性"，即诗歌的"在场"和"在场"的诗歌。这里的"在场"，有其哲学上的意义，即"存在者的存在"，

---

① 沈奇：《"自由之轻"与"角色之祟"——有关"新世纪诗歌"十年的几点思考》，《南方文坛》，2010 年第 5 期。

② 陈超：《打开诗的漂流瓶——现代诗研究论集》，河北教育出版社 2003 年版，第 1 页。

既强调"存在者"也强调"存在",并直接面向现象本身,强调"在世界之中"①。具体到书写题材方面,诗歌的"在场"指书写当代尤其是21世纪以来的中国现实经验,"及物"成了重要的主题;在诗歌创作和出版、宣传方面,诗人充分利用网络论坛、博客、微博等当下盛行的传播途径的优势,实现与其他诗人、诗评家、读者的交流与互动;在诗人群体方面,呈现诗人年龄、地域全方位拓展的趋势;在诗歌文本的艺术特质方面,"本体性叙述"② 与口语表达相结合,并体现出一些新的特点,使诗歌成为"在场"的诗歌。因此,《新世纪诗典》可谓是伊沙作为一位"有担当"的诗人,为促进21世纪诗歌发展做出的一次重要努力,《新世纪诗典》也蕴藏着21世纪发展方向的一种可能。

一、诗歌的"在场"

当代中国,尤其是21世纪以来的中国,从不缺乏好诗人、好诗歌,但由于传统纸质刊物在发表、出版渠道方面存在一些局限,许多诗人,尤其是刚从事诗歌创作不久的青年诗人,无法将自己的诗作公开发表,更无法向读者和评论家呈现自己的创作面貌。这种状况往往隐藏着"有些人注定是永远的发言人,另一些人则注定是永远的听众,注定要被埋没"③ 的危险。可喜的是,21世纪以来网络的发展,尤其是论坛、博客、微博的陆续出现,降低了传统发表、出版渠道的门槛,弥补了纸质媒体的不足之处,使诗歌借网络媒体得到了更多"在场"的机会,使诗人、诗评家能够通过论坛、博客、微博等途径自由发表自己的诗歌作品、诗路心得、诗学评论等,广大诗歌爱好者也能更方便、更快捷地把握当代诗歌动态,了解诗人佳作,与诗人、诗评家进行自由交流和互

① [德] 马丁·海德格尔:《存在与时间》,陈嘉映、王庆节译,生活·读书·新知三联书店2006年版,第30页。
② 孙基林:《叙述的诗性如何成为可能》,《山东文学》2011年第1期。
③ 徐晓:《半生为人》,中信出版社2012年版,第163页。

动，并利用微博的即时性使优秀诗作得以快速传播，让更多的网络用户了解中国 21 世纪诗歌的发展，进而产生热爱诗歌的可能。在利用微博宣传、传播中国当代诗歌这一方面，伊沙在网易微博主持的《新世纪诗典》可谓功不可没。这种"每日一人一诗""作品与点评并举"的方式，不仅有利于推荐新人新作，也能展示"已成名"诗人 21 世纪以来的创作情况。并且在 2012 年年底，《新世纪诗典》已通过纸质出版的方式编辑成册，并在卓越、当当、京东等各大网络书店出售，这无疑实现了 21 世纪诗歌网上线下两个平台的出色衔接，打通了诗歌进入普通读者的通道，进一步增强了诗歌的"在场感"。另外，伊沙还充分发挥了"读诗会"这一便于与更多读者、诗人、诗评家在现实生活中现场进行互动的形式，在北京师范大学等地朗读《新世纪诗典》所选诗歌，这种方式一方面会吸引更多的读者尤其是青年学生加入诗歌爱好者的行列；另一方面通过诵读诗歌，文本与行动相结合，更能彰显诗歌的优良传统。

不仅如此，细读《新世纪诗典》所选诗歌文本，便可以了解到这本诗歌选集不仅具有宣传和出版媒介上的"在场"意义，其所容纳的诗人群体也具有"在场"的性质。从入选的诗人来看，《新世纪诗典》基本上做到了"一网打尽"，按社会学意义上的诗人代际来划分，《新世纪诗典》中既出现了"白洋淀诗歌"以及"朦胧诗"的代表诗人的身影，如林莽、北岛、多多、食指等；也有"第三代"诗歌的领军人物韩东、于坚、杨黎等人的作品；此外，还有被划为"中间代"的伊沙、安琪、臧棣、桑克，"70 后"的沈浩波、巫昂、宇向、轩辕轼轲，"80 后"的春树、郑小琼、李傻傻等，更为独到的是，《新世纪诗典》还发掘了"90 后"新人，让"90 后"诗人有了发声的平台，如余幼幼等人。并且《新世纪诗典》所选诗人（不论诗人是否在正式刊物发表过作品）不只局限于某一地域，而是覆盖了包括全国各省、自治区、直辖市、港澳台地区以及海外华人华侨在内的所有优秀诗人诗作；不只局限于汉族诗人，也充分展示了少数民族诗人的诗作才华。
"老中青三代诗人同时登台、海内外华人华侨一起发声、多民族诗人
共同亮相"的局面，在《新世纪诗典》中得到了充分展示，体现了
21世纪诗人分布状况存在"分层"的特点，用"百花齐放"来形容
并不为过。

另外，从所选诗作的题材来看，《新世纪诗典》更关注日常生活，
充分体现了21世纪诗歌的"及物"特征，比起20世纪80年代甚至90
年代的诗歌，能够更灵活处理日常生活题材，书写日常生活中出现的人
物、事物、情景，发现日常生活中的诗意，更关注"存在"本身——
最本真、鲜活的生命体验，既呈现"现象"，也触及现象背后的本
质——日常生活中最富"痛感"、最能让人反思的核心问题。日常生活
的本质是琐碎的、平庸的、无序的，与诗歌天然存在某种"古老的敌
意"。尤其是在21世纪的社会发展呈现出前所未有的高速化、信息化、
物质化特点的情况下，"如何建立诗歌与社会间的新的张力关系"① 是
21世纪诗歌确立自己在精神领域的话语权、焕发新的活力的关键。而
"建立张力关系"、体现诗歌"及物"的努力，在《新世纪诗典》所选
诗作中，又分为"小"和"大"两种状态。所谓"小"，主要是指善
于处理日常生活中的"细节"部分，写小人物、小事件，可谓是将日
常生活这只完整的橘子进行"分瓣式处理"，向外界展示橘瓣的颜色、
气味、口感甚至筋络、汁液等方面的特质；并通过对"瞬间""过程"
"情景"等概念的捕捉，以"小"见"大"，"从一滴水中窥见海洋"，
如韩东的诗歌《卖鸡的》："他拥有迅速杀鸡的技艺，因此/成了一个卖
鸡的，这样/他就不需要杀人，即使在心里/他的生活平静温馨，从不打
老婆/脱去老婆的衣服就像给鸡褪毛。""当他褪鸡毛、他老婆慢腾腾地

---

① 张桃洲、孙晓娅：《内外之间：新诗研究的问题与方法》，社会科学文献出版社2012年
版，第214页。

收钱的时候／我总觉得这里面有某种罪恶的甜蜜。""卖鸡的",这个职业很普通,"卖鸡的"作为匍匐在大地上的小人物,他们的生活也很平淡,是菜市场中不起眼的一道风景,但细心的韩东却发现了"卖鸡的"生活中的"残暴和温柔",告诉读者,即使是为生活奔波忙碌的小人物,他们的日子也不乏趣味与温馨。又如,了乏的《突然想起尤国英》。①了乏是一位青年诗人,他的诗拥有伊沙所称"伸手可以触摸的中国质感"。面对现实,他保持着清醒的头脑,把现实中的那一点残酷用"超现实"的反讽手段表现出来,以小人物的命运来揭示日常生活中普遍存在的荒谬。此外,《新世纪诗典》还呈现了所选诗人以"大"化"小"的能力,即诗人怎样处理日常生活中的重大、突发性事件以及社会发展中人们面临的普遍境遇与诗歌关系的能力。《新世纪诗典》中的诗人在自觉承担社会责任的同时并没有忘记诗歌作为艺术的结晶,其本质与新闻报道、纪实文学有着显著的区别,因此在书写传统意义上的"宏大叙事"、表现"大词""生词"的时候,诗人们不再采取"众声合唱"的形式,而是从个人的视角出发,将"大"事件凝缩在"小"镜头中,更关注从"小"出发的深入挖掘。因此,《新世纪诗典》所体现的新世纪诗歌的"及物"性从"小"和"大"两方面记录了时代的声音,展示了国人的生存状态,使"最小的事物都经得起思想的最大的反思",又向"更高级的事物不断敞开我们自己"②。

二、"在场"的诗歌

如果说《新世纪诗典》所选诗歌的"在场"主要是针对诗歌的宣传、传播,诗人群体以及诗歌题材等宏观意义上的特点而言的话,"在场"的诗歌无疑更强调诗歌文本本身的"在场性"特质,主要表现为

① 伊沙编:《新世纪诗典(第一季)》,浙江文艺出版社 2012 年版,第 35 页。
② 臧棣:《诗道樽言》,《当代诗》,孙文波主编,文化艺术出版社 2011 年版,第 199 页。

叙述性和口语化表达的进一步增强，而这又是与 21 世纪诗歌在宣传方面的特点和诗歌的"及物"性主题分不开的。敬文东教授认为，"抒情是注定要排斥俗物的"①，而"叙述"作为一种用语言触及事物的表达方式，比纯粹意义上的抒情更能够介入"凡俗人生和时代生活"，有助于表现生命体验的过程与生活中被抒情"遮蔽"而又富于诗意的那部分："经过提炼、蒸馏、过滤的纯抒情是靠不住的，唯有在令人绝望的、无聊的动作系列中，被其稀释的'光斑'才有意义。"② 并且在 21 世纪，"叙述"作为表现诗意的方式已经不只是作为一种"客体"性的、辅助性的修辞艺术手段，而是进一步成为诗歌的"本体"部分，即孙基林教授所称的"本体性叙述"，是作为一种诗歌创作的思想方法而存在③；"本体性叙述"虽然在 20 世纪八九十年代"第三代"诗人的诗歌中便已出现，但在 21 世纪又有了新的发展。它与 21 世纪诗歌的口语化表达方式充分结合，不仅更重视对"存在"本身的言说，还有利于使"本体性叙述"这种思想方法更紧密地与语言实践相结合，用语言表现"在场"。因此，21 世纪诗歌在文本艺术特质方面的"本体性叙述"和口语表达相结合，可谓是 21 世纪诗歌艺术的一大突破。而在《新世纪诗典》的诗人笔下，这种突破又主要呈现出以下几大特点。

（1）"本体性叙述"和口语表达相结合，使得在诗歌中插入对话、方言、俗语成为可能，实现了诗歌与小说、散文、戏剧等叙述性文体在体裁上的"互文性"，也达到了什克洛夫斯基所称的"陌生化"效果。对话、方言、俗语等元素在传统意义上很难进入诗歌，但 21 世纪诗歌所要处理的现实题材的复杂性、碎片性证明仅有单一的抒情语调是不够的，诗歌要想突破空洞的抒情所带来的苍白，深入生活肌质，就要充分

---

① 敬文东：《中国当代诗歌的精神分析》，中国社会出版社 2010 年版，第 11 页。
② 敬文东：《中国当代诗歌的精神分析》，中国社会出版社 2010 年版，第 13 页。
③ 孙基林：《本体性诗歌叙述与其诗学试说》，《诗刊》2012 年第 15 期。

利用对话、方言、俗语等在其他文体中常见的语言修辞方式，从而达到"将诗思向日常的话语自然延伸"① 的效果。而这些"异质性"的语言修辞方式也要在诗歌中得到巧妙运用，因为"本体性叙述"的目的并不是要讲述一个完整的故事，而是通过有技巧的叙述呈现生命的本真体验。比如《新世纪诗典》所选的榆林片警刘天雨的富有"现场感"的作品《喜羊羊与灰太狼》，就充分运用了"对话"的艺术。诗作中参与"对话"的实际有两个人，一个是带孩子的"她"，另一个是诗歌的叙述者。但叙述者发出的声音没有在诗歌中以文字的形式体现出来，而仅有"她"的声音："她锁上门/不好意思/笑笑/'孩子不听话/不好好学习/就知道玩'""'有点乱/你别介意'""'不好意思/你继续'。"叙述者的话语在诗中被省略了，因为诗歌运用"对话"的方式并不是要表现"对话"本身，而是要通过有意地省略造成的空白来凸显"她"的话语、她的形象。此外，方言、俗语的使用也在诗歌的叙述性与口语化相结合的过程中发挥了重要作用，如刘君一的《晚上的包晓丽》就把口语中常见的方言、俗语带进了诗歌叙述："骑三轮儿的，老板儿 去哪儿/我爹：管球他去哪儿/骑三轮儿的：你这个活儿我不好拉/我爹掏出五块钱：你就给我拉五块钱的。"这种叙述语言类似于把"相声"进行诗化处理，将"底层"生活的现实质感一览无余，把日常生活中人们容易忽略的角落用一种简洁、明快的方式展示出来，又像是"用文字记录的一次偷拍"。

（2）"本体性叙述"与口语表达相结合的第二个特点是更重视动词的使用和动作的表现，在诗句中表现紧凑、连贯的动作性，这是与 21 世纪诗歌题材所要面对的生活的变化多端、变化迅速相配套的，也比名词、形容词更适合表现"人"本真的生存境遇，因为"此在的向世之

---

① 张桃洲：《语词的探险——中国新诗的文本与现实》，社会科学文献出版社 2012 年版，第62 页。

存在本质上就是操劳"①，既然是要"操劳"，就需要大量"动"的存在。但对动词的运用与动作场景的描述并不是把现实中发生的"动"的状态原封不动地呈现在诗歌里，"在之中"的状态在诗歌中的存在是诗意的，因此"动"的"可能性"要比"动"的"实景"要迷人得多。比如轩辕轼轲《体操课》："为了说服我，体操教练一甩手/扔出个盘子，盘子碎了/扔出把椅子，椅子摔掉了腿/扔出个同学，他在空中一个后空翻/稳稳地落到垫子上/你看，只有人才是最适合做体操的。""教练向我走来，露出诡异的笑/一拍我肩膀说，坐着旁观也是一种体操/我一愣，站起来，当着全体人员的面/助跑后翻出一连串的筋斗云，上了西天。"诗歌中描写了一系列在"体操课"上发生的"动作"，在"体操教练"向"我"示范体操动作，与"我"拒绝做体操，"上了西天"之间存在着张力关系。"我"的"筋斗云"与"后空翻"的体操相比，虽然动作类似，但无疑是自由不受束缚的。因此，这首诗虽然写的是现实中的动作场景——"体操课"，却是真实的"动"与虚构的"动"相结合，诗意在"动"与"动"的张力中显示出来。这种张力在西川的诗《与芒克等同游白洋淀集市有感，2004 年 7 月》中也体现出来，在诗中西川也进行了对"动"的场景描写的口语化试验，像"太阳有多亮我不知道/但太阳晃得老汉双眼含光我看到了/太阳照耀多少人聚在集市上我不知道/但太阳让锅碗瓢勺开口说话我听到了/太阳怎样煽动庄稼生长我不知道/但被太阳焐馊的饭菜我闻到了/太阳怎样提携村干部我不知道/但省长训斥地委书记不同于镇长训斥村支部书记我知道"，这些都是"我"在"游"白洋淀集市中通过"景随步移"而显示出的流动的密集动作场面，并通过"我不知道""我……到了"的对比表现出对立性的张力，"以最小的表面积获取最大化诗意"②。

① ［德］马丁·海德格尔：《存在与时间》，陈嘉映、王庆节译，生活·读书·新知三联书店 2006 年版，第 67 页。
② 陈仲义：《现代诗：语言张力论》，长江文艺出版社 2012 年版，第 88 页。

（3）"本体性叙述"与口语表达相结合，还有一个特点就是把曾经布满密集象征和隐喻的诗歌变得"软"了，诗人通过叙述与口语的运用把自己从内心的狭小囚笼里解放出来，积极"向外转"，发挥了"语感"的作用，使文字在舌尖上流动时有酣畅淋漓的效果。不过这种"软"效果也曾遭人质疑。的确，叙述与口语的结合稍不留神就会使诗意变得稀薄，使诗歌面临"缺乏难度"的危险，"口语"也会沦为"口沫"。因此，真正优秀的"叙述＋口语"写作，在打破能指与所指关系的同时，也要考虑到打破后怎样建立新的语言秩序，发现新的"亮点"，使"语感"变得具有个性与深度，难以复制和模仿。比如一直因"下半身"而遭诟病的沈浩波，在《新世纪诗典》中却收敛了"下半身"的色彩，并彰显出自身作为诗人的修养和训练有素，他在《墙根之雪》中这样写道："马路上的雪早已融尽/变成水，渗入地下/加大了地表的裂缝/而墙根的雪已经不是雪了/它是雪的癌症/它吃力地扶着墙根，它将/继续黯淡下去，直至消失/沿着墙根行走/每走几步，你就会发现这些/令人心颤的细微之物/它们看上去甚至还很新鲜/而它们到底形成于何时？/呵，在夜晚/竟会有那么多人匆匆奔向墙根/他们解开自己的裤子，或者/把他们的手指抠向深深的喉咙/他们在排泄和呕吐，加深了雪的肮脏。""墙根的雪是怎样变成'癌症'的"，沈浩波在诗歌中向读者揭示了答案。结果和原因倒置，比直接的顺叙更具有艺术效果，而答案更让人出乎意料，但又在日常生活的"情理"之中。魔头贝贝的《展览》更是将诗写得"快速、直接、有效、致命"："长大了。/宰割的时间到了。/庆祝的时间。/我被开膛。赤身裸体/倒挂在铁钩子上。/买卖的人们经过我。/那后蹄儿直立的一群。"这首诗以被杀之猪的视角和声音来叙述自己的"被展览"，并且在猪的眼中，"人"是"那后蹄儿直立的一群"，用诙谐的语调说出了猪与人并无本质不同。由此可见，许多《新世纪诗典》的诗人意识到了"口沫""口水"的威胁，而自觉地在诗歌中建立个人化的、不落俗套的新秩序，表现出个人的诗性智慧。

"本体性叙述"和口语表达相结合，使21世纪诗歌在20世纪90年代诗歌的基础上进一步体现了"在场性"所在，因为"人是叙述的自行展开，叙述状态是人生活的常态"①，而口语的运用更适合表达个人的日常经验，两者的相互交融使21世纪诗歌呈现出一种美学特质发展的可能性。但"在场"的诗歌仍要警惕"口水""口沫"的侵袭，对自我、对生活、对世界的发现和理解因人而异，关键问题是在诗歌中怎样把这些多样性与可能性以个人化的艺术形式展现出来，并让诗歌超越个人。

"诗歌的'在场'和'在场'的诗歌"是21世纪诗歌发展方向的可能性之一，伊沙所编选的《新世纪诗典》是一位诗人为这种可能性所做的一次有效的探索。他充分利用微博这种新型的网络工具，让更多的诗人诗作得以呈现，而这些诗作也体现了题材的"及物"性，在艺术方面也呈现出"本体性叙述"与口语表达相结合的趋势，在内外两方面为21世纪诗歌提供了可能的发展空间。但应该注意的是，"非诗"的威胁仍然存在，21世纪诗歌在向"可能性敞开"的同时，也需要内外两方面的秩序来规范，这就向诗人、读者、批评家发出了共同的呼唤。

---

① 敬文东：《中国当代诗歌的精神分析》，中国社会出版社2010年版，第15页。

走向日常的缪斯

——从几个节点略谈"诗歌生活"

2009 年，学者李勇曾在一篇名为《文学生活：文学研究与文化研究交叉的领域》的文中指出，"文学生活"是我们在现实生活中由于与文学接触而进入了文学所描绘的世界，沉浸其中，受其影响并进而改变自己的生活态度和生活感受的一种生活实践活动"①。此外，李勇还认为文学生活研究"改变了文学理论中理论与对象之间的关系，不采用主客二分对立基础的'我—它'关系模式，而是采用现象学为基础的'我—你'意向性对话关系模式"②。不仅如此，李勇把"文学生活"还理解为沟通文化研究与文学研究的一道桥梁，对文学生活的研究能更好地将文化研究与文学研究联系起来。李勇对"文学生活"在文学研究和文化研究中所发挥的作用的分析可谓是透彻的，但他主要是从文艺学理论的层面来理解"文学生活"，还未曾将其放置在当下中国文化语境这个"场"中来讨论。"文学生活"真正进入文学研究的视野，还要提到温儒敏教授。温教授于 2009 年在武汉的一次会议上提到要研究"文学生活"，主张走向田野调查。此后，在 2011 年，温儒敏教授又进一步提出关注"文学生活"就要突破以往只靠"作家作品——批评家

---

① 李勇：《文学生活：文学研究与文化研究交叉的领域》，《文艺理论研究》2009 年第 3 期。
② 同上。

（文学史家）"这个小圈子进行的"内循环"式研究，而更应关注"普通国民的文学接受情况"，包括"文学生产""文学传播""精神结构""接受行为"等①。不仅如此，山东大学文学院研究团队还紧密围绕温教授的这一论点，在山东、湖南、广东、江苏等十多个省市通过问卷和访问的形式开展了关于"文学阅读和文学生活"的大型调查，目的是帮助人们了解当前国民"文学生活"的真实情况，目前已在"农民工当代文学阅读""网络生态领域""大学生文学阅读"等方面取得了一定成果。可见，"文学生活"这个学术领域有无限的发展潜力和开拓空间。

很长时间以来，诗歌作为一种在内容、形式和语言等方面有别于小说、散文、戏剧的独特文学体裁，被视为"高贵而神圣"的，诗人也乐于称其自身为"精神贵族"。里尔克在《安魂曲》中写道："生活与伟大的作品之间，总存在着某种古老的敌意。"而诗人希梅内斯也在一本书的献词中写道："献给无限的少数人。"看来，诗歌似乎注定与世俗生活存在一段"致命的距离"。其实，这种"距离"的存在，主要是强调诗歌的文本内容与语言要来源于生活，而又要超越生活，并不是由此证明诗歌仅仅是诗人自怡性情的产物和仅适合"小圈子"里传播的文学体裁。但人们似乎对诗歌与生活的关系存在"误会"，以至于在商品经济高度发达的今天，当代诗歌被"边缘化"了，许多读者在百忙之余或许还会抽出时间来阅读网络言情、玄幻小说，浏览《读者》《青年文摘》上的美文，对于当代诗歌阅读却始终"望而却步"，诗歌读物的销售量在很长一段时间内形势低迷。而"诗人"这个在 20 世纪 80年代曾荣耀一时的称号，也在近年来的一系列网络"恶搞"事件（如"梨花体""羊羔体"事件等）中被"妖魔化"了，有人甚至还针对一

---

① 温儒敏:《"文学生活"概念与文学史写作》,《北京大学学报（哲学社会科学版）》2013年第 3 期。

些诗人的自杀事件放出"诗人是'神经病',是'疯子'"的厥词。这一切似乎在提醒着诗人、诗评家们,诗歌在当下文学生活中的地位,有些"不正常"了,一味地在"小圈子"里孤芳自赏、与大众隔膜的做法非但不能彰显诗歌的"高贵神圣",相反却只能让普通读者找不到通向"高贵神圣"的道路。

因此,一个迫切的问题就摆在了诗人和诗评家面前:诗歌在当下文化语境中与"普通国民的生活"的正常关系应该是怎样的?要在"文学生活"视野中把握"诗歌生活"的镜像,应该从哪些节点入手?这些,正是本文所要回答的问题。

一、诗歌敞开自身,面向公众发声——博客/微博的利用与诗歌朗诵会的举办

梁笑梅教授认为:"诗歌是一种特殊的言说方式,言说需要传播,传播要有受众。"① 问题是,怎样进行诗歌传播?在生活节奏加快、信息日新月异的当今社会,以书籍、报纸、杂志为载体的纸质媒介在时效性、容纳量等方面显然已不能满足诗歌传播的需要。并且纸媒在传播诗歌的过程中,读者仅仅是通过白纸黑字"看"诗歌,而真正要"读"诗歌就成了问题。因此,要想诗歌自身得以敞开、有效地对公众发声,要充分利用"线上"和"线下"两个空间。所谓"线上",就是要发挥网络博客/微博的作用;所谓"线下",就是要彰显诗歌朗诵会的效力。

诗评家王珂于 2010 年进行了一项统计,截至 2010 年 6 月 17 日 11 时,部分男诗人博客的点击量是潘洗尘 8113134、何三坡 2550491、老巢 1529943、周瑟瑟 1046213、伊沙 539699、韩东 525612、于坚 522247、杨黎 353120、谭延桐 315419、马永波 325159、陈衍强 253879、杨克 214044、

① 梁笑梅:《把诗歌的蝴蝶钉在听众的耳朵上——当下诗歌传播过程中受众的培养与改造》,《名作欣赏》(鉴赏版·上旬)2007 年第 3 期。

李亚伟 149175、顾北 165109、王久辛 134575、义海 125578、江非 122351、向阳 114385、蔡克霖 108135、北岛 91705、李元胜 70208、梁平 62015、傅天虹 22562、非马 19209。部分女诗人博客的点击量是：尹丽川 1125972、马莉 238230、古筝 660551、安琪 524124、金玲子 347486、雪莹 293490、阿毛 158249、梅依然 115505、李轻松 10248。部分诗评家或诗论家博客的点击量是蒋登科 97782、赵思运 86307、张德明 77413、张立群 62974、徐敬亚 53923、霍俊明 18482……①由此可见，网络博客的出现，使诗人、诗评家与读者间的互动增强了，因为网络空间的敞开性使得普通读者可以自由进入诗人、诗评家的博客，打破了传统媒体造成的读者与诗人、诗评家之间的障碍，隐藏在纸媒时代标题后面的那些名字在网络空间中走向广大读者，而不再那么"神秘"。微博的出现，更是继博客之后的又一次诗歌传播革命。诗人伊沙于 2011 年在网易微博开设的《新世纪诗典》栏目是利用微博推荐诗人诗作的典范，以"每日一人一诗"的策略在微博平台进行诗歌的推选与点评，并与读者、诗人、诗评家通过微博的回复、转发、评论功能进行交流与互动，产生了较大影响。2012年年底，《新世纪诗典（第一季）》的实体书也由浙江文艺出版社正式出版，销售量节节攀升，打破了近年来诗歌出版"冷门"的局面，并带动了一批诗歌读物的出版发行。这无疑实现了当代诗歌线上线下两个平台的出色衔接，打通了诗歌进入普通读者的通道，增强了诗歌的"在场感"。从以上两个例子来看，博客/微博的出现使诗人、诗评家能够更加自由地发表自己的诗歌作品、诗路心得、诗学评论等，广大诗歌爱好者也能更方便、更快捷地把握当代诗歌动态，了解诗人佳作，与诗人、诗评家进行自由交流和互动，并利用博客/微博的即时性使优秀诗作得以快速传播，让更多的网络用户了解中国 21 世纪诗歌的发展，进

---

① 王珂：《博客正成为新诗传播与接受的主要方式》，《湘潭大学学报（哲学社会科学版）》2011 年第 2 期。

而产生热爱诗歌的可能。

而"线下"的诗歌朗诵会,近年来也在蓬勃发展之中。并且这些诗歌朗诵会不是偶发的、零散的,而是在众多诗人的热心操办和积极参与下,形成了一个个有一定组织性、规模性的活动。比如 2013 年 1 月 4 日,第七届"让诗歌发出真正的声音"朗诵会在佛光山举行,朗诵会由树才和颜艾琳主持。路也、小海、宋琳、林莽、唐晓渡、李亚伟、赵野、娜夜、黄梵、莫非、潘维、伊沙、桑克、潘洗尘以及部分台湾诗人先后朗诵了自己的作品。此外,诗人们还乐于在高校、酒吧、艺术馆等公共场合与读者进行面对面交流,朗诵自己的诗作,如 2013 年 6 月 24 日,台湾诗人郑愁予就在山东大学(威海)讲学时为在场的学生们朗诵了《八百二十三声》《雨说——为生活在大地上的儿童而歌》《山鬼》《昙花》等自己未被收入诗集的作品,赢得了学生们的阵阵掌声。青年诗人廖慧、孙谦等人也先后在成都的白夜酒吧举行了自己的专场诗歌朗诵会。不仅如此,一些国外著名诗人也被邀请到国内的诗歌朗诵会中来,如 2013 年 8 月 6 日在上海民生现代美术馆举行的阿多尼斯诗歌朗诵会,8 月 31 日在同一地点举行的谷川俊太郎诗歌朗诵会等。当下文化语境中的这些诗歌朗诵会的举办早已超越了战争、革命时期"街头诗""赛诗会"等诗歌朗诵活动所具有的政治教化和宣传意义,而旨在诗人与读者进行平等的互动交流,在有声的朗诵中营造一种诗歌文化氛围,使公众贴近诗歌。

二、确认、提升诗歌的当代价值,扶持、培育新人——诗歌节的举办和诗歌奖的评选

或许会有人质疑当下为数众多的诗歌奖、诗歌节存在的价值,因为这些诗歌奖的评选和诗歌节的举办或多或少与地方政府的支持、商业机构的运作挂钩。的确,就当代诗歌的健康发展而言,政治、商业的影响是把双刃剑,政府、商业机构恰当、适度地参与有助于诗歌的繁荣,而

过多的政治干预和泛滥的商业元素则会使诗歌节、诗歌奖变得庸俗、媚俗。不过在目前看来，许多诗歌节的举办和诗歌奖的评选还是彰显了诗歌与地方政府、商业机构的良性双向互动。一方面，在政府、商业机构的政策、资金支持下有利于确认、提升诗歌的当代价值，使诗歌佳作和优秀诗人得到公众的认可，并扶持、培育一些诗歌新人，使他们更有信心、激情进行诗歌创作；另一方面，诗歌奖的评选和诗歌节的举办还可以拉动当地的经济发展，彰显赞助商品牌的优势，从而促进诗歌和经济社会的双向发展。

统观当前诗坛，已经形成一定规模和系统的诗歌奖评选活动主要有"国际华文诗歌奖""闻一多诗歌奖""红高粱诗歌奖""未名诗歌奖"等。以 2013 年 9 月 26 日举行颁奖典礼的"2012 年度国际华文诗歌奖"为例，获奖者不仅有臧棣、于坚这样已为人所熟知的诗人，还有通过一本《纸上还乡》动人心魄的"打工诗人"郭金牛、遗世而独立的女诗人钟硕、书写长诗《乌云之河》的诗人七夜……这些陌生的诗人名字，都是通过"2012 年度国际华文诗歌奖"的评选而第一次站到领奖台前。他们不乏诗才和"诗心"，却只有在给他们一个展示自我的平台的情况下，他们的才华和热情才得以更充分地流露。许多诗人在成名之前都是普通的民众，他们作品的价值、在创作上取得的成就是通过诗歌奖而得以确认的，因此，诗歌奖的存在对奖掖诗歌新人来说十分重要。

诗歌节的举办往往与某个区域、某座城市或某所高校的文化相结合。比如于 2013 年 10 月 2 日开幕的"珠江国际诗歌节"成都站，打出的主题是"诗与城说"，而在 2013 年 8 月的"第四届青海湖国际诗歌节"期间记者对诗人于坚的一次访谈中，于坚更是认为"青海是思考民族现代化的基地"。此外，诸如"大运河诗歌节""未名诗歌节""衡水湖诗歌节"等诗歌节的举办，都是把诗歌这种抽象的艺术形式与具体的地域、高校文化相结合的例子。不仅如此，诗歌节在一座城市、一所高校的举办，还会拉近这座城市/高校读者与诗歌的距离，吸引他们与诗歌圈"触电",从而对当代诗歌有更清晰、更深入的了解。梁笑梅教授认为,诗歌节的举办"开始有意地把文化层次参差不齐的都市大众作为理想受众,其目的不是达到'圈内'的交流而是期望接受到更为奇妙的'视野的碰撞'",这一点正符合一种"双向的必需":"小众文化在新的情形下适应新的依存逻辑的必需,公众文化建构走向市场细分和多元化的必需"①。

并且,诗歌奖的评选和诗歌节的举办并不是两大完全独立的系统,奖项评选与诗歌节举办之间存在穿插交错的互动关系。诗歌奖的评选可以借助诗歌节的举办展开,并且在奖项颁布和诗歌节召开的同时往往伴随着诗歌朗诵会、诗人作品研讨会、签名售书等吸引普通读者参与的活动,因此,一次诗歌奖的评选或一场诗歌节的召开,不仅是诗歌圈内部的一件大事,还是普通读者参与的一次文化盛宴。

三、共生与互动——诗歌与音乐、舞蹈、绘画、戏剧等艺术形式的结合

诗歌在诞生的最初,便是和音乐、舞蹈、戏剧等密切结合在一起的。比如《诗经》中的许多名篇都可以配乐演唱,辅以舞蹈;唐诗宋词元曲更是如此。此外,许多古代的著名诗人,如唐代诗人王维,不仅有优秀的诗歌作品流传于世,还具备杰出的绘画水平,将自己的诗文与绘画在形式、意境方面相结合,以"诗中有画,画中有诗"的美名延续至今。毛翰教授曾指出:"诗歌的传播,可以有两个向度,一是空间的横向传播,一是时间的纵向传播。在空间向度上,诗歌希望播于四海;在时间向度上,诗歌希望传之千秋。"② 不仅如此,当下面临的是一个日新月异的信息社会,单一的诗歌文本传播与流行歌曲、电影、电

---

① 梁笑梅:《把诗歌的蝴蝶钉在听众的耳朵上——当下诗歌传播过程中受众的培养与改造》,《名作欣赏》(鉴赏版·上旬)2007 年第 3 期。
② 毛翰:《从大众传播角度重新审视诗歌的社会功能》,《涪陵师范学院学报》2000 年第 2 期。

视剧等音频、视频艺术相比，在大众接受度方面就略显逊色。因此，诗歌要接近大众的生活，重新与音乐、舞蹈、绘画、戏剧等艺术形式相结合，可谓是一个突破口。

其实诗歌与戏剧相结合，现当代文学史上许多诗人早有尝试。九叶诗派提出要使得"新诗戏剧化"，其中一种途径就是"写诗剧"。诗人海子在生前也创作了许多诗剧，如《太阳·断头篇》《但是水，水》《弑》等。但这些诗剧仅停留在文本作品层面，并未搬上真正的戏剧舞台。而在海子去世23周年后的2013年，纪念海子的音乐剧《走进比爱情更深邃的地方》于4月10日在重庆大剧院上演。此外，首部描写海子的电影《海子传说》也由诗人张后自编自导自演，于7月在北京宋庄、798艺术区、上苑艺术馆等地展映。海子的短诗《九月》被民谣音乐人周云蓬改编为歌曲后，更是在广大"文艺青年"中间盛传。其实，不仅是海子的作品，如今诗歌与音乐、舞蹈、绘画、戏剧等艺术形式"共生与互动"的例子，不胜枚举。梁笑梅教授在21世纪中国现代诗第七届研讨会上，就做了题为《从"诗的传播"到"传播的诗"》的发言，以电影中的主题歌和插曲为例，阐释了电影这一影像作品与诗歌的"共谋"。而从"诗生活"网站的新闻来看，这样的例子还有：《'道的容颜'——杨健水墨作品展开幕》《马莉新作〈黑色不过滤光芒——中国当代诗歌画史〉出版》《柏林举行杨炼诗歌作品音乐会》《前卫诗剧〈写诗〉在深圳公益上演》……而毛翰教授更是提出了"多媒体诗歌"的观点："多媒体诗歌，就是借助多种媒体（图形、图画、动画、影像、音乐、拟音等）的参与，以增强艺术表现力和感染力的诗歌。"[①] 诗歌在多媒体的介入下会增强自身的艺术表现力和感染力，并有利于诗歌走向大众，进行传播与扩散。因此，诗歌与音乐、绘画、舞蹈、戏剧等众多"异质"因素的结合，并没有损害诗歌自身的艺术

---

① 毛翰：《多媒体诗歌论纲》，《长沙理工大学学报（社会科学版）》2012年第3期。

魅力，而是在无形中将诗歌的影响范围扩大了，使诗歌从平面的艺术形态中"站出来"，走向画布、荧幕、舞台，使受众不仅能从阅读诗歌文本本身感受到诗意之所在，在听音乐、看电影、看画展时也能受到诗的熏陶。

在当下文化语境中，诗歌被"边缘化"的原因之一是诗歌与普通大众之间的沟通道路不畅，而使得诗歌蒙上了一层神秘的面纱，使普通读者难以接近。因此，如何使诗歌走下高不可攀的亭台楼阁，重新以一种亲切而又超然的面目走近普通民众，达到让更多的读者感受到诗歌的艺术魅力和文学价值的目的，就成了当今诗人、诗评家努力的方向所在。就像前文提到的采用博客/微博、诗歌朗诵会等"面向公众发声"的形式进行诗歌传播，在国家、地方政府或相关热心企业、人士的支持和赞助下利用诗歌节、诗歌奖等方式确认、提升当代诗歌的价值和扶持、培育新人，甚至将诗歌与其他艺术形式如音乐、绘画、戏剧相结合等，都是突破了"诗人诗作——诗评家"的内部小圈子，让缪斯走向日常、走向普通大众生活的努力。实际上，"诗歌生活"囊括的内容还有很多，本文只是从几个节点进行了粗略介绍而已，而一些更为深入的问题，如"诗歌有没有可能成为一种文化产业？""当下诗歌作品出版、销售、阅读的具体情况究竟为何？""高考作文可不可以写诗歌？"等，还需要通过理论与实践相结合进行进一步的研究。

（发表于《黄河科技大学学报》2015 年第 2 期）

怎样读现代诗（课堂实录）

上课之前，各位同学可能会思考通过《现代诗歌研究》这门课应该学习到现代诗歌的哪些知识，怎样欣赏现代诗歌。今天是第一节课，我就先给同学们介绍什么是现代诗歌，我们在中学阶段背诵的古诗词和现代诗歌有什么区别，以及面对一首现代诗的时候怎样去欣赏它、了解它，最后也会给大家布置这学期我们要完成的课程任务。

首先，大家比较关心什么是"现代诗歌"，现代诗歌就是现代人写的诗吗？我们可以看到，虽然现在是 21 世纪的第二个十年了，很多人还是更喜欢古代诗歌，甚至更愿意从事古代诗歌的阅读、背诵与写作，所以说并不是现代人就能写现代诗歌。有些同学比较关心我们的《现代诗歌研究》课还需要背诵吗？咱们这门课一不背诵，二不默写，那么大家可能会想不背诵、不默写还学什么呢？这其实和现代诗歌的概念、特质是相关的。我们从小就学古诗词，从"床前明月光、疑是地上霜"这样比较通俗易懂的古诗学起，后来我们又学了《诗经》、宋词，还学了元曲等。这些所谓的古代诗歌和现代诗歌有什么差别呢？一是写作主体、欣赏主体不同，我们都是现代人，我们都是生活在 21 世纪的人，不是过去的唐诗宋词那个时代的人。二是生活不同，我们现在过的是什么样的生活？是现代生活，也是网络化的生活。大家都会使用手机，玩抖音、快手，感受到的情绪是现代的，而不是古典的风花雪月，你能想象到古人用手机、玩电脑、刷短视频这样的现象吗？三是语言文字不同，我们现代所用的文字也都是白话文，大家学现代文学课程的时候都学过什么叫作白话文、什么叫作文言文，白话写的诗肯定跟文言文不一样，表达的也是现代人在现实生活中感受到的情绪。换句话说，现代诗歌更贴近于我们现在生活的年代。

我举个例子，大家会想到封建时代的很多男性把女性当作奴隶和生育工具。但是，现代社会讲究法制，妇女的正当权利、婚姻自由有法律保障，在这样的语境之下，我们知道违背妇女意愿肯定是违法和不道德的。我认识的很多诗人朋友也为妇女的权利发出了声音。这种情况在古代可能是很少有的，或者是古人的意识没有达到今天的水平，所以现代诗从题材方面、语言方面、内容方面都是符合现代人的思维的。

但是，同学们可能也会有这样的疑问："老师，您说现代诗歌更贴近于我们的现代生活，为什么我从小到大比较熟悉的或者比较感兴趣的还是古代诗歌呢？"这和应试教育的模式有关，我们从小到大的考试基本都是考查古代诗词的背诵、赏析，好像很少考查现代诗歌的赏析、背诵。另外，古诗为什么背起来感觉很顺畅？好像读过几遍就会背了。但是现代诗好像背诵、记忆就相对困难。通过"问卷星"的调查，我发现大多数同学比较熟悉的现代诗歌只有几首：《雨巷》《再别康桥》《大堰河，我的母亲》《致橡树》等，大家可能也会有疑问，为什么我们偏偏对这几首诗记忆深刻？这就在一定程度上说明了古诗和现代诗的不同。从形式的角度去分析，我们就发现古诗词的形式是有规定的，你只要掌握了它的规律、韵脚、平仄，无论是背诵还是默写、创作都会比较容易。大家这学期可能要学唐代文学，唐诗有绝句、律诗，学到宋代文学的时候还会学到各种各样的词牌。绝句、律诗、词牌其实都是一种规范，古人写诗是非常讲究规范的。而很多现代诗歌都是自由诗，不讲究韵脚，打破格律、打破严格的规矩和要求，行数可多可少，有的诗歌可能动辄几百行、上千行，有些诗歌可能只有一两行；有些诗歌有标点，有些诗歌没有标点。但是现代诗歌中其实也有讲究格律的，比如说

《雨巷》《再别康桥》就容易识记，因为它们的规律性特别强，并且押韵，读上几遍以后你的脑海中就形成了深刻印象。

我们读古诗更多的是感觉到诗人在咏物、在写景、在抒怀，而古诗抒发的情感相对而言是比较单一的，现代人对情感的体验已经超出了古人的范围，变得更为多样化。也就是说，日常生活中的所有事物，只要你愿意，只要你有文采，都可以写进诗歌里面。但是，我们也回到之前的问题来说：为什么古诗容易进入中高考试题，而现代诗歌就不行呢？虽然现代诗歌比古代诗歌所抒发的情感更深厚和广泛，但是它的个体化也更强。比如说，大家都是一个班里的同学，但每个人的心态、每个人对世界的认知都非常不一样，这是因为我们的成长环境不同、家庭背景不同、对社会的体验、认知、心理都有很大的差异，而现代诗歌的书写正是从个人的角度、个人的情感出发的，所以会存在多元化的现象。但是，古代诗歌类型化较强，比如我们刚才讲到的抒情诗、咏物诗、写景诗。再如李白的诗歌，通常认为是浪漫主义化的，而杜甫的诗歌是现实主义化的，王维是山水田园诗的代表。他们的诗歌类型、风格相对而言能够用比较准确的词语概括。但是现代人的体验能用一句话、两句话非常清楚、精准地概括吗？更何况是用文字、诗歌表达出来。

在艺术技巧方面，可以说古典诗歌和现代诗歌不是完全隔阂的，相反，很多写新诗的诗人也创作过古典诗歌。在他们的成长经历中，古典诗歌对他们的影响非常大。比如我们刚才举到的戴望舒的《雨巷》这个例子，它其实就化用了很多古典诗歌意象、典故，而用典、借景抒情也都是古典诗歌所常用的手法。但现代诗歌与古典诗歌相比有没有一定的创新呢？或者是我们所用的艺术手法有哪些不一样呢？我们如果回顾一下《中国现代文学史》就能知道，现代诗歌除了从传统的文学当中吸取经验以外，还有非常大的因素是它从西方学了很多艺术手法，比如说象征、陌生化、蒙太奇等，我们先举几个例子来说明：

一是陌生化。大家学《文学概论》时有没有学到这个概念？陌生化是什么意思？我们举个例子，你们坐在教室里学习，每天都看到我，可能都厌烦了：怎么又是这个老师？怎么学的都是这些内容？但是，如果突然出现了一位新来的美女老师或者是帅哥老师，你们可能就会"眼前一亮"，觉得这位老师长得很漂亮或长得很帅，对她/他的好感度也噌噌往上涨，这就是陌生化带来的魅力。或者是我们每天都要用的一种语言，比如说每天都要背的诗歌，你可能就厌倦了，但是如果这首诗换一种用法，可能语感就不一样了。举个例子，我们经常体验等待的感觉，"他在等你"是一句非常通俗易懂的日常用语，但是看这样的句子："他为了等你，已经站成了街角的一棵树。"等待使人变成"树"，而且是"街角的一棵树"，一个非常熟悉的人，这时候就变成了一个具有陌生化美感的意象。还有一个例子，冯至，大家都熟悉，冯至的《蛇》这首诗里说"我的寂寞是一条长蛇"，"寂寞"这种情感每个人都体会得到，但是"寂寞"怎么能和"蛇"联系在一起呢？当然我们可能也想象到蛇的样子，蛇是长的，滑溜溜的，你接触到它可能会有点害怕，但是它的感觉也让你感觉到刺激。"寂寞"这种感情其实和蛇也有类似之处：它不停地萦绕着你，让你感觉到害怕，但是你又不可回避它。这种陌生的语言就是现代诗歌所常用的语言，也就是说，我们能够把平凡的东西变成不平凡，把熟悉的东西变成陌生化的美感。因为我们读诗，肯定要体会语言的魅力，对不对？如果这里面全是大白话，全都是陈词滥调，你怎么能感受到语言的魅力呢？

二是蒙太奇。大家看电影的时候肯定会注意到这种手法，有一些意象、镜头似乎没有逻辑上的关系，没有视觉方面必然的连续感，但是为了在诗歌文本中达到美感的效果，让你感受到意象组合起来非同一般，这就是需要用蒙太奇的方式。比如顾城的《弧线》这首诗，"弧线"是大家在日常生活中都见过的，就是弯曲的线条。但是怎样用意象的方式、诗歌镜头的方式让你感受到美感呢？看看顾城是怎么运用的。他是把四个看起来没有任何关系的意象组合在一起，比如说，鸟在风中突然间转向，它的形状是什么样的？是"弧线"。少年去捡拾一枚分币，弯腰去捡，这个"弯腰"的形状也是"弧线"。葡萄藤的触丝不知道大家有没有注意过，也是弯弯曲曲的"弧线"。另外。还有"海浪因退缩/而耸起的背脊"，住在海边的同学可能有这样的体会，浪头的形状也是"弧线"。鸟儿、少年、葡萄藤、海浪，看起来没有任何联系，是互不相关的意象，但是却用"弧线"这个线索通过视觉的方式把它们联系在了一起，这首诗的镜头感、意象感就自然而然生发出来了。可以说，只要你有一双乐于观察生活的眼睛，每个人都可以在诗歌中表现自我。这就是现代诗歌的两个大特点，陌生化以及蒙太奇的艺术手法。

我们刚才也说到现代诗歌好像不太容易懂，其实这是一个认知误区。很多人习惯了读古诗词，因为他们所接触到的教材内容、老师的教学内容，大部分都还是古代诗词，所以就得出这么一个结论：既然考试不考、老师上课不讲，那就说明现代诗歌的成就不如古典诗词。或者说，古典诗词从《诗经》时代开始到现在已经上千年了，现代诗从新文化运动以来到现在也就100多年的历史，所以有些人从时间上断定现代诗歌的成就不如古诗。但是我们说，任何的文学作品都是要拿文本去说话的，任何的事物都是要通过时间去检验的，你要给现代诗一个成长的过程。有人认为现代诗读不懂，太晦涩了，那么"懂"和"不懂"到底是什么原因造成的？"懂"从某种程度上是因为你对它的经验表示认同。如果说这首诗你"不懂"，可能是它写的事物、情感你没有体会过，或者是它使用的语言超出了你的审美接受范围。但是，我们不能说只有通俗易懂的才是好诗。我们上《中国当代文学》的时候，给大家讲过"新民歌运动"，那时候很多的诗歌都是通俗易懂的，但你能说每一首都是好诗吗？有些诗歌简直就是分行的口号标语。所以，你读不懂的诗歌不一定就是"坏诗"，可能是你的审美、经验还没有达到与作者共鸣的地步。

有些人认为："只有'知识分子'才能接近现代诗歌，'普通人'

没有必要接触现代诗歌。"这更是一个误区。我们看，现在很多诗人是什么身份？有一些诗人在矿井里挖煤，有些人种地，有些人送外卖，但是他们都可以写诗。只要他们愿意去读书、写作，都能够接近现代诗歌。现在的"打工诗歌"已经成为诗歌写作的一股潮流了。以后我们具体讲现代诗歌作品的时候，还会讲到很多已经成名的打工诗人，比如说我们所熟知的余秀华，她就是农村出身的，而且是身体有残疾的诗人，你能说她是"知识分子"吗？

还有些人认为，读现代诗歌对中、高考没有帮助，就不用读了。在过去，这可能是经常出现的现象，因为现代诗歌是非常个人化的文本，所以在解读现代诗歌的时候也很难形成统一的答案、统一的标准。但是就目前的"新高考"来说，它就加入了很多现代诗歌的成分，有些阅读理解的文本甚至是诗人所写的文章。在"新高考"的语境之下，你能说读现代诗歌对中、高考没有帮助吗？而且现在强调"整本书阅读"，也强调核心素养引导下的中学语文学习，在这种情况下，诗歌不应成为应试教育的工具，而应有助于提升我们的文学素养，提高我们的审美境界。

从审美方面来说，有些同学可能读到一首诗，感觉"我很喜欢它，我觉得它写得很好"，但是却不知道从哪些方面体验它、欣赏它。这就涉及方法问题了。很多同学都希望得到一些读诗的方法，觉得"我从中学到现在都没有读过几首现代诗，怎么办呢？"其实是没有关系的，大家的起跑线应该都是一样的，都是一个从无到有的过程，只要掌握了读诗的方法，就能找到进入现代诗歌的通道。不过，掌握读现代诗歌的方式也不是一蹴而就的，有些同学会说："老师讲了这一节课后，我就会读诗了！"我感觉这也不太可能。任何的文学作品，小说也好、诗歌也好，只有通过多读、多看才能慢慢地掌握属于自己的方法。我上课讲的内容也只是我自己读诗的经验，不一定是你的经验。

那么，我们现在开始讲怎么读诗。首先，来讲一种来自西方的阅读方法：细读。我们管它叫作 Close Reading，Close 作为形容词，意思是说我"贴着"这个文本阅读，用一种"动手术"的方式把这首诗进行"解剖"。怎样解剖呢？逐句、逐词、逐字，甚至是连标点符号都要解读。这种方式特别适用于刚开始接触现代诗的同学，你不知道这首诗的写作背景是什么、作者是谁，怎么办呢？你就开始用一种细节化的方式解剖它——先去理解细节，然后把它合成一个整体，你可能就会慢慢地感受到它的意义。但是，解读过于技术化、过于精细的话，就好像把这首诗当作一台机器，我去拆零件，一个螺丝一个螺丝地拆下来，这种过于技术化的阅读可能也是有一点死板，因为我们面对的毕竟是文学作品，不是电脑、手机；我们不是修手机的，我们也不是修电脑的，我们只是读诗。过于机械化，可能就完全扭曲了这首诗歌。另外，有些同学一开始读现代诗，总害怕读错，换句话说就是害怕"误读"，怕读出的意思不符合诗人的创作本意。我们在中学时代做阅读题时可能遇到过这样的题目："这首诗歌表达了诗人什么样的思想？""这首诗歌表达了什么样的艺术境界？"这时我们可能就有所犹豫了。应对考试的时候你害怕读错是因为有标准答案，但是我们现在读诗歌，没有一种非常精准的答案，我们就不怕读错。但是如果你读出的意义离原作差得"十万八千里"，好像也是不对的。比如说，这首诗明明创作的语境是 20 世纪 80 年代，但是你非得说是抗战时期的作品，这里面的逻辑就差了很多。所以，细读的方式有用，但是不一定就要完全地利用。

中国古典的审美阅读主要有两种方式，第一种叫"知人论世"。这种方式适用于什么环境呢？你知道这首诗歌的作者是谁，写作年代大概是什么样的，你对这首诗的创作背景了解得很清楚。比如说戴望舒前期被称为"雨巷诗人"，抗战爆发以后，他意识到抗日救亡的艰巨，他的创作就发生了"左翼转向"，你就能够理解他前期和后期的作品为什么会有非常大的不同。第二种叫"感悟式批评"。有些诗歌就像是一块完整的宝石，你只能用整体的眼光去鉴赏它。如果我们强行地拿一把锤子把这块宝石敲碎了，这块宝石的美感就会丧失。所以，在欣赏现代诗歌的时候也是要具体问题具体分析，不是每一首诗都有必要用西方的细读方式去理解的，可以用中国古代讲究的"感悟式批评"去理解，比如刘勰的《文心雕龙》，还有钟嵘的《诗品》以及司空图的《沧浪诗话》，这些诗话、诗品也就意味着我们中国古人对诗歌的理解是一种感悟式的、整体的点评。如果中国的"知人论世""感悟式批评"和西方的细读方式结合到一起，岂不是更好吗？既有整体的框架、个人的印象，还有对细节的理解，这样的话，我们对诗歌的了解可能就会更全面。

"知人论世"其实是和我们的个人知识储备有关系的，你首先要了解诗人生活在什么年代、中国的诗歌发展脉络，这首诗的写作时间是在抗战时期还是中华人民共和国成立以后，是 20 世纪 80 年代还是 90 年代？不同的时间背景、不同的作者，以及不同的写作题材，都会影响我们对文本的理解。另外，我们从小到大接触到很多与阅读诗歌相关的名词，如直接抒情、间接抒情、象征、隐喻、对比等。上学期期末考试的最后一道题是欣赏北岛的《触电》，虽然有些同学可能忘记了北岛到底是什么时代的诗人，或者是他已经忘了北岛具体的艺术风格，但是他会运用从小学、中学时期就学到的一些艺术手法对诗歌进行分析，分析得也是很不错的。这就说明我们完全可以运用已知的知识、生活经验、文学常识来欣赏诗歌。

我们还可以从意象的角度来体味诗歌。"大漠孤烟直，长河落日圆"，"大漠"上的"孤烟"是什么形状？直的。"长河"上看到一轮"落日"，"落日"是圆的。简单的两句诗，包含的意象就非常深刻。现代诗歌中也有很多的意象。海子为什么在诗歌中经常写到"麦地"，写到"村庄"，这正是和他的生活经验、审美方式有很大的关系。海子从小出生于农村，他对农业文明有非常深的感情，所以他会大量写"麦子""粮食"，写他熟悉的村庄，这样的意象就非常有个人的特点。另外，我们还要体会诗人的感情。诗人写诗的时候，情绪到底是什么样的？我们经常说北岛的诗歌是"冷抒情"，看上去是不动声色、冷峻的，但是在冷峻之中，也肯定蕴含着诗人自身的情感。这时候我们就要运用自己的联想和想象去体会诗人到底在表达什么样的情感。

现代诗歌的思维方式也值得注意。现代诗歌往往运用不寻常的字句和意象。比如"我剥我的皮，我食我的肉，我吸我的血，我啮我的心肝"，大家知道这首诗是来自郭沫若的《天狗》。郭沫若为什么会把自己身体的感官写进诗歌呢？这就是要回归到"五四"时期的生活氛围。"五四"时期是自由奔放、思想解放的时代，"民主"和"科学"是诗人的追求。郭沫若作为一位浪漫化的、思想比较开放、比较早进入现代化的诗人，也是会把个人的感官方式放入诗歌里，所以他写的这首诗用一种比较夸张的方式，使得诗歌具有非常奇特的思维逻辑，你就不能用日常的逻辑去思考了。

另外，我们还要讲到现代诗歌的语言特点。语序倒置是现代诗歌中常见的现象，这是和陌生化有关系的，比如"连鸽哨也发出成熟的音调/过去了，那阵雨喧闹的夏季"，这句诗正常的语序是什么？应该是"阵雨喧闹的夏季过去了，鸽哨也发出成熟的音调"，诗人把语序倒置，先说结果，再说原因，使我们感受到陌生化的效果。很多诗歌从现代汉语的语法逻辑上来说都是"错误"的，但只有这样的话，才能使人感受到现代诗的语言的独特之处，否则现代诗和口语有什么差别呢？同样，从词语搭配来说，很多现代诗歌也都是"病句"，比如"我达达的马蹄是美丽的错误/我不是归人，是个过客……"如果你较真，可能就会想"马蹄"为什么会是"美丽的错误"呢？"错误"为什么会"美丽"呢？这种不符合现代汉语逻辑的用法，比较矛盾的词语的搭配往往就让我们感受到这首诗与众不同，显示出诗人对词语的想象力，而不是一种简单的陈述。

修辞手法我们就不再多说了，因为大家都比较熟悉了，比如比喻、拟人、通感。通感中的"听觉转化为视觉",我们知道旋律是优美的,但是把旋律和色彩联系在一起,"绿色的旋律"或者是"金色的旋律""红色的旋律",就是把听觉转化为视觉。

现代诗歌其实和古典诗歌也有非常多的相似之处,比如说炼字、炼词、炼句。臧克家虽然是一位现代诗人,但是他也会炼字,把动词用得非常精准,"日头坠在鸟巢里"的"坠"其实就是炼字。在修饰方面,现代诗歌和古典诗歌也有一些相似之处,比如注重修饰词语:"窗外被秋风吹得很瘦很瘦的虫鸣/戚戚地咬着我的心。"虫鸣是"很瘦很瘦的""咬着我的心",这种新奇的修饰方式,我们在阅读的时候也要注意到。生活中都是美的,我们缺的只是发现美的眼睛。在读诗的时候如果注意发现词语的精准用法,注意动词、炼字、修饰语的使用,我们就能更好地理解现代诗歌。

还有词性的转变、语句的凝缩……都是现代诗歌经常使用的鉴赏方式,我们这里就不再多讲了。我觉得还是要结合具体的诗句,尤其是整体的诗歌,给大家讲现代诗歌的鉴赏方法:我们学了很多概念、理论,但是归根到底还是要运用到实践上的。下面我们就来整体读两首诗歌,一首是我们比较陌生的,另外一首是上学期期末考试的最后一道题,北岛的《触电》。第一首是 20 世纪 30 年代的作品,另外一首是新时期的作品。不同的时代、不同风格的诗人,不同性别的诗人,我们来看看他们的诗作有什么不同。首先,我们来看《别丢掉》,大家有认识右边这位诗人的吗?可以在评论区打出她的名字。林徽因,大家反应很快。林徽因是哪个派别的诗人?还记得吗?海派,好像不大对吧?其他同学呢?林徽因和哪位诗人的关系比较好?贺小盈同学说是新月派,对,新月派诗歌。张天亮同学也说对了。我们想想新月派的代表人物有哪些?聂易欢同学说林徽因、徐志摩都是新月诗派的代表人物,还有闻一多。

新月派讲究诗歌格律。比如徐志摩《再别康桥》为什么能让人感受到非常浓烈的诗意?为什么我们经过这么多年还能够熟练地背诵它?

就因为它的自由之中有格律、有押韵，它读起来朗朗上口。《别丢掉》这首诗也有同样的特点。"别丢掉/这一把过往的热情，/现在流水似的，/轻轻，/在幽冷的山泉底，/在黑夜，在松林，/叹息似的渺茫，/你仍要保存着那真！/一样是明月，/一样是隔山灯火，/满天的星，/只有人不见，/梦似的挂起，/你向黑夜要回/那一句话——你仍得相信，/山谷中留着，/有那回音！"虽然林徽因最终嫁给了梁思成，但是她和徐志摩始终都是非常好的朋友，这首诗写作的年代就是在徐志摩坐飞机失事一周年后写的，徐志摩是怎样逝世的呢？他坐飞机在半空中飞的时候到了山东济南这个地方，天气不太好，看不清方向，飞机撞到济南的一座山上坠落了，徐志摩因为这次事故去世了，人的灵魂跌落到了幽冷的山泉底。我们知道徐志摩是一个非常浪漫的诗人，他对人生、对时代、对诗歌都是有非常强烈的热情的，所以林徽因在这首诗一开始就说"别丢掉/这一把过往的热情"。虽然人的生命已经消逝了，但灵魂所保存下来的美感却不会丢失。虽然人的身体已经在黑夜、在松林永远地消失了，人的灵魂也躺在了幽冷的山泉底，但灵魂的真、人的纯粹还是要保存下来的。明月还是那明月，灯火、星星一如既往，但是我们的诗人徐志摩呢？他却永远地沉睡了。在这样的情况之下，林徽因说出了什么？尽管是这样，人已经不在了，但是仍得相信，山谷中留有那回音。诗人的生命已经走向终结，但是他给诗歌、给世人留下了真诚、热情还有纯粹，这是永远保存下来的。这诗中没有一个字提到徐志摩，但是"别丢掉、别丢掉热情、别丢掉真"，这样的情感是林徽因对徐志摩的深切怀念。《别丢掉》也是首都师范大学2022年考研初试试卷中的一首诗，大家通过这首诗就可以感受到我们现在应如何理解诗歌，尤其是了解到诗人的身份以后我们再怎样读这首诗。林徽因是新月派诗人，新月派诗人认为在抒发情感的同时也要注意到格律和规范。而林徽因古典文学的涵养也是非常深的，所以诗中也出现了很多古典诗歌的意象，比如"流水""明月""灯火"，一古一今、一中一西，这是林徽因作品非常鲜明的特点。当然这首诗所抒发的情感、意象也非常纯粹，让人感受到一种明朗的气息，并不是那么晦涩难懂。

但是，如果我们换一个语境、换一个年代、换一个性别，诗歌的情形就会发生非常大的变化。比如北岛的《触电》，我们大家都很害怕触电，轻则让人受伤，重则让人身亡，是非常可怕的事情。但是当现实中的"触电"转化到诗歌中后会有什么样的变化呢？这首诗分为几个部分，第一部分是"我曾和一个无形的人/握手，一声惨叫/我的手被烫伤/留下了烙印"，大家看到这一行的时候可能会想到"无形的人"是什么人呢？我和他握手为什么会被烫伤呢？这就要追溯到北岛写这首诗的年代，我们知道北岛是朦胧诗的代表诗人，他写作的年代就是 20 世纪 70 年代末，人们的思想解放刚开始的时候。诗人对历史、对过去的事情有着非常强烈的反思，和"无形的人"握手的时候，你会感受到一种来自历史的压力，所以你的心灵、你的手会被烫伤，留下历史的痕迹。第二部分是"当和我那些有形的人/握手，一声惨叫/他们的手被烫伤/留下了烙印"。可以说，"无形的人"伤害的是"我"，"我"伤害的却是"有形的人"，"我"既是受害者也是加害者。"我"在受到伤害的同时，也对别人施予了触电般的伤痕。而"我"伤害了别人、别人又伤害了"我"以后，"我"的心态是怎样的？"我不敢再和别人握手/总把手藏在背后/而当我祈祷/上苍，双手合十/一声惨叫/在我的内心深处留下了烙印"，这里对历史的反思达到了最高的境界，"我"在"双手合十"、"我"在"祈祷上苍"的时候，也能够感受到历史对"我"心灵的撞击。"触电"的感觉不仅是来自身体，更重要的是来自心灵。历史给对一个民族、对一个时代群体都会留下不可湮灭的创伤感，这种创伤感需要经过非常认真的清理，否则的话历史就是非常轻飘的东西，而不能成为一代人心中永远的烙印。作为 2020 级的同学，大家应该都是"00 后"，我们应该有这样的历史责任感，通过阅读诗歌，对我们的历史进行反思，并且正确地认识现在的社会，做出正确的评价。北岛就是非常有历史责任感的诗人，所以他的诗歌中就借"无形的人""有形的人"和"内心的烙印"表达他对时代、对于社会的理解。

对《触电》这首诗的分析，大部分同学在期末考试中都分析得很好，我们对于朦胧诗的理解也是很到位的。但如果我们不知道这首诗是北岛写的，那应该怎么去处理呢？方式其实也很简单，大家可以大致判断出这首诗的风格从整体来说是偏向于"冷抒情"，和我们刚才读的《别丢掉》有非常大的差别。《别丢掉》读起来就感受到是一种轻盈、灵动的美丽，它和《触电》的沉重之间，给人的阅读体验差异是非常大的。这里面一是时代的差异，二是诗人风格的差异，当然还有第三点就是来自诗人性别的差异，男诗人和女诗人的作品有非常大的不同，这是我们对《触电》和《别丢掉》这两首诗的讲解。

接下来我们要讲哪些内容呢？首先还是要对中国现当代诗歌史以及重点诗人的生平、作品的特点进行介绍，时间大概是第二到六周，用五周的时间讲这部分内容。从第七周开始，分专题讲解现代诗歌，比如卞之琳的《圆宝盒》怎样呈现现代诗歌的多义性，郭沫若的《天狗》和多多的《春之舞》之间又有哪些风格的不同。我们所采用的诗歌也是有时间差异的，我们先选一首现代诗歌——1949年之前的作品，然后再选一首当代诗歌，也就是1949年以后尤其是新时期以来的作品，作为一种对照。另外还要讲到现代诗的结构与层次、现代诗的修辞、现代诗的叙述性、现代诗的古典资源以及现代诗的性别书写。有些诗人是大家比较熟悉的，比如郭沫若及穆旦，当然还有一些不熟悉的，比如洛夫、戈麦等。熟悉的诗人和不熟悉的诗人可能让大家对诗歌有不一样的感受。我们的课程内容既然是分专题来讲，怎么进行呢？肯定不是照本宣科，不然也许有些同学就昏昏欲睡了。这要强调小组分工，每个组的成员大约在十人，这样就能够保证每节课都有同学参与。在讲诗歌的时候，大家可以讲刚才PPT上列出来的篇目，更欢迎大家选自己读过的诗歌进行讲解。当然同学们也要分工，比如有些同学制作PPT、有些同学找资料、有些同学分析诗歌，每个小组上台讲 15 分钟到 20 分钟左右，其他同学如果对这首诗有不同的见解的话，也可以讨论、发言，形成每个人都参与进来的氛围。最后，我再把我的观点分享给大家。当然光讲也不行，我们读诗最后还是要进行分析的，我们在期中、期末分别布置一次书面作业。书面点评加课堂讲解，这样的互动关系会更好一些。一、二、三、四班的每名负责人在课下统计一下小组分配的安排，也鼓励大家跨班级、跨宿舍进行讨论。

第二部分

戈麦诗歌研究及文本细读

青年意义危机与精神裂变

——戈麦与 1980—2000 年转型期诗歌

戈麦于 1985—1989 年求学于北京大学中文系，恰好遭遇了高校诗歌创作的活跃期。20 世纪 80 年代的北大校园诗歌创作氛围与诗人之间的传承，无疑对戈麦等青年诗人的创作起步有着很大影响。置身于"高校诗歌场"之中的戈麦，一方面接受了这个"场"的传统，另一方面也处在"高校场"与"社会场"的张力之中。这种张力在戈麦等青年走出高校"象牙塔"中体现得愈发明显。更值得注意的是，20 世纪 80 年代末 90 年代初一系列社会环境的急遽转变，使得戈麦等青年诗人切身感受到置身于历史夹缝中的心灵压力，以及现实造成的人生意义危机与精神裂变。

从中国社会的实际情况来看，"青年"这个名词，不仅是一个生理年龄上的概念，更具有卡尔·曼海姆所说的"代际"的意义，即经历同一具体历史问题的青年可被视为同一"代"，因为他们分享了共同的社会命运和现实经验。"青年"之所以为"青年"，不仅是因为他们的生理年龄，而在于他们从多大程度上符合了人们对"青年"的角色期待。在传统的观点看来，青年应该是纯洁、学习、顺从、奉献型的①，并应努力扮演着符合社会主流期待的角色，把自己个人的诉求和愿望与

---

① 陈映芳：《在角色与非角色之间：中国的青年文化》，江苏人民出版社 2002 年版，第 21 页。

社会的角色期待结合起来，思想与社会的主流思潮保持一致。但在社会转型时期，各方面的变革对青年原有的世界观、人生观、价值观产生了冲击，"一切坚固的东西都烟消云散了"。并且因为青年心理较为敏感，对现实缺乏忍耐和妥协，面对社会的转型，更容易遭受意义危机和精神裂变。也正是因为如此，青年在不知不觉中扮演了社会变革"晴雨表"的角色，他们的思想行为和价值观念的演变，从一个侧面反映了整个社会变革的步伐①。而受过高等教育的青年诗人，由于其知识背景和思维模式方面的原因，他们可称得上是青年中对外在世界的变化更为敏感的一群，在转型中所经受的危机与困惑也更为深刻，并往往"情动乎中而溢乎言"，将自身感受到的意义危机与精神裂变投射在诗作中。因此，对诗歌转型中青年意义危机与精神裂变书写的考察，可以从一定程度上窥探到社会转型的情况；同时，社会转型从某些方面也在促进青年诗人对自身写作的反思，从而塑造着诗歌转型。

一

高校诗歌的发展对 1980—2000 年诗歌转型起到了一定的推动作用。之所以做如此论断，是因为从参与诗歌转型的诗人阅历来看，有相当数量的诗人是从高校走出的，20 世纪 80 年代在高校读书的经历在为他们走向社会打下基础的同时，又成为他们的诗歌创作学步期。虽然他们的写作观念不同，诗歌风格各异，但他们在写作起步时都在一定程度上受到高校这个空间场域的影响。"场"的概念在法国社会学家皮埃尔·布迪厄那里被阐释为个体或团体按照他们占据的不同位置之间的客观关系构成的"网络"②，对"场"的考察也意味着对多个研究对象的位置及彼此之间的关系进行分析。罗晶在《1980 年代"北大诗歌场"的生

---

① 杨雄：《巨变中的中国青年》，上海人民出版社 2015 年版，第 5 页。
② ［法］皮埃尔·布迪厄《艺术的法则——文学场的生成和结构》，刘晖译，中央编译出版社 2001 年版，第 278 页。

成》一文中已经注意到了北京大学作为 20 世纪 80 年代"诗歌场"的重要作用，认为它的生成是一种"大社会文化语境中萌生出来的精神产物"①，对"北大诗歌场"的考察要在时代、社会、文化的语境中展开。的确，把高校诗歌视为参与 1980—2000 年诗歌转型的诗人的创作起步点，将其放置在社会转型的话语背景中来观看，并揭示"高校"与"社会"这两个"场"之间的"张力"，就能够从一定程度上挖掘出戈麦这样的青年诗人在离开高校、走入社会时所遭遇的意义危机与精神裂变的部分原因。

以北京大学为代表的高等院校在 20 世纪 80 年代所形成的"诗歌场"有着自身的创作传统，这种对"传统"的指认并不是无迹可寻的，胡适、徐志摩等著，陈均所编《诗歌北大》一书中所选的诗歌作品、回忆录、书信、批评等资料就勾勒出一条从新诗草创期到 20 世纪 90 年代的北大诗歌发展脉络。从这条脉络来看，"北大"是一个超浓缩型的"诗歌共同体"。在北大，诗歌与校园生活存在着互相塑造的关系，在经典阅读、社团活动、代际传承等方面相互作用的基础上，一个具有承续性和开放性的"高校诗歌场"逐渐生成。从北大走出的诗人西渡认为，在所有北大诗人身上都存在三个传统：西方现代诗歌的传统、朦胧诗的传统、北大自身的传统。② 就西渡自身的经历来说，他于 1985 年进入北京大学中文系学习，刚入校就买到了由老木编选的《新诗潮诗集（上、下）》，这套书成了他第一学年的枕边书，并使他下决心从此做一个诗人③。《新诗潮诗集》在总结朦胧诗的成果、推广"第三代"诗歌等方面发挥了重要作用。从某种意义上来说，《新诗潮诗集》产生了把朦胧诗"经典化"的效果，而它本身也成为一代诗歌青年的"经典"读物，对其创作产生影响。正如西渡所说，他通过《新诗潮诗集》

---

① 罗晶：《1980 年代"北大诗歌场"的生成》，《星星（诗歌理论下半月刊）》2011 年第 6 期。
② 西渡：《守望与倾听》，中央编译出版社 2000 年版，第 252 页。
③ 胡适、徐志摩等：《诗歌北大》，陈均编，长江文艺出版社 2004 年版，第 285 页。

系统地了解到了北岛、顾城、舒婷等朦胧诗人的作品，并认为这套书是"朦胧诗的历史成绩的最好的检阅和总结"①。戈麦在《〈核心〉序》中也谈到自己在1985年通过《新诗潮诗集》接触到朦胧诗的经历，并把《新诗潮诗集》中的作品定义为"与过去的文学传统不同的泛现代主义篇章"。同时，戈麦表现出了对《新诗潮诗集》中所选作品的"强烈的理解力"，以至于他"一页页地向一些年纪同样不大的朋友解释其中的词句"②。对戈麦、西渡这样初入大学校门的青年来说，《新诗潮诗集》所具有的吸引力无疑是强大的，这一方面是因为《新诗潮诗集》中所选作品具有代表性，是对刚刚过去的朦胧诗热潮的一次总结，能够使青年感受到"经典"的魅力；另一方面较为潜在的原因是《新诗潮诗集》由老木这位"学长"编选，戈麦、西渡等"学弟"所感受到的选本的权威性，不仅来自所选作品本身，也来自编选者。虽然《新诗潮诗集》是没有正式刊号的油印书籍，但借助高校学生无意识的宣传行动（如前辈、同学推荐，摆摊出售，借阅等）它扩大了自身的影响力，使"经典"得到了广泛的阅读和传播。

同样可被视为"经典"的还有诗人臧棣于1985年所编的《未名湖诗选集》，这本被西渡称为"北大传统的一个小小的源头"③的诗集不同于《新诗潮诗集》的最大之处在于书中所选作品是北大诗人创作的诗歌，囊括了海子、西川、骆一禾、清平等在当时已经在校园内具有一定影响力的诗人作品，也包括臧棣（当时的笔名是"海翁"）自己的作品，因此《未名湖诗选集》可视为北大诗人一次"自我经典化"的努力，北大诗人从此拥有了自己的"经典"，海子、骆一禾等前辈诗人的作品也成了后辈诗人效仿的典范。海子在1980—2000年"北大诗歌场"的形成和发展中拥有一个重要的位置，作为前辈，海子作品（尤

---

① 西渡：《守望与倾听》，中央编译出版社2000年版，第180页。
② 戈麦：《戈麦诗全编》，西渡编，上海三联书店1999年版，第420页。
③ 西渡：《守望与倾听》，中央编译出版社2000年版，第252页。

其是早期抒情短诗）的影响力在北大得以延续，成为"北大诗歌场"代际传承的重要一环。吴晓东认为海子的早期诗作"更直接也更深刻地影响了燕园诗人的创作"①，郁文也认为北大诗歌"以海子为源头"②，西渡自承"我在1988年前后写的诗是深受海子早期诗歌影响的，用词、气氛都刻意模仿海子"③。而戈麦更是在《海子》一诗中写道："对于一个半神和早逝的天才，/我不能有更多的怀念"。值得注意的是，虽然西渡承认海子在北大诗歌场中的影响力是深远的，但他同时认为骆一禾是"北大最早对当代诗歌进程产生了重要影响的诗人"④，海子、西川在开始创作时都受到骆一禾的引导。虽然相对于海子，骆一禾的重要性近年来才逐渐为普通读者所知，但前文所述的骆一禾的"修远"诗观在戈麦、西渡等后辈的写作中业已得以呈现。例如，戈麦在《戈麦自述》中主张"艺术家理应树立修远的信念，不必急躁，不必唐突，不求享誉于世，但求有补于文"⑤。总之，海子、骆一禾等诗人在1980—2000年北大诗歌场的代际传承中起着先锋作用，在他们之后，又有很多不同专业、不同年级、不同风格的北大青年因诗歌而被联系在一起，如1983级的臧棣、麦芒、清平、徐永，1984级的恒平、程力、洛兵、彼得、BC－1，1985级的郁文、紫地、西渡、西塞、白鸟、戈麦。这种代际的承接一直延续到20世纪90年代，又出现了像胡续冬、冷霜、姜涛、席亚兵、周瓒、周伟驰、雷武铃等在20世纪90年代后期直至21世纪具有重要地位的诗人。这些诗人之间既有因诗歌的缘故而产生的强烈的友情，形成了"友情圈子"，也在交流的过程中存在互相影响、互补互助的关系。也就是说，在北大这个大型的"高校诗

---

① 胡适、徐志摩等：《诗歌北大》，陈均编，长江文艺出版社2004年版，第242页。
② 西渡：《守望与倾听》，中央编译出版社2000年版，第189页。
③ 西渡：《守望与倾听》，中央编译出版社2000年版，第204页。
④ 西渡：《守望与倾听》，中央编译出版社2000年版，第160页。
⑤ 戈麦：《戈麦诗全编》，西渡编，上海三联书店1999年版，第424页。

歌场"中，还存在一些规模较小的、以友情作为联系的"诗歌场"，这些"诗歌场"在北大诗人们毕业之后还能够继续存在，如"北大三剑客"海子、西川、骆一禾在毕业之后的交流与互动，清平、戈麦、西渡、臧棣等人于1990年组成的"发现"诗社等。这些诗歌圈子的存在使源自"北大诗歌场"的创作传统在校园之外得以保存和延续。

20世纪80年代北大最大的文学社团应数"五四文学社"，这是一个经过正式注册的社团，办有刊物《未名湖》。它对"北大诗歌场"的最大贡献也许是在老木的主持下、以社团的名义出版了《新诗潮全集》。而据西渡回忆，当时的北大除"五四文学社"之外，西语系办有"燕浪诗社"，会长是林东威，会员有彼得、BC-1、桃李、洛兵、张伟等人①。而刊物方面最有影响力的当数中文系学生会所办《启明星》，1980年创刊并延续至21世纪。以《启明星》为中心，各年级各专业优秀的诗人被聚集起来。吴晓东指出，《启明星》的发展大致以1985年为界，前期除西川、骆一禾等少数诗人崭露头角外，北大诗人尚未发挥出群体性的实力②。而以中文系1983级（臧棣、麦芒、清平、徐永）的崛起，《启明星》创作队伍开始逐渐增大，西渡、戈麦等诗人也加入了这个群体。戈麦在《启明星》1989年总第19期上发表了《九月诗章》和《十月诗章》两首诗，在1991年总第22期上发表了《死亡诗章》和《海子》。总之，社团活动与文学刊物的存在，能够把较为分散的诗人个体"组织"起来，使其成为团体性、群落性的创作力量。随着创作群体的形成与扩大，"北大诗歌场"也在无形中扩展开来。

经典的阅读与传播、写作的代际传承、社团活动与刊物的创办，这些都是使以北大为代表的"高校诗歌场"的创作传统得以存续和发展的条件。然而，"高校诗歌场"虽然有着自身内部的承续性和开放性，

---

① 西渡：《守望与倾听》，中央编译出版社2000年版，第181页。
② 胡适、徐志摩等：《诗歌北大》，陈均编，长江文艺出版社2004年版，第240页。

但毕竟是一个自足于"象牙塔"中的场域。相对于高校校门之外更为广阔、多变和多元的社会空间,"高校诗歌场"显得较为封闭和单一。吴晓东认为,北大诗歌创作的一种共性品格是"体验大于经验,梦想性超过现实感,最终营造的是自足于校园内的纯粹情感化的想象空间。衡量这些诗歌的最主要的尺度便是是否具有天赋的想象"①。这种品格的存在说明,作为高校学生的青年诗人在人生阅历、社会经验等方面还稍显浅薄,因此他们作品的创作资源、情感来源主要为有限的校园生活,梦幻、想象成为作品的主要特点,校园之外的社会空间对他们而言还是一片相对未知的天地。

二

与大学校园这座"象牙塔"的单纯与精英化相比,校门外的"社会"是一个更为复杂、多元和多变的空间场域,尤其是 1980—2000 年转型期的社会,其政治、经济、文化等各方面都发生着巨大的改革。有几个镜头能从一定程度上说明这一点:1986 年,中华人民共和国成立后第一张私家车牌照"沪 - AZ0001"挂在了一辆凯迪拉克小轿车上,"私家车"这个名词逐渐活跃在人们的视野之中②;同样也是 1986 年,邓小平将一张中华人民共和国第一次公开发行的飞乐股票送给访华的美国纽约证券交易所主席约翰·范尔森③,与此同时,"炒股"的热潮开始席卷神州大地。随着改革的推进,文学界似乎也不甘寂寞,兴起了一股"文学热",如 1985 年"寻根文学"的提出、"方法论热"的兴起等。诗歌也没有置身热潮之外,在 1985 年这一年中,全国各地就迅速崛起了许多民间诗歌团体,比较著名的有上海的"海上",南京的"他们"等。这些民间诗歌团体在 1986 年的"中国现代诗群体大展"中集

① 胡适、徐志摩等:《诗歌北大》,陈均编,长江文艺出版社 2004 年版,第 243 页。
② 刘青松:《直言:1978—2012 中国话语》,当代中国出版社 2016 年版,第 87 页。
③ 宋强、乔边等:《人民记忆五十年》,甘肃人民出版社 1998 年版,第 412 页。

体亮相，"第三代"诗歌也随之进入人们的视野。1989—1991 年，社会改革进程虽然放缓甚至趋于保守，但随着 1992 年邓小平"南方谈话"要点的下发和中共十四大的召开，改革以更加迅猛的步伐展开，而文学也就此产生了分化，"坚守"或是"躲避"的选择最终导致了 1993 年的人文精神大讨论。讨论的热潮在 1995 年（被王岳川称为"平庸过渡的一年"①）之后渐趋退去，"商业化""市场经济"似乎已经成为人民躲避不开的现实。但此时诗歌已经被定义为"边缘化"，诗人的境遇较之 20 世纪 80 年代发生了很大差别。

总之，1985—1995 十年间，中国的转型不仅限于经济方面，还渗透进社会文化的各个角落。高等院校虽然一直被视为远离尘嚣的"象牙塔"，但大学的围墙也阻挡不了社会转型的浪潮。从 1980 年的"潘晓讨论"开始，高校知识青年一直在"高校场"与"社会场"的张力之中寻找自己的位置和人生的意义。"潘晓"在 1980 年主要是为"主观为自己，客观为他人"的心理而感到困惑，追寻"人为什么要活着"这个问题的答案，而到了 20 世纪 90 年代，"梅晓"们则更关注自我的价值问题，"怎样活得更好"是他们的疑问所在。从"Why"到"How"，中国青年的价值观发生了大幅度改变，而这种改变的出现是社会转型的后果之一。据社会学研究，青年文化与社会文化是"矛盾的统一体"②，青年文化虽然在一定程度上具有对社会文化的反叛性与超越意识，但又不可避免地受到社会文化的影响，甚至是受到社会文化的干预和控制。

20 世纪 80 年代初期，改革刚刚起步，刚从 20 世纪 70 年代思想禁锢的阴影中解放出来的中国青年热烈支持改革；也正是因为改革的缘故，无论是思想潮流还是生活方式方面，高校校园里弥漫着"自由"

---

① 王岳川：《中国镜像：90 年代文化研究》，中央编译出版社 2001 年版，第 6 页。
② 杨雄：《当代青年文化回溯与思考》，河南人民出版社 1992 年版，第 80 页。

的气息。1981 年进入北大的诗人西川在新生大会上第一次听到包括自己在内的一万新生被称为"精英",并为自己在北大拥有留长发、读存在主义著作的"自由"而感到"生逢其时,躬逢其盛"①。而当中国女排第一次赢得世界冠军时,整个校园便一下子沸腾起来,有人挥旗,有人烧火把,还有人把脸盆当作鼓敲。之所以出现这种全校性的亢奋,西川认为:"改革开放需要这样的好消息。"② 西川一入校就根据自己从小学画的兴趣进入了美术社,因为自印诗集《五色石》的缘故又被中文系同学动员参加了"五四文学社",后来又通过社团活动、同学推荐先后结识了骆一禾、海子③。的确,改革之火初燃,青年学生在校园中感受到的是自由、活跃的氛围,可以凭借自己兴趣来读书、参加社团和交友,在这些活动的过程中,"高校诗歌场"也逐渐形成起来,体现了"社会场"与"高校场"的良性互动。

到了 20 世纪 80 年代中期,随着改革的全面展开,中国青年对国家、社会命运和前途的关注也随之进一步加强,并希望以自己的亲身行动投入改革的进程。值得注意的是,这一时期的青年虽然热衷于考学求知,但出于急切将"知识"转化为"生产力""经世致用"的动机,一些青年学生在选择自己专业前途时未免存在功利心理。比如戈麦在高中期间,就受到这种风气影响,虽然他也爱好文学,并有一些习作,但他仍然"相当肯定地认为只有发明创造有利于社会",并因此决定改攻理科,只是这个决定未获得学校支持,所以才勉强参加文科的升学考试。1985 年高考后,戈麦又报考经济专业,结果被北大中文系录取,这时他还试图放弃这一专业,希望来年再考,在其兄长劝说之下,戈麦

---

① 胡适、徐志摩等:《诗歌北大》,陈均编,长江文艺出版社 2004 年版,第 270—271 页。
② 胡适、徐志摩等:《诗歌北大》,陈均编,长江文艺出版社 2004 年版,第 275 页。
③ 胡适、徐志摩等:《诗歌北大》,陈均编,长江文艺出版社 2004 年版,第 270—271 页。

才到中文系报到，但一直坚持旁听经济系的课程，并认真做着转系的准备①，直到 1987 年才开始正式创作。被北大这所全国顶尖高校录取，在今天看来是一件无比光荣的事情。但在改革热潮初现的 1985 年，是否能把所学知识迅速转化为国家经济建设的动力，是许多青年学生考虑更多的事情，个人将来的生存境遇还在其次，这体现了 20 世纪 80 年代中期青年热切地投入改革大潮的心态。

然而在改革中出现的问题面前，青年学生的热切心态遭遇了"降温"。他们逐渐意识到激进的道路是行不通的，并开始以更为理性的方式来思考问题。20 世纪 90 年代中期之后，青年看待社会转型的角度更客观，也开始以更为务实的方式参与改革。相对应地，在"高校诗歌场"中，青年学生也经历着写作的转型。在 1989—1991 年的沉寂之后，北大 1990 级、1991 级的校园诗人开始崛起，并在 1993—1995 年出现了被胡续冬称为"中兴"的局面，出现了杨铁军、胡续冬、冷霜、王雨之等诗人。此时北大的创作风气较之 20 世纪 80 年代已有很大不同："由高蹈的才气型写作转入了冷静的分析型写作，从狭窄的抒情阶梯踏进了现代诗艺的门槛"②。从激情的宣泄到理性的分析，这种创作方面的变化，从某种意义上说是青年学生受"社会场"的转型，思维模式发生变化的一个结果。

总体上来说，从 20 世纪 80 年代到 90 年代，中国青年，尤其是青年学生的人生的价值观经历了"从关注抽象的人生意义向关注现实自我命运的转变，由坐而论道转向崇尚实干，从社会批判转向对自我发展的追求"③ 的变化。这些变化都与社会的转型进程息息相关，也折射出世俗化进程中青年知识分子的意义危机。身处高校"象牙塔"的学生

---

① 西渡：《拯救的诗歌与诗歌的拯救——戈麦论》，戈麦著，西渡编，《戈麦诗全编》，上海三联书店 1999 年版，第 451 页。

② 胡适、徐志摩等：《诗歌北大》，陈均编，长江文艺出版社 2004 年版，第 347 页。

③ 杨雄：《巨变中的中国青年》，上海人民出版社 2015 年版，第 52 页。

并不因为校园围墙的阻隔而与社会完全隔绝，但因为经验的欠缺，对社会转型的认识难免有简单和片面之处，这体现了"高校场"与"社会场"的张力所在。这种"张力"也影响到高校青年的诗歌生活层面，从西川到胡续冬，他们所见证和经历的"北大诗歌场"已经发生了较大变化，20世纪80年代的亢奋心态与浓郁的抒情在20世纪80年代末，已被20世纪90年代的务实与冷静所替代。而在这两个阶段之间，是一段沉潜和反思的过程：1989—1991年，青年从激情中逐渐冷静下来，重新思考人生的价值与社会的前途，但心理上暂时的失落与痛苦是难免的。对于经历过这个特殊时期的戈麦等青年诗人而言，诗歌写作也成为他们表达时代所造成的心灵压力的重要方式。

三

1989年3月26日，诗人海子在山海关卧轨自杀。1989年5月31日，骆一禾因病逝世。吴晓东、谢凌岚在1989年8月所发表的一篇文章中称："海子死了，这对于在瞒和骗中沉睡了几千年的中国知识界来说，无异于一个神示。也许从此每个人的生存不再自明而且自足了。每个人都必须思考自己活下去的理由究竟是什么。当这个世界不再为我们的生存提供充分的目的和意义的时候，一切都变成了对荒诞的生存能容忍到何种程度的问题。那么我们是选择苟且偷生还是选择绝望中的抗争？"① "海子"在这里成为一个向知识青年发出的问号，在吴晓东、谢凌岚看来，"诗人之死"意味着诗人的信仰危机的爆发。知识青年必须借"诗人之死"来反思自己的生存的意义和价值，以及可能的出路所在。

其实，对当时的青年来说，"生存的荒诞感与虚无感"已彰显，究其缘由，恐怕问题最突出之处在于发展过热的商品经济带给知识分子的

---

① 吴晓东、谢凌岚：《诗人之死》，《文学评论》1989年第4期。

生存压力。1988 年，关于经商的大量流行语在民间诞生："富了摆摊的，苦了上班的。"下海南、闯深圳、停薪留职、创办公司，是当时社会上最流行的举动。"脑体倒挂""教授卖烧鸡，博士摆烟摊"的潮流不得不使受过高等教育的青年学生们思考：在商品经济的大潮下，我们的位置究竟在哪里？杨雄认为，转型社会是一个"新与旧的混合体"，在新与旧两个价值系统同时并存的时期，即将踏入社会的青年成了空间与时间上的"边缘人"，他们一只脚踏在新的价值世界中，另一只脚还踩在旧的价值世界内。他们一眼瞻望未来，另一眼又顾盼既往。这种价值观念上的困惑与情感意志上的冲突，往往造成青年内心的迷茫与失重①。正因为如此，在 1989—1991 年这个社会转型的关键阶段离开高校这座"象牙塔"、走向社会的青年不得不重新适应自己的角色，并面对窘迫的日常生活和更为复杂的人际关系，以及时代给予的心灵重担。这种意义的危机和精神的裂变感，在这一时期青年诗人的写作中表现得较为明显。

作家陈建祖在回忆 1989—1991 年的生活时曾说道："在 1990 年左右，我们整天酗酒、唱歌，回避现实。我记得有一次我喝多了，还在饭店里站在桌子上唱歌。我们还举办了'酒王大赛'，口号叫'酒王出，天地动'——这样沮丧、颓废的状态，是生命中不能承受之轻，那时作家、艺术家都是这样的状态。"② 这样颓废的状态主要来自对现实的幻灭感。1989—1991 年，无论是像陈建祖这样的作家，还是普通的青年，都经历着生活方面的巨变。曾经充满激情的青年学生，他们的情绪似乎在一夜之间低沉了，并开始怀疑和反思自己曾经的生活目标和方式。北大校园里分成了"托派"与"麻派"，"托派"希望通过考"托福"出国，"麻派"则无所事事天天打麻将。一批校园歌手悄然走上舞

① 杨雄：《当代青年文化回溯与思考》，河南人民出版社 1992 年版，第 36 页。
② 西渡：《"不能在辽阔的大地上空度一生"——戈麦诗歌研讨会录音整理》，《诗探索》2013 年第 7 期，第 151 页。

台，用歌声怀念着之前的理想与激情："未名湖是个海洋，诗人们都藏在水底。灵魂们都是一条鱼，也会从水面跃起。……我的梦，就在这里。"正如汪晖所说："20 世纪 80 年代的知识界把自己看作是文化英雄和先知，20 世纪 90 年代的知识界则在努力地寻求新的适应方式，面对无孔不入的商业文化，他们痛苦地意识到自己不再是当代的文化英雄和价值的塑造者。"①

戈麦在给西渡的毕业留念册上写道："是自由，没有免疫的自由，毒害了我们。"② 从这里，我们可以看到戈麦对 20 世纪 80 年代青年学生疯狂追求"自由"的一种反思：20 世纪 80 年代的青年学生在思考问题方面感性大于理性。而没有现实基础的"自由"是无效的，盲目而狂热的追求获得的只是失望。戈麦曾经也想通过考"托福"出国，并问过西渡"是在学校好还是出来面对社会好"。③ 这从一定程度上可以看出以戈麦为代表的青年人对社会现实的恐惧感与不信任感，以及"乌托邦"幻灭后的精神危机。这一段时间里，戈麦的许多诗作都在质疑"生活"的意义："遥远的时间的岸上/白衣峨冠的道士/载渡着不愿生活的人。"（《深夜》）"生活制造了众多厌世者/一代一代地 无休止地/敲打着饥饿的钟。"（《生活》）"生活消失了/于其他的事情并无妨碍/世界像两只可怜的鸟/我趴在高高的云垛上/看着她们低低地哭。"（《生活有时就会消失》）值得注意的是，戈麦的早期诗作中就出现了对生活"严厉的拒斥"倾向。这可以举出以下诗句作为说明："一个阴暗的早晨/我最终选择了活着/像一只在白茫茫的大风天里/丢失的外套"（《一

---

① 汪晖：《去政治化的政治——短 20 世纪的终结与 90 年代》，生活·读书·新知三联书店 2008 年版，第 60 页。
② 西渡：《守望与倾听》，中央编译出版社 2000 年版，第 181 页。该句语出北岛诗歌《白日梦》："终于有一天/谎言般无畏的人们/从巨型收音机里走出来/赞美着灾难/医生举起白色的床单/站在病树上疾呼：是自由，没有免疫的自由/毒害了你们。"戈麦曾表示过对北岛诗歌的推崇，著有《异端的火焰——北岛研究》一文。
③ 西渡：《守望与倾听》，中央编译出版社 2000 年版，第 149 页。

九八五年》）"我不会在世上任何一个角落/期待时光的花瓣打在我空虚的壳上/死亡大厦的中央/你不必等我"（《我的告别》）"此后的日子注定如此黯淡/永远的，只要有我温存的光辉/无数次突然而至的风起我哪里知道/如此众多为我熄灭的面庞"（《徊想》）。西渡猜测，对戈麦来说，对生活的"严峻认识"不大可能来自现实的创伤，而可以肯定地来源于某种更高的"恐惧感"。而这种"恐惧感"成为戈麦意义危机的重要原因，因此戈麦才会在作品中质疑"生活"的意义，并把它作为可对抗和摧毁的部分。

　　戈麦 1989 年北大毕业后进入《中国文学》杂志社工作，但在当时的社会环境影响下，戈麦的收入并不高，加之戈麦把大部分钱用来购书，所以到月底往往"上顿不接下顿"。与此同时，戈麦也没有一个"安静的学习和写作的场所"，开始住在外文印刷厂的招待所，后来又搬进一家小旅馆，环境是嘈杂而忙乱的，并不适合写作①。这种生活的窘迫状态，与青年学生的就业问题有关，也与国家严重的通货膨胀有关。据报道，与戈麦同年毕业的北大中文系学生陆步轩因毕业分配后长期没有编制和住房，生活贫困而"下海"卖起了猪肉，成为轰动一时的新闻。1992 年辞去公职、成为自由写作者的诗人韩东曾这样谈到自己写小说"以文养诗"的做法："我从不相信，很糟糕的环境对诗人的灵感生活有很大的好处。相反，相对的宽松对一个有才能的人的尽情发挥是很有帮助的。"②因此，戈麦等青年诗人如果要在困窘的物质条件下进行写作，坚持自己的诗歌"修远"之路，就要顶住生活的压力。如前文所述，20 世纪 80 年代初"潘晓"们还曾为"主观为自己，客观为他人"的想法而感到不安，而到了 20 世纪 90 年代初，"梅晓"们已经把目光投向自身，思考"如何生活得更好"的问题。戈麦同样也面对

---

① 西渡：《死是不可能的（代序一）》，戈麦著，西渡编《戈麦诗全编》，上海三联书店出版社 1999 年版，第 7 页。
② 韩东：《韩东散文》，中国广播电视出版社 1998 年版，第 306 页。

这样的问题，他在自述中说到自己"不愿好为人首，不愿寄人篱下。不愿做当代隐士，不愿随波逐流"①，并认为自己是一个"谦逊的暴君"。这样的矛盾心理投射到行动上，就表现为既通晓世故，又桀骜不驯。在实际工作中，戈麦的确有着非常强的理解和执行能力，但面对主任的质疑，戈麦的回答是："孙主任您让我向老同志学习，我向他们学习什么？""他们会的我会，他们不会的我也会。"② 从这些话中可以看出作为一位刚出校门不久的青年诗人，戈麦从一定程度上还保留有北大学子的"精英意识"，对社会上的一些"俗""庸"看不惯。但在现实生活面前，戈麦这样的青年诗人有时却不得不妥协。据戈麦曾经的同事晓钟回忆，当时社会环境对于年轻诗人来说的确不轻松。当时的领导对年轻人不是很关心，给戈麦等刚参加工作的年轻人安排的住所是环境嘈杂的小旅馆，有时戈麦等人因睡不好而迟到，领导甚至让人把他们从被窝里揪出来。③ 因此，戈麦等青年诗人的"精英意识"并不能使他们在社会上如鱼得水，反而有可能遭到挫败。他们面对的选择也许是艰难的："黛安娜，一切都气数已尽/我是明哲保身，还是一梦到底？"（戈麦《月光》）

在 20 世纪 20 年代，面对公寓的幽闭环境和困窘的生活状况，沈从文等一代社会边缘青年的选择是建造自己"公寓里的塔"，试图通过"文学"这种安排自我的方式来获得社会参与和身份认同的可能，以消除"大学"体制的拒绝所带来的失落感④。与沈从文们相比，戈麦等处于 1980—2000 年转型年代的青年诗人虽然同样处于幽闭的公寓中，但

① 戈麦：《戈麦自述》，戈麦著，西渡编《戈麦诗全编》，上海三联书店出版社 1999 年版，第 423 页。
② 西渡：《"不能在辽阔的大地上空度一生"——戈麦诗歌研讨会录音整理》，《诗探索》2013 年第 7 期，第 149 页。
③ 西渡：《"不能在辽阔的大地上空度一生"——戈麦诗歌研讨会录音整理》，《诗探索》2013 年第 7 期，第 153 页。
④ 姜涛：《公寓里的塔：1920 年代中国的文学与青年》，北京大学出版社 2015 年版，第 183—184 页。

所处的社会环境则有反转。戈麦等文学青年从"象牙塔"中走出后遭遇的是"乌托邦"的破碎，物质现实拷问着精神信仰。对于"以诗歌为志业"的戈麦们而言，在1980—2000年转型过程中诗歌逐渐隐退到现实生活的边缘，"修远"梦想显得有些不合时宜。社会学学者认为："转型期我们所面临的信仰危机的一个显著特点是，不再像过去的信仰危机只是停留在政治制度和经济制度层面，甚至透过思想文化选择的层面深入到'为人之本'的深度。一旦达到这种深度，信仰危机便必然地和人生的最高价值取向，和人生存的终极意义、和社会发展的终极目标等重大而玄远的思想理论问题联系起来。"① 因此，戈麦在诗歌中透露出的意义危机与精神裂变，实际上是1980—2000年转型时期诗人信仰危机在写作中的一种体现。

四

现实生活一方面是人自己的活动和活动结果，另一方面又是对人的制约、克服；人与现实生活的矛盾，集中地体现为追求与限制、主观自由与客观不自由之间的矛盾②。经历过那场风波的青年学生，逐渐看清了他们所身处的现实，并意识到他们曾经追求的"自由"之虚妄。并且他们曾做过的"以文学（诗歌）为志业"的美梦，在窘迫的物质条件和冷漠的人际关系面前也存在一个"坚持，还是放弃"的问题。很多曾经的"校园诗人"，在进入社会后逐渐放弃了诗歌写作，坚持下来的往往顶住了巨大生存压力。西渡在诗中写道："困难的是我们要怎样献身给生活/结束是不可能的。你无法像死者所干的那样/在一秒钟内把一生彻底抛出去。"（《残冬里的自画像》）而对于希望成为"诗歌圣徒"的戈麦来说，忍受现实生活的压力意味着承受住内心的危机，但

---

① 陈晏清：《当代中国社会转型论》，山西教育出版社1998年版，第263页。
② 王德胜：《从困惑走向超越——当代青年审美心态面面观》，杭州大学出版社1993年版，第142页。

尖锐的痛苦也随之而来。

俄国思想家尼古拉·别尔嘉耶夫说："人的个体人格不能社会化。人的社会化致使人贬为部分，致使人无法拓展深层面上的个体人格和良心，无法开掘生命的源头。日益扩展的社会化围剿着人的深层面上的生存，鲸吞着精神生命。"① 而实际上，现实生活中的人都是"社会人"，人通过各种社会关系联结在一起方能在现代社会中生存，个人的生存境遇与社会发展状况密切相关。社会的氛围影响个人处境，同时面对社会现实，个人也会作出相应选择。中国传统中一直有"达则兼济天下，穷则独善其身"的说法，个人的"入世"和"出世"是由自身生存情况决定的。戈麦等青年诗人在遭遇"入世"的困境之后，并不是立即进入"出世"的状态，而是在"入世"与"出世"之间徘徊。"谁热爱端坐者的梦/可果心里的橙子/总在疑惑深处/瞪着灯""唉！左右的砝码摆平时/心在嗷嗷地叫喊/有谁曾来到这间空荡的门/一团漆黑的火晃着。"（戈麦《无题》）② 内心的"疑惑"与挣扎来源于对自身的怀疑："我"作为一个"人"，一个置于转型社会中的青年，如何才能调整好"入世"与"出世"之间的关系？事实是，戈麦毕竟是普通青年诗人的一个代表，不是拥有专业知识和话语权的学者、专家，更不是国家政策的制定者，作为在 1980—2000 年褪去"精英"光环的高校毕业生，戈麦等人实际上处于社会的底层。"在根本的社会利益的追逐中，青年并没有摆脱处于社会底层的局限性"③。因此，对于社会未来的发展，戈麦等"文学青年"实际上提不出行之有效的方案，而只能为自己的生存和前途命运而感到不安。并且在自身生存境

---

① ［俄］尼古拉·别尔嘉耶夫：《人的奴役与自由——人格主义哲学的体认》，徐黎明译，贵州人民出版社 1994 年版，第 39 页。
② 戈麦：《戈麦诗全编》，西渡编，上海三联书店 1999 年版，第 138 页。
③ 王德胜：《从困惑走向超越——当代青年审美心态面面观》，杭州大学出版社 1993 年版，第 157 页。

遇与诗歌梦想产生摩擦的时候，消极不安的情绪容易演变为信仰的危机；"入世"与"出世"的矛盾所带来的后果往往是"厌世"。戈麦也就此为1980—2000年诗歌转型贡献出了一个具有诗人自况性的诗歌形象："厌世者"。

生活制造了众多的厌世者
一代一代地　无休止地
敲打着饥饿的钟

我摊开双手
一边是板块坚硬的尊严
一边是不由自主地颤动①

——《生活》

两面三刀的使者
多血管的人
窥破窗纸梦见黎明的人
骑着一辆野牛似的卡车
向后疾速奔驰的人
结实的人
不怀好意的人
高举着胜歌在洪水中奔走的人
在世界这面巨大的镜子后面
发现奇迹的人

---

① 戈麦：《戈麦诗全编》，西渡编，上海三联书店1999年版，第140页。

一个看见了自己所钟爱的女人松垮的阴部的人①

——《厌世者》

　　"板块坚硬的尊严"和"不由自主地颤动"之间存在着矛盾，然而它们又切切实实发生在一个人身上。这种情况说明了戈麦选择的两难：内心深处有着"超越生活"的渴望，但又被生活所限制。"一个看见了自己所钟爱的女人松垮的阴部的人"这句具有感官色彩、显得有些突兀的诗又从一个角度揭示了日常生活中的某种荒诞。正因为对"日常生活"存在厌倦、绝望的心理，戈麦在给哥哥的信中才写道："生活像撕不破的网，可能不会有那么一天，能够飞出嘈杂和丑恶，不会有那么一天人能够望到明亮的花园和蔚蓝色的湖。很多期待奇迹的人忍受不了现实的漫长而中途自尽，而我还苟且地活着，像模像样，朋友们看着，感觉到我很有朝气，很有天赋，其实我心里清楚，我的内心的空虚，什么也填不满。一切不知从何开始，也不知如何到达。我不能忍受今天，今天，这罪恶深重的时刻，我期待它的粉碎。我不能忍受过程，不能忍受努力和奋斗。"② 在社会转型时期，戈麦的信代表了许多青年面对现实困境的心态：急切地想要摆脱"今天"，选择加速度的生活方式。在诗歌写作中，他就表现为对"生活"的不信任与焦灼感，"尝试生活"遭遇失败的后果是试图"折断做人的根据"。

　　据西渡编的《戈麦诗全编》来看，在"我的邪恶，我的苍白"和"献给黄昏的星"这两辑诗作中，戈麦向"人性"发出了饱含痛楚的质疑与呼喊："人，是靶子，是无数次失败/磨快的刀口，没有记性的雾。"（《叫喊》）"人类呵，我要彻底站在你的反面，/像一块尖锐的顽石，大喊一千次，/不再理会活的东西。每一件史册中的业绩。/每一条

---

① 戈麦：《戈麦诗全编》，西渡编，上海三联书店 1999 年版，第 189 页。
② 西渡：《守望与倾听》，中央编译出版社 2000 年版，第 181 页。

词，每一折扇，每一份生的诺许。/每一刻盲从的恶果，每一介字据。"
"人类呵，我为什么会是你们中的一个？而不是一把滴血的刀，一条埋
没人世的河流，/为什么我只是一具为言语击败的肌体？而不是一排指
向否定的未来的标记，/不是一组危险的剧幕，一盘装散了的沙子。"
（《我要顶住世人的咒骂》）"人的一生，很可能就是/一棵树被一次惊慌
的雷电击倒。"（《现实一种》）"主啊，还要等到什么时辰/我们屈辱的
生存才能拯救，还要等到/什么时日，才能洗却世人眼中的尘土/洗却剧
目中我们小丑一样的厄运。"（《我们背上的污点》）在这些拷问"人
性"的诗作中，我们可以看到戈麦虽然希望超越他眼中丑恶的"人
性"，但他不无绝望地看到，自己仍然逃脱不了作为一个"人"的命运，
仍然背负着"污点"而生存。从某种意义上来说，戈麦对"主"这样一
个虚幻的宗教性符号的呼告，寄寓了他摆脱现实处境的渴求。而标志着
戈麦向"人性"告别的，还要数他的《誓言》一诗：

> 好了。我现在接受全部的失败
> 全部的空酒瓶子和漏着小眼儿的鸡蛋
> 好了。我已经可以完成一次重要的分裂
> 仅仅一次，就可以干得异常完美
>
> 对于我们身上的补品，抽干的校样
> 爱情、行为、唾液和远大理想
> 我完全可以把它们全部煮进锅里
> 送给你，渴望我完全垮掉的人
>
> 但我对于我肢解后的那些零件
> 是给予优厚的希冀，还是颓丧的废弃
> 我送给你一颗米粒，好似忠告

是作为美好形成的句点还是丑恶的证明

所以，还要进行第二次分裂
瞄准遗物中我堆砌的最软弱的部分
判决——我不需要剩下的一切
哪怕第三、第四、加法和乘法

全部都扔给你。还有死鸟留下的衣裳
我同样不需要减法，以及除法
这些权利的姐妹，也同样送给你
用它们继续把我的零也给废除掉①

　　这是戈麦作为一个诗人与自己的对立面——"你"（在诗中指"渴望我完全垮掉的人"）所做出的"誓言"，但"誓言"也可以视为一种自我表白，即发誓与自己身上"最软弱的部分"告别，因为这种"软弱"的"人性"是诗人所不能接受的。戈麦在一封给哥哥的未发出的信中说："做人要忍受一切，尤其是做理智、恻隐的圣者。要忍受无知的人在自己面前卖弄学识，忍受无耻的人在身后搬弄机关，忍受无智的人胡言乱语，忍受真理像娼妓的裤子一样乌黑，忍受爱情远远地躲在别人的襟怀。"② 王德胜认为，强烈的自我意识驱使青年常常把自己的每一个判断绝对化，不能容忍任何妥协，对于现实和与现实相伴的文化现象缺少一种基本的忍耐态度。③ 对于"以诗歌为志业"的青年诗人戈麦而言，在"庸庸碌碌，平均状态，平整作用"的"常人"之中生活，其庸俗与无聊是难以忍受的，"可能性"被碾平的危险无处不在。所以

---

① 戈麦：《戈麦诗全编》，西渡编，上海三联书店出版社1999年版，第160—161页。
② 西渡：《守望与倾听》，中央编译出版社2000年版，第181页。
③ 王德胜：《生命与美的交融：青年审美心理学》，广西人民出版社1991年版，第21页。

戈麦希望在生活中彻底废除"加减乘除"的规则:"我不需要剩下的一切/哪怕第三、第四、加法和乘法""我同样不需要减法,以及除法"。戈麦在这里否定了"人性"的"异质混成",希望以此"战胜不健全的人性",成为一个"理智、恻隐的圣者"。戈麦在《誓言》中体现出的精神裂变的痛苦以及痛苦后的决绝(告别人性与"生活")在诗的最后一节得以升华。在"判决"以后,"我"所拥有的东西已所剩无几,但"我"仍嫌不够,甚至连"零"这个在表示"一无所有"的数字也要"抛弃"。因为在"我"看来,"零"还表示一个"实数",尽管它已经"空"了,但毕竟是实有的存在,他不能忍受哪怕是"零"的妥协①。

　　从精神的层面来说,戈麦的《誓言》可以视为一代青年向现实发出的呼喊。在社会氛围的"低压"面前,他们不可避免地遭受意义危机和精神裂变带来的痛苦。但正因为如此,这些青年才更加需要自我的救赎。周国平认为,在一个信仰危机的时代,知识分子不应该充当救世的角色,最重要的还是自救,走自己的路,坚持自己的精神追求②。这种观念就意味着一个人生道路选择问题:是坚持原有的道路还是转换他途?从某种程度上来说,"下海经商"也是一种人生的有效选择。而对于戈麦等"以文学(诗歌)为志业"的青年来说,无论现实如何残酷,其人生的道路始终是文学(诗歌)的道路。对文学(诗歌)的追求,使戈麦们意识到"不能继续在辽阔的大地上空度一生"(戈麦《高处》),而日常生活的痛苦加剧了戈麦们对诗歌这种"超越之物"的渴望。经历过1980—2000年转型时期的吴晓东不无感慨地谈到青年诗人的"自救":"狂欢节一般的充盈着群体性的激情的时代已日渐成为一种午夜台灯下书桌旁的遥远的回忆,知识者曾一度奉为圭臬的群体的拯救的信仰也转化个体的救赎,由此,身体的行动便转化为书写的行为。

---

① 吴昊:《1989—1992:中国当代诗歌转型与青年精神裂变——以戈麦〈誓言〉为个案》,《河北科技师范学院学报(社会科学版)》2015年第3期。
② 周国平、燕怡:《自救的时代——周国平访谈录》,《东方艺术》1997年第2期。

居室内彻夜不眠的书写构成了一种写作者个体生命的救赎方式，它的意义首先在于个体的拯救，这使人们回想起世纪初叶一度风靡的准则：救出你自己。"① 因此，诗歌写作成为戈麦等青年诗人纾解意义危机与精神裂变的一种方式，戈麦的写作也体现了1980—2000年诗歌转型中诗人的精神历程。

① 吴晓东：《阳光与苦难》，文汇出版社1999年版，第89—90页。

对抗日常生活：论戈麦对语言的探索

　　"诗歌应当是语言的利斧，它能够剖开心灵的冰河。在词与词的交汇、融合、分解、对抗的创造中，一定会显现出犀利夺目的语言之光照亮人的生存。诗歌直接从属于幻想，它能够拓展心灵与生存的空间，能够让不可能的成为可能。"[①] 在这篇名为《关于诗歌》的宣言里，我们可以看到戈麦把语言放在了一个极其重要的位置。实际上，1980—2000年的诗歌转型必然包括语言的转型。1988 年，海子在《我喜爱的诗人——荷尔德林》一文中说："诗歌是一场烈火，而不是修辞练习。"[②] 关于海子，以往的研究大多关注其诗歌意象方面的内容，而对于其诗歌语言及语言观念，则较少有深入细部的研究。对于海子而言，似乎"烈火"所象征的生命体验所具有的魅力大于"修辞练习"这种"工匠艺术"。臧棣在《后朦胧诗：作为一种写作的诗歌》中如此评价海子："在海子的诗歌理想中，诗歌从来就不是名词，而是动词；他很少关注语言，甚至对他自己提出的元语言概念也极少关注，他关注的是语言怎样取代存在，成为唯一的现实。在他对长诗的写作中，海子多少感到诗歌的抒情性很容易陷入对精致的风格的迷恋，从而妨碍语言亲近生命体验的原初性和丰富性，在表达上导致语言力度的减弱，因此他要求诗歌

---

① 戈麦：《戈麦诗全编》，西渡编，上海三联书店出版社 1999 年版，第 426 页。
② 海子：《海子诗全集》，西川编，作家出版社 2009 年版，第 1071 页。

应该体现出一种创世纪的语言力量。"① 而在另一篇文章中，臧棣认为："20 世纪 90 年代的诗歌主题实际只有两个，即历史的个人化与语言的欢乐。""对语言的态度，归根结底也就是对历史或现实的态度。"② 语言的位置被臧棣抬升为与"历史"相呼应的地位，这也体现了臧棣对1980—2000 年诗歌转型的看法：从情感转向意识。单纯的抒情已经不能满足 20 世纪 90 年代诗人的写作，"个人化"的语言创作的重要性被凸显出来。

从海子到臧棣的诗歌语言观的转变，可以视为 1980—2000 年诗歌语言转型的一个缩影。20 世纪 80 年代抒情式的"独白"从一定程度上被20 世纪 90 年代的"叙事"所代替，之所以发生这种变化，与 1980—2000 年的语境转型不无关联。20 世纪 90 年代复杂的社会语境、生活内容的多元性使得"诗歌的胃口"需要更强大，不仅要消化"煤、鞋子、铀、月亮和诗"，还必须消化"红旗下的蛋、后殖民语境以及此起彼伏的房地产公司"③，与这种需要相对应，对诗歌语言的"可能性"的探索成为 20 世纪 90 年代诗人热衷的话题。而戈麦等青年诗人的诗歌创作较早地体现了这种努力，并成为 1980—2000 年诗歌语言转型过程中的一环。就戈麦等人而言，对语言的探索不仅是一个诗歌本体方面的问题，还呈现了诗人主体的精神姿态，是诗人用以对抗凡俗日常生活的尝试，这一尝试具体表现为以下三个方面：对词语"力度"的关注、对"年龄"主题的发现以及抒情色彩的退隐。

一、"坚硬的是语言"——对词语"力度"的关注

"坚硬的是语言/一期期运送出门/这样的傍晚风声鹤唳"，在作于1988 年 5 月的这首诗歌《星期日》中，戈麦第一次提到了"语言"这

① 臧棣：《后朦胧诗：作为一种写作的诗歌》，《文艺争鸣》1996 年第 1 期。
② 臧棣：《90 年代诗歌：从情感转向意识》，《郑州大学学报（社会科学版）》1998 年第 1 期。
③ 王家新：《夜莺在它自己的时代——关于当代诗学》，《诗探索》1996 年第 1 期。

个词。在这里，"语言"被形容为一种质地"坚硬"的存在，这意味着戈麦对语言"力度"的关注。有论者已经关注到了昌耀、多多、骆一禾三位诗人诗歌语言中充盈着的"力度"所具有的时代精神意义。比如在谈到多多时，该论者谈道："面对生硬的现实，很多诗人选择逃避政治、逃避英雄主义，但另一些诗人，作为历史的见证者和受难者，他们已然在历史的语境下培养出一种强烈的参与意识，当一种新的现实开始的时候，'我'要在场、要出场，不仅是为了提醒，更是为了使现实真实起来。写作和时代之间的紧张关系，使得他们的诗获得一种既尖锐又厚重的文化冲力和审美效果。"① 从这里可以看出，语词的"力度"从根本上来源于写作与时代之间的紧张感，诗人置身于社会之中，但又感到自我内心与社会之间的张力关系。对于戈麦等青年诗人来说，他们在社会转型中所感受到的意义危机与精神裂变，在诗歌中转化为语言的"力度"得以呈现，使得语言的"力度"具有了精神层面的意义，语词的锋利感和紧张度是诗人内心自我搏斗的结果。同时"力度"又具有对抗诗人所处的日常生活的作用，正如耿占春所说："诗歌语言化解了最不幸的凝固物，好像化解了过于沉重的有碍人去梦想世界的东西，它使想象力与感受性重新复活在一个个词语的关系之中，使之成为可以去梦想的事物。"② 日常生活的物质贫乏与精神危机并没有阻止诗人对语言的追求，词语及词语之间的"力度"可以使诗人在作品中建起一道抵抗凡俗入侵的壁垒。

戈麦诗歌语言中的"力度"从根本上来说来源于词语的运用。西渡认为戈麦诗歌的"用词、句法与骆一禾有点接近，有些用法按通常

---

① 闫文：《探寻中国当代新诗的"力度"——以昌耀、多多、骆一禾为例》，首都师范大学2012 年硕士毕业论文。

② 耿占春：《失去象征的世界——诗歌、经验与修辞》，北京大学出版社 2008 年版，第 356 页。

语法而言是不通的、故意蹩着的"①。之所以产生这种"不通的、故意别着的"效果，是因为戈麦在选择词语时有一套"工程图纸"似的严格逻辑。一首诗中要使用哪些词、这些词如何出现，戈麦写作前都有缜密的规划。这样的处理方式使词语及词语之间的组合充满张力，并足以像锋利的手术刀一样切割经验细部。在戈麦前期的诗作中，这种词语运用的方式便初现端倪："末日路上行人稀少/丁香叶滋卷着头发/作坊上空的太阳微弱。"（《末日》）"七月的城市天空张贴着一轮菱形的黑太阳/停尸场白花花的尸体灿烂着/街衢中流动着凶年的食客。"（《七月》）"被我有意错过的绿色列车/乖戾地叫喊/那个美好的动机——/毁了！一个阴暗的早晨/我最终选择了活着/像一只在白茫茫的大风天里/丢失的手套。"（《一九八五年》）"末日路上""黑太阳""白花花的尸体""凶年的食客""乖戾地叫喊""阴暗的早晨"这些词语的出现与组合打破了习惯用法，使读者的日常思维与诗歌语言发生摩擦，呈现出陌生化的效果。

而在戈麦后期的诗歌创作中，由于精神方面的压力陡然增强，词语所呈现的力度也随之增大。内心的冲突转化为词语之间的张力。在这一时期，戈麦诗歌中的词语更富紧张感，一是否定性词语的大量运用，如"不可能""不是""不会""不好""没有"等，使连接起来的意象和诗句之间产生尖锐的对立感和紧张感，通过"不可能"来达到诗人心目中的"可能性"②。比如，"恋人们 生动的遗像/贴在黎明破碎的窗上/一个男人嘶哑的喉/不是恨/泪在铺满泥土的桌布上/滚"（《不是爱》）"遥远的时间的岸上/白衣峨冠的道士/载渡着不愿生活的人""我不能拯救/我的疑虑在空气中延伸"（《深夜》）"他们逃不开我，就像我逃不开/内心的恐惧，世界逃不开我可怕的咒语"（《三劫连环》）"我是一根

---

① 西渡：《"不能在辽阔的大地上空度一生"——戈麦诗歌研讨会录音整理》，《诗探索》2013 年第 7 期。

② 吴昊：《戈麦诗歌语言张力论》，《文学教育（上）》2013 年第 12 期。

剔净的骨头/生活是再也编织不好的花篮""我感情中的存款已缩小到一个微小的数目/不知何时提取，不知何时投放"（《我是一根剔净的骨头》）。另外，在《谨慎的人从来不去引诱命运》《如果种子不死》《没有人看见草生长》这些诗的标题中，都可以看到否定性词语的存在。而在《界限》一诗中，否定性词语得到了最大面积的使用：

> 发现我的，是一本书；是不可能的。
>
> 飞是不可能的。
>
> 居住在一家核桃的内部，是不可能的。
>
> 三根弦的吉他是不可能的。
>
> 让田野装满痛苦，是不可能的。
>
> 双倍的激情是不可能的。
>
> 忘却词汇，是不可能的。
>
> 留，是不可能的。
>
> 和上帝一起消夜，是不可能的。
>
> 死是不可能的。①

该诗用了一种格言警句式的诗歌书写方式，连用十个"是不可能的"，将连词"是"前面的陈述性内容全部否定，在语气上有一种"斩钉截铁"的效果，并在最后一句"死是不可能的"中得到升华。现实生活的困境使戈麦等青年诗人感受到精神的危机，但诗歌让他们感受到了"生命的另一种可能性"，将灵魂置于诗歌之中，因此"死是不可能的"。对于戈麦来说，现实是一场令人惊悸的破碎的噩梦，因此他渴望一种超越的生活，所以戈麦在诗歌中设置的否定，实质上是为了达到心中对"超越"、对"彼岸"的肯定，在"否定—肯定"之间，张力得

---

① 戈麦：《戈麦诗全编》，西渡编，上海三联书店出版社1999年版，第190页。

到了凸显。①

戈麦诗歌中词语的"力度"还体现在对具有绝对意味的词语的使用上，这些词包括形容词、副词、动词，表现出一种决绝、果断，如"最后""彻底""全部""永远""废弃""废除""剔尽""抛弃""化为泡影""内心空空"等。如果不结合上下文语境，这些词从字面意义看来也是具有一定彻底、绝对性意味的，或是表示程度方面的无限拓展和持续，或是倾向于将"有"变为"无"，体现了一种拒绝妥协与忍受的态度。而把这些词放入戈麦的具体诗句中来看，又能体现出词与词之间的紧张感，如"我要抛开我的肉体所有的家/重新回到一万人的天堂/在那里，摆上灵魂微小的木偶/摆上一颗颗粉红色蹩脚的象牙"（《家》）"好了。我现在接受全部的失败/全部的空酒瓶子和漏着小眼儿的鸡蛋/好了。我已经可以完成一次重要的分裂/仅仅一次，就可以干得异常完美"（《誓言》）"我就是这最后一个夜晚最后一盏黑暗的灯/是最后一个夜晚水面上爱情阴沉的旗帜"（《黑夜我在罗德角，静候一个人》）"今夜，我已远离了世间所有的幸福/像一具横挂在荒凉的城头的骷髅/我想遍了世上所能够存在的欢乐 内心空空"（《帕米尔高原》）。戈麦诗中这些具有绝对意味的词语体现了他作为一个青年诗人的特有心理状况，即前文所说的强烈的自我意识将判断绝对化，不能忍受妥协。戈麦清醒地意识到日常生存状态的困境，并试图通过词语的"一针见血，寒光逼人"（臧棣语）的绝对性力量，在诗中摧毁生活的障碍。

"词语的繁殖能力"也是戈麦诗歌语言"力度"的表现之一。具体来说，密集、紧实的词语分布从视觉上就给人一种紧张感，一个词语能够自我"繁殖"出另外一些词语，进而构成一个诗句、一首诗，力度则充满了这些词语之间的缝隙。这些词语不是诗人自己创造出来的，而是借诗人之口"说"出来的。日常生活中常用的词语在诗中按照一定

---

① 吴昊：《戈麦诗歌语言张力论》，《文学教育（上）》2013 年第 12 期。

逻辑在分化组合中集体出场，构成诗行的推动力，并形成了臧棣所称的"加速写作"：词语一刻不停地纠缠着意识，叫嚷着呈现其自身的诗歌形式，词语的发音成了抒写的驱动力，加速写作在日益膨胀的词语驱动力的生成过程中提供一个释放的渠道①。因此读者在戈麦的诗中可以看到这样的词语出场："人，是靶子，是无数次失败/磨快的刀口，没有记性的雾/塑料，泥，无数次拿起/又放下，狂笑着的鸡毛掸子/脱产，半脱产，带着奶瓶子/走进技术学院的，半个丈夫。"（《叫喊》）"我的小天使走了，我的小木屋废了，/我的小炉子被岁月封了，我的青春没了。/我的小兄弟火了，我的小孔雀飞了，/我的可爱的光阴的衬衫在电杆后一闪。/我的痛苦的道路笑着，我的坎坷的/未来直着，我把我剩余的力量/抱着，我把它打开，盛砂的铁壶/漏着，发觉早散落了一半。"（《岁末十四行（三）》）"人类呵，我要彻底站在你的反面，/像一块尖锐的顽石，大喊一千次，/不再理会活的东西。每一件史册中的业绩。/每一条词，每一折扇，每一份生的诺许。/每一刻盲从的恶果，每一介字据。"（《我要顶住世人的咒骂》）词语在这些诗句中作为主体部分现身，并以加速度的方式联结在一起，形成富有力度的词语链。

"从喜爱词语到信赖词语，戈麦（不是唯一但却有相当程度的代表性）发展了我们时代的汉语的一个美学特征。就姿态而言，这几乎可以被看成一种关于汉语的意识形态，亦即当一个诗人感到迷惑的时候，他本能地站在了语言的良知，而非历史的良知一边。"②臧棣在这段话中指出了戈麦诗歌中词语的重要性所在。对于戈麦而言，在面临生活意义危机的时候，对词语"力度"的发掘是在诗歌语言中自我拯救的一种方式。词语的"力度"使诗歌语言具有了更多可能性，使戈麦的作

---

① 臧棣：《犀利的汉语之光——论戈麦及其诗歌精神》，戈麦著，西渡编《戈麦诗全编》，上海三联书店出版社 1999 年版，第 446 页。
② 臧棣：《犀利的汉语之光——论戈麦及其诗歌精神》，戈麦著，西渡编《戈麦诗全编》，上海三联书店出版社 1999 年版，第 442 页。

品逐渐与优美、伤感、软绵绵的"青春期习作"区别开来。但戈麦在1980—2000 年诗歌转型的过程中仍然扮演的是青年诗人的角色，在遭遇意义危机与精神裂变时，他感受到的是一个青年诗人的心灵阵痛；然而他也经历着"年龄"所带来的焦虑，意图摆脱"少年维特之烦恼"，达到一种写作的"成熟"状态。因此对"年龄"主题的发现，也构成了戈麦诗歌语言探索的方向之一。

二、"当我老了"——对"年龄"主题的发现

在戈麦写于 1987 年的一首名为《哥哥》的短诗中，出现了"衰老"一词："等待我成年的人/在我成年之后/等待着我的衰老"。作此诗时戈麦年仅 20 岁，但却在诗中想象了自己的"衰老"，可以看出戈麦对"年龄"的敏感。戈麦一直被朋友形容为一个为人处世比实际年龄成熟的人，但当他面对"年龄"这一主题的时候，却透露出复杂的心态。一方面他认为"人，在很短时间内，可以走完一生的道路，生理年龄并不重要""生命本不在于长短，而在于质量"①，但另一方面，他又畏惧"衰老"的提前到来："戈麦经常面露倦容，有时甚至不愿想 25 岁之后的光景"②。这种复杂的心态和戈麦作为一个诗歌转型时期的青年诗人的身份是相符的。有论者已经看到："当戈麦站在 20 世纪 90 年代的大门前，回望逝去的青春和校园，以及 20 世纪 80 年代末诗歌的一次'中断'转型，'年龄'可能瞬间吐露了它的秘密，'成长'或者'衰老'可能瞬间到来。"③ 在经历过 1980—2000 年转型的关键年份后，面对"我们日趋渐老的年龄"，戈麦一方面意识到青年的热血、冲动、激情会让位

① 桑克：《黑暗中的心脏——回忆 1989 至 1991 年的戈麦》，戈麦著，西渡编《戈麦诗全编》，生活·读书·新知三联书店出版社 1999 年版，第 14 页。
② 戈麦：《戈麦自述》，戈麦著，西渡编《戈麦诗全编》，上海三联书店出版社 1999 年版，第 425 页。
③ 林东：《对岁月的怅望与告别——戈麦〈我们日趋渐老的年龄……〉解读》，《诗探索》2013 年第 7 期。

给年长者的理智、冷静、成熟等品质，另一方面又为青春的逝去、年龄的增长而感到忧虑，并难以想象"25 岁"之后的生活场景。"25 岁"作为一个人生中的时间点，的确是具有象征意味的。T·S·艾略特在《传统与个人才能》中便提及过这个时间点："传统……含有历史的意识，我们可以说这对于任何人想在二十五岁以上还要继续作诗人的差不多是不可缺少的。"① 艾略特在这段论断中提及了"历史意识"对诗人写作的重要性，即在"25 岁"之后，诗人应敏锐地意识到自己与时代的关系，在过去与将来之间把握自己的位置。

实际上，在中国 1980—2000 年诗歌转型时期，"年龄"与诗歌写作的关系也是许多诗人思考过的问题。1989 年，萧开愚在一篇名为《抑制、减速、放弃的中年时期》的文章中正式提出了"中年写作"这个概念，认为"中年写作"的特征是"介于青春的激情与老年的明净之间，是一个截然的否定性的阶段：在将充沛的浪漫气质丢弃在各种形式的抒情中之后，重建以冬天——'明净的艺术季节'——为前景的人生。中年时期的作品中包含的太多的动机相应处于两个方向上，一个向着早期的斑斓、含混，一个向着晚年的冷峻、单调。也就是说，中年的复杂不是'少'所产生的质的复杂放射，而是思想、内容、形式、信仰的一切方面的犹豫和困难，是两个向度上的恋恋不舍和畏惧。在目的的意义上，可以说中年时期是诗人一生中唯一不考虑现在的时期。"② 在这里，萧开愚对"文化大革命"以来的"青春期写作"进行了冷静的反思，认为包括自己在内的一代人"过早地在青年时期就具有了老年心情"。无独有偶，欧阳江河在《89 后国内写作——本土气质、中年特征与知识分子身份》一文中也谈到告别"青春期写作"，认为在"中年写作"的状态中"有或无"的问题已被"多或少""轻或重"这样

① ［美］T·S·艾略特《艾略特诗学文集》，王恩衷编译，国际文化出版公司 1989 年版，第 2 页。
② 萧开愚：《抑制、减速、放弃的中年时期》，《大河》1990 年第 1 期。

表示量和程度的问题所替代，相比较青春的"只有一次，不再回来"，"中年"的时间特征是"持续到来、一再重复"①。欧阳江河在其代表性诗作《傍晚穿过广场》中也对"青春期"的这种告别有所感叹："永远消失了——/一个青春期的、初恋的、布满粉刺的广场。/一个从未在账单和死亡通知书上出现的广场。"对经历过1980—2000年诗歌转型的诗人来说，与其说"中年"是一种生理年龄上的划分，不如说"中年"是一种写作心态。经过沉潜和反思后，诗人写作的速度与长度积淀为质量与深度，表层、线性的描摹逐渐过渡为深度、立体的结构。

作为一位参与了诗歌转型的青年诗人，戈麦在写作中也感受到萧开愚、欧阳江河等人提及的"写作年龄转化"的必要性，甚至在1989年之前，戈麦就意识到"衰老"作为年龄的重要意义："晚一个季节/也走向秋天/焕发从未有过的/令我敬慕的衰老。"（《乐章第333号》）。而在那次令其心灵得到震撼的历史事件发生之后，戈麦在诗歌中更多地触及"年龄"的主题："我们日趋渐老的年龄是一瓶阴暗的醋/岁月用它无形的勺子一勺一勺将我们扣除/而年龄就像是一个球体毛发和末端/我们生存在球里从未见过年龄一次。"（《我们日趋渐老的年龄……》）"而你将怀抱我的光辉的骨骼/像大海怀抱熟睡的婴孩/花朵怀抱村庄/是春天，沧浪之水，是凤愿/是我的风烛残年。"（《金缕玉衣》）"身后的镜子里/父亲，你在燃起烈焰的荆棘丛中/看到了远方的儿子比你还要衰老/呵，父亲，你应该大笑。"（《父亲》）"正如石头从外部剥落，衰老却从内心开始。"（《关于死亡的札记》）戈麦身为青年诗人，却在这些诗句中提前想象了自己的"衰老"，说明在经历重大历史事件之后，"衰老"作为一种心理状态已经是诗人不得不面对的话题。"青春的诗人，爱与死的诗人"（海子诗句）这样的诗人角色中所包蕴的浪漫主义

---

① 欧阳江河：《89后国内诗歌写作——本土气质、中年特征与知识分子身份》，《花城》1994年第5期。

激情在复杂、沉重的历史面前显得有些苍白无力，昔日的"少年"终将成为"老年"，在经受心灵阵痛之后进入一种更为成熟、理性的诗歌秩序。

然而，戈麦虽然已经意识到"衰老"即将到来，但他仍然对"青春"持有怀恋之情，并对时光的消逝感到焦虑，这体现了1980—2000年转型中青年诗人的矛盾心态。在戈麦的诗中，"青年"与"老年"曾同时出现："我品尝过胜利的耻辱和争斗的荣耀/爱过一个鹿一样俊美的女人和一个病弱典雅的知识分子/我度过的是青春，我面对的是衰老/我考虑着玫瑰、云影和钟声，我的案头浮现异国的风光。"（《新生》）"在我的身旁，一只衰老的知更鸟/一株白杨正在成长/我座下的仍是那把青年时代的椅子/当我老了，再也直不起腰身。"（《当我老了》）回顾历史，我们可以看到自梁启超的《少年中国说》开始，历经"五四"，甚至直到20世纪70年代，"青年"一直作为一个与"衰老""老年"相对立的年龄概念被凸显出来，但实际上，无论是作为生理年龄还是作为心理年龄，"青年"与"老年"都是一对互相参照的概念。"当'老年'被作为某种秩序得到肯定时，'青年'的反叛往往就被视为幼稚和无知等否定性的力量被呈现，而当'老年'被视为保守和传统时，'青年'又会被视为活力和现代的体现。换言之，对'青年'的矛盾态度，其实也是对老年的矛盾态度的表征，其结果常常是，这两种态度往往奇怪地统一在一起。"① 这样，"青年"与"老年"之间存在一种互相证明彼此存在的关系。因此戈麦在诗歌中感叹青春时光流逝，正是因为意识到"衰老"的存在之故。而生理、心理年龄的增长又使戈麦反思自己曾有的"青春"，并对自己的同龄人或下一代"青年"做出劝诫。于是戈麦在诗中感叹过"我的小天使走了，我的小木屋废了，/我的小炉子被岁月封了，我的青春没了。/我的小兄弟火了，我的小孔雀飞了，/

---

① 徐勇：《"青年议题"与20世纪80年代小说创作》，人民出版社2015年版，第18页。

我的可爱的光阴的衬衫在电杆后一闪"（《岁末十四行（三）》）之后，又写下了《青年十诫》：

> 不要走向宽广的事业
>
> 不要向恶的势力低头
>
> 不要向世界索求赐予
>
> 不要给后世带来光明
>
> 不要让生命成为欲望的毒品
>
> 不要叫得太响
>
> 不要在死亡的方向上茁壮成长
>
> 不要睡梦直到天亮
>
> 要为生存而斗争
>
> 让青春战胜肉体，战胜死亡①

在这里，戈麦以一种"箴言体"的方式，对"青年"作出了自己的"告诫"。"要为生存而斗争/让青春战胜肉体，战胜死亡"可以视为戈麦对"青春"逝去的最后挽留。在历经一次心灵的狂风骤雨后，戈麦等青年诗人逐渐开始"逃避抒情"，浓郁的抒情色彩开始从诗歌中隐去，让位于语言的现身，这是写作方式的变革，也是对"青春"的告别。

三、"我逃避抒情"——抒情色彩的退隐

T·S·艾略特认为："诗不是放纵感情，而是逃避感情，不是表现个性，而是逃避个性。自然，只有有个性和感情的人才会知道要逃避这种东西是什么意义。"② 艾略特的这句话代表着一种诗歌观念：一位成

---

① 戈麦：《戈麦诗全编》，西渡编，上海三联书店出版社 1999 年版，第 243 页。
② ［美］T·S·艾略特《艾略特诗学文集》，王恩衷编译，国际文化出版公司 1989 年版，第 8 页。

熟诗人的心灵能够消化作为材料的激情，并把这种感情转化为经验。就中国现代诗歌史而言，这种"逃避感情"的观念在 20 世纪 40 年代"九叶派"诗人的写作中表现得较为突出，郭沫若式的"大写的我"的感情宣泄在"九叶派"诗人演化成为"表现上的客观性与间接性"。"现实、象征、玄学"的相结合成为"九叶派"诗人的诗学追求。戈麦曾在《起风和起风之后——九叶诗派现象研究与中国新诗的回顾》一文中对中国新诗的发展脉络进行梳理，并指出了"九叶派""表现上的客观性与间接性"这一诗学特点。戈麦认为，"九叶派"的抒情方式不是直接地宣泄"激情"，而是通过极富语感效应的语言（口语化）打通意象的象征暗示和情绪宣泄之间的界石，这显然超越了艾略特以来诗歌的成就与局限[1]。戈麦之所以对"九叶派"的诗歌写作作出高度评价，是因为他看到了"九叶派"诗学观念对"20 世纪 80 年代新诗潮"的影响力。实际上不仅是 20 世纪 80 年代，情绪宣泄的弱化、综合创造能力的增强在 20 世纪 90 年代以来的诗歌写作中也得到了更为突出的体现。戈麦在作于 1990 年的一首短诗中便写道："我逃避抒情。"在西渡看来，戈麦"逃避"的并不是感情本身，而是重复的、滥俗的、缺乏创造力的表现[2]。实际上，在戈麦 1990 年下半年之后所创作的诗歌中，感情的宣泄被压缩到一个次要的位置，取而代之的是"高度理性"的写作方式，语言（尤其是词汇）占据了诗的主体部分。这从一定程度上可以证明，在 1980—2000 年诗歌转型中，语言的重要性是逐渐得到凸显的，并且对于戈麦等青年诗人来说，面对生活中所遭遇的意义危机和精神裂变，"个人情感倾诉"并不是最有效的解决途径，具有创造性的语言能够以一种理性的方式消解内心的冲突。正如王德胜所说："审美的道路、审美生活世界，在现实生活的压力下成为当代人

---

[1] 戈麦：《戈麦诗全编》，西渡编，上海三联书店出版社 1999 年版，418—419 页。
[2] 西渡：《守望与倾听》，中央编译出版社 2000 年版，第 259 页。

达到自由、自我生命理想之境的超越之途、超越之境，足以安慰当代人困惑迷惘的心灵。"①

　　臧棣在评价戈麦《狄多》一诗时指出了这首诗中声音的变异。这首诗"老年诗人的声音远远多于青年诗人声音"②，戈麦个人的抒情成分被有意压制，"我"的声音可视为戈麦对"狄多"这个历史人物的有意模仿："我已远离了文明的世界，在亚非利加洲的北岸/万念皆空，堆砌着这座倾覆的城/面对雅尔巴赫健壮的双腿/我把怀念砌进石头，我把情欲砌入城邦/在梦幻一样的清晨，那个特洛亚的青年/在梦中的海滩，他狂野地追逐了我/从此我走上了覆灭的命运之网，爱情的深渊/当我第二次背叛理智的星光/便被这网上的绳索牵向了死亡。"对历史人物声音的模仿使"我"的独白呈现出"自我戏剧化"的倾向，这种含混可以视为语言的创造性尝试，其中也有博尔赫斯这位阿根廷诗人作品的影响。在 1980—2000 年的诗歌转型中，博尔赫斯及其作品曾经影响到许多青年诗人，如戈麦曾自称在"怀疑自身的危险境界之中"，得到了博尔赫斯的拯救③。在西渡《威廉·巴特勒·叶芝》《保罗·瓦雷里》等诗作中，我们也可以看到博尔赫斯式的对人物声音的模拟。博尔赫斯之所以有这样的创造，是因为他不愿意永远当豪尔赫·路易斯·博尔赫斯，他愿意成为另一个人④。因此在博尔赫斯的诗作中，个人的声音往往让位于"我"的独白，而"我"是一个被模拟出来的人物。而在戈麦等青年诗人的作品中，对人物声音的模拟则可视为对语言的探索，单纯的抒情让位给戏剧性元素，从而避免了过度的感情宣泄。

---

① 王德胜：《从困惑走向超越——当代青年审美心态面面观》，杭州大学出版社 1993 年版，第 162 页。
② 臧棣：《犀利的汉语之光——论戈麦及其诗歌精神》，戈麦著，西渡编《戈麦诗全编》，上海三联书店出版社 1999 年版，第 448 页。
③ 戈麦著，西渡编《戈麦诗全编》，上海三联书店出版社 1999 年版，第 428 页。
④ ［阿根廷］博尔赫斯著，黄志良译《博尔赫斯口述》，《博尔赫斯全集·散文卷（下）》，浙江文艺出版社 1999 年版，第 14 页。

不仅如此，戈麦诗作中抒情色彩的退隐还体现为另外一种情况：对
"天象"题材的书写。在"浮云""大风""大雪""沧海"等"天象"
的书写中，诗人之"我"完全在诗歌中隐去，剩下的是由想象力操控
的语言在自我现形。"天象"的变幻即语言的变形。诚如西渡所说：
"戈麦已不再费尽心机为世界设立构型，而是让语言直接走进物质的核
心，通过它的自我繁衍呈现世界的真实景象，诗人自身则在语言的表演
面前悄然退隐了。"① 这些由"语言的表演"所构成的"天象"，在呈
现"词语炸裂的奇观"的同时，往往是超出日常生活常规的存在。这
意味着戈麦越来越自觉地远离世俗生活，以诗歌语言的方式反抗遭遇的
意义危机与精神裂变。所以他不再写与日常生活密切相关的题材，而是
使诗歌中充满具有陌生化和幻想色彩的语词，通过对"未知"世界的
想象来达到对日常生活的审美性超越。在《眺望时光消逝（二）》这首
诗中，我们可以充分感受到戈麦的想象力：

> 箭羽飞逝的声音还在鸣响，停留的是光的影子
> 马的背影留下的只有风声，风头已汇入旷宇
> 只有天空中一支大箫，用雷声挽留住匣中的天籁
> 一切变得像你刚刚叠起的乌云，海兽沉浮的项背

> 多少个钟点，光终于走完一把利刃的形状
> 斩断天堂的钢索，垩白而真实，它大而无形
> 群星寂灭，理性的组合舱变得亏空
> 由一个单数到复数，造物主的精神像雪迹一样污黑

---

① 西渡：《拯救的诗歌与诗歌的拯救——戈麦论》，戈麦著，西渡编《戈麦诗全编》，上海
三联书店出版社 1999 年版，第 460 页。

岩石在大地上迟滞，像是树木的纹理上生长的岩石

白垩的光，白垩的表面像是自生自灭的晶体

盛开的大丽，自主而无边，冷漠的花的海洋

一只大鱼驮走神器，驮走一箱箱的言语

还会有异象在天际闪现，像被摘成倒刺的闪电

"V"字形密得像暴雨，向地缘处的深渊扎着

是时间倒立而出的脚，不可复得的脚

显现给世界最后一种物质，它带着一声尖叫

不断有隆起的身影向上漂浮，由最小处上升

向我们表达最终的问候，这些弓起而相背的脸呀

是光，从最大处消失，像有罪的天使

不能原谅，伴随着时光，恒星离我们远去

　　戈麦在这首诗中描绘出一幅《圣经》中《启示录》般的场景。"时光"在许多"异象"中消逝，人类的生存被遗弃，就连"天堂"也是不可求的。作此诗的时间离戈麦的辞世时间仅一个月左右，从这首诗中，我们可以看到"个人"的位置的退隐，以及语言的想象力对世俗人性的弃绝。对于戈麦而言，"诗说的是语词的事件，事件如火山爆发一般，它将诗从对抗日常生活的追逐中脱出"①。戈麦这一代青年诗人在经历心灵的阵痛后意识到，仅凭个人情感的宣泄不足以反抗生存中的危机，而对语言可能性的探索却能在语言中找到生命的拯救。但从戈麦的辞世看来，他在诗歌中对语言的探索还未完成，现实人生的重压仍然

---

① ［德］汉斯·格奥尔格·伽达默尔：《美学与诗学：诠释学的实施》，吴建广译，北京大学出版社2013年版，第398页。

高悬于诗人的心灵之上。

    颜炼军认为，戈麦的诗歌一方面显示了"20 世纪 80 年代诗歌写作推崇的语言意识"；另一方面，由于"20 世纪 80 年代后期知识分子日益严峻的政治文化处境和戈麦自身的人格特质"，戈麦的诗歌"浸染着弥漫而沉痛的历史意识"①。对于戈麦这样处于 1980—2000 年转型时期的青年诗人而言，"生活"并不是一个轻松的词语，生存处境与历史之间的张力在诗歌语言中得到了充分体现。戈麦在诗歌中所试图达到的，就是通过对语言的探索来对抗凡俗庸常甚至痛苦的日常生活，从而达到心灵的"自救"。正如同样经历过 1980—2000 年转型时期的吴晓东所说："狂欢节一般的充盈着群体性的激情的时代已日渐成为一种午夜台灯下书桌旁的遥远的回忆，知识者曾一度奉为圭臬的群体的拯救的信仰也转化个体的救赎，由此，身体的行动便转化为书写的行为。居室内彻夜不眠的书写构成了一种写作者个体生命的救赎方式，它的意义首先在于个体的拯救，这使人们回想起 20 世纪初叶一度风靡的准则：救出你自己。"② 对于戈麦们而言，诗歌写作已经成为他们在内心深处"自我拯救"的一种方式，而语言在诗歌写作中的位置是非常重要的。实际上，以戈麦为代表的青年诗人们，在 1980—2000 年诗歌转型的过程中的一个突出贡献就是对语言可能性的探索，他们在自己和语言之间建立了一种特殊而亲密的关系，并从中找到了生命的拯救③。

---

① 颜炼军：《痛苦的血肉与黄金的歌唱——戈麦诗歌论》，《诗探索》2013 年第 4 辑。
② 吴晓东：《阳光与苦难》，文汇出版社 1999 年版，第 89—90 页。
③ 西渡：《拯救的诗歌与诗歌的拯救——戈麦论》，戈麦著，西渡编《戈麦诗全编》，上海三联书店出版社 1999 年版，第 454 页。

让不可能的成为可能^①

——戈麦诗歌语言张力论

戈麦，原名褚福军，1967 年生于黑龙江省萝北县宝泉岭农场，1985 年考入北京大学中文系，1989 年毕业后被分配至《中国文学》杂志社工作，1991 年 9 月 24 日自沉于北京西郊万泉河。至今日，戈麦离开人世已有多年了，但他的诗歌仍不如比他稍早时期的北大诗人海子、骆一禾等人那样知名。戈麦的长期被"埋没"，并不证明他的诗歌是平庸之作，相反，这位把诗歌作为"语言的利斧"的诗人，生前一直致力于在自己的诗歌中发现语言突破之可能，并通过语言张力的运用使诗歌本身呈现出词与词、句与句之间的紧张感，互否与悖论充斥于诗句之中。正如同戈麦对诗歌的理解中所陈述的那样，他的诗歌的确是"在词与词的交汇、融合、分解、对抗的创作中，一定会显现出犀利夺目的语言之光照亮人的生存"^②。因此，对戈麦诗歌语言中呈现出来的张力进行分析，能够从一个角度展示戈麦诗歌的美学特征，也使这位喜欢一切"不可能"的事物的诗人的作品的价值得到应有的评价。

---

① 戈麦在《关于诗歌》一文中曾有如下观点："诗歌直接从属于幻想，它能够拓展心灵与生存的空间，能够让不可能的成为可能。"原载《诗歌报》1991 年第 6 期。
② 戈麦：《关于诗歌》，《诗歌报》1991 年第 6 期。

一、诗歌语言中的"张力"概念综述

"张力"一词，本是物理学术语，是指事物之间与事物内部——力的运动所造成的紧张状态。1937 年，艾伦·退特首先将张力引入诗学，主要在事物内涵和外延的范畴上进行讨论。稍后，1943 年罗伯特·潘·沃伦进一步提出诗歌解构的本质即张力的观点，新批评流派的代表人物克林斯·布鲁克斯最终确定了张力在诗歌艺术中的"本体性"地位。因此，"张力"是一个从西方文论中引进的概念。然而，在中国古典哲学、诗学中，"张力"的含义也隐约有所体现，但尚未形成完整、具体的言说系统，如道家强调的"有无相生"、格律诗中的"一字易诗"（如"春风又绿江南岸"中的"绿"字的运用）等。所以，"张力"的被提出，有其历史渊源。

国内近年来对诗歌语言中"张力"这个概念的研究，比较系统和具体的有陈仲义教授。本文所引用的观点大多来自他 2012 年所写的《现代诗：语言张力论》一书。陈仲义教授在书中对"张力"一词做了这样的定义："张力是诗语活动中局部大于整体的增值，诗语的自洽能力（'自组织'状态）以最小的'表面积'（容量）获取最大化诗意。"① 并且陈仲义教授认为，诗歌语言中的"张力"是"对立因素、互否因素、异质因素、互补因素等构成的紧张关系结构"②，因此"张力"主要体现为词与词、句与句以及整体与部分之间通过"差"与"合"建构起来的，在语感方面给读者紧张感、惊奇感的语言艺术修辞效果。不仅如此，诗歌语言中的"张力"还可以让读者更深刻地感受到诗人通过语言表达出来的思想与情感，"张力"的存在好比潜伏、流动于诗歌内部的炽热熔岩，使诗人的平淡语言充满力量。因此，"张

---

① 陈仲义：《现代诗：语言张力论》，长江文艺出版社 2012 年版，第 88 页。
② 陈仲义：《现代诗：语言张力论》，长江文艺出版社 2012 年版，第 73 页

力"对诗歌语言的重要性可见一斑。富有张力的诗歌语言，自然也是富有诗性的诗歌语言。"张力"的存在能彰显一个诗人运用语言的艺术功底。

二、戈麦诗歌语言中的"张力"分析

如前文所述，"张力"对于诗歌语言的重要性不言而喻。而戈麦，作为一名热爱语言、重视语词、"意识到我们时代的语言的弱点并竭力创造新的语言元素来加以矫正"① 的诗人，在诗歌中运用"张力"完全是潜意识中对语言的创新，也是个人想象力和深厚的文字功底的体现。不仅如此，戈麦对诗歌语言"张力"的运用也是"利用朴素的形式传达超负荷的情感"② 的需要，他在表达上追求客观性，将内心炽热的情感压缩至近乎于"无"的境界，呈现出一"冷"一"热"的对比，这种对比在他自《誓言》之后的那些诗作中，表现得尤为明显。诗人意识到了自己作为一个"普通人""人类中的一员"的所有悲剧与不幸，他对人类的命运始终保持着警觉态度，并对俗世生活表现出了排斥。而语言让戈麦看到了"生命的另一种可能性"，通过"让不可能的成为可能"这种对诗歌语言"张力"的自觉追求，使戈麦"在自己和语言之间建立了一种特殊和亲密的关系，他从中找到了生命的拯救。"③ 因此，戈麦虽然自沉于万泉河，使自己的肉身在尘世中消失，但他的灵魂却在诗歌语言中得以保存，读戈麦的诗歌，便会感受到他看似平淡、冗长、烦琐甚至晦涩的语言背后"张力"的奔流，"张力"的存在使他的诗歌语言不同于稍早于他的海子的"热烈"，也不同于骆一禾的"平

---

① 臧棣：《犀利的汉语之光——论戈麦及其诗歌精神》，戈麦著，西渡编，《戈麦诗全编》，上海三联书店1999年版，第438页。
② 谭五昌：《诗意的放逐与重建》，昆仑出版社2013年版，第252页。
③ 西渡：《拯救的诗歌和诗歌的拯救》，《戈麦诗全编》，西渡编，上海三联书店1999年版，第454页。

静"，而是类似于两者的综合，呈现出"外冷内热"的特点。而具体到文本，戈麦诗歌语言中的"张力"又有如下特点：

（1）戈麦对于否定性连接词的大量运用，如"不可能""不是""不会""不好"等，使连接起来的意象和诗句之间产生尖锐的对立感和紧张感，通过"不可能"来达到他心目中的"可能性"。比如《界限》："发现我的，是一本书；是不可能的。/飞是不可能的。/居住在一家核桃的内部，是不可能的。/三根弦的吉他是不可能的。/让田野装满痛苦，是不可能的。/双倍的激情是不可能的。/忘却词汇，是不可能的。/留，是不可能的。/和上帝一起消夜，是不可能的。/死是不可能的。"诗人先设置了一系列陈述句和意象，然后立即进行斩钉截铁地否定："……是不可能的。"那什么是"可能性"呢？诗人并没有直接回答。但细读诗篇，结合诗人生平的信念和观念，可以推测出诗人虽然对现实生活和人生命运持悲观态度，但诗歌使他发现了生命的"另一种可能性"，他把自己的灵魂置于诗句中，因此"死是不可能的"。戈麦诗歌中运用否定性连接词的例子还有"学不会的舞蹈"（《命运》），"不再理会活的东西"（《我要顶住世人的咒骂》），"生活是再也编织不好的花篮"（《我是一根剔净的骨头》），等等。诗人对现实中的"存在"总体上是持否定态度的，"现实不过是一场令人惊悸的破碎的噩梦"，因此他"渴望一种超越的生活""向往现实背后的彼岸世界"①，所以戈麦在诗歌中设置的否定，实质上是为了达到心中对"超越"、对"彼岸"的肯定，在"否定—肯定"之间，张力得到了凸显。

（2）戈麦对于富有"绝对性意味"的词语的喜爱，在他的诗歌语言中也得到了充分展示。戈麦喜欢把话说"绝"，与前文所述的否定性连接词的运用一起促成了诗歌中的紧张感，并彰显出诗人在诗句中流露出来的对世界、对人类彻头彻尾的绝望，如"人类呵，我要彻底站在

---

① 孙基林：《崛起与喧嚣——从朦胧诗到第三代》，国际文化出版公司2004年版，第127页。

你的反面"（《我要顶住诗人的咒骂》），"在这最后的时刻，我竟能梦见/这荒芜的大地，最后一粒种子/这下垂的时间，最后一个声音/这个世界，最后的一件事情，黄昏的星"（《献给黄昏的星》）。同时，戈麦诗歌中的"绝对性"词语的运用也有"完成性"的意义，就像海德格尔所说，"只要此在存在，它也向来已是它的尚未"[1]。而"最后""毁灭""死亡"这些词语，在意味着"存在"的终结的同时，也意味着它的"完成"："死是此在最本己的可能性"[2]。例如，如诗人在《誓言》中所述："好了。我现在接受全部的失败/全部的空酒瓶子和漏着小眼儿的鸡蛋/好了。我已经可以完成一次重要的分裂/仅仅一次，就可以干得异常完美。"戈麦的生前好友西渡认为，《誓言》这首诗标志着戈麦的写作风格从此发生了重要转折，诗人从而更为彻底、决绝地拒绝俗世生活，走上一条追求内心理想完整性的道路，直至死亡。

（3）戈麦诗歌语言中的"张力"还有一个表现是他善于把表面上相互之间没有关联的词语用"串珠串"的方式连接起来，把它们组合成诗句。这使戈麦的诗歌语言简短、简洁、富有力度的同时，又增加了读者理解戈麦诗歌语言的难度，有时甚至晦涩。这些诗歌多以"十四行诗"的面目出现，也从一个角度说明戈麦对于诗歌语言形式规范的严谨性，如《爱情十四行》《儿童十四行》《欢乐十四行》等。《爱情十四行》的主题是"爱情"，但诗句中出现的却是与"爱情"不相关的词语："黑夜。苦水。照耀中的日子。/早晨的花。一个瞎子眼中的光明。/苍白的脚趾。苔藓。五行血的歌子。/死者喉中翻滚的话语。/不知名的牺牲者。残废的哑巴。……"一个词就是一句诗，此诗运用了一种类似于"换喻"的手法。所谓"换喻"，"是以密切相关的事物在

---

[1]　[德] 马丁·海德格尔：《存在与时间》，陈嘉映、王庆节译，生活·读书·新知三联书店 2006 年版，第 282 页。

[2]　[德] 马丁·海德格尔：《存在与时间》，陈嘉映、王庆节译，生活·读书·新知三联书店 2006 年版，第 302 页。

推理过程中从本来事物转换到另一事物去"①，因此诗中出现的词语，表面上看与"爱情"没有太大联系，给读者一种陌生感，这是因为诗人常对"此在"的人生存在怀疑与悲观情绪，"爱情"在诗人眼中也是具有消极意义的，而诗歌中出现的词语，如"黑夜""苦水""死者喉中翻滚的话语"等，皆有悲伤、痛苦、短暂的特点，无形中契合了诗人心中对"爱情"主题的认知，把个人的情感紧密地包裹在词语的内部，如果不仔细品味，很难发现诗中所指，也很难体会诗人的感情。因此戈麦的诗歌语言，有一种"谜语"的韵味，这便是"张力"造成的效果。

（4）戈麦诗歌语言中出现的色彩，也呈现出视觉上的"张力"感，这是因为戈麦把色彩的传统象征意义取消了，换之以陌生的意义，用来表达诗人的独特认知，与整首诗的氛围相契合。纵观戈麦的诗歌，这种"陌生化"效果最显著的是对"绿"的运用。有的研究者曾认为戈麦对"绿"是持一种"厌弃的态度"②的，其实细察戈麦诗歌中出现"绿"的诗句，其中蕴含的情感不仅是"厌弃"，还有"绝望""悲伤"的寓意，给人一种冷冽的感觉，甚至与死亡相挂钩，与"绿"在传统意义中所持有的"生机、美丽、活泼"等具有积极意味的意义相逆反。例如，"死死命定的冰冷/指甲已染为绿色"（《经历》），"那些冷绿的太阳/从不曾预期的位置/向你走来"（《冬天的对话》），"在云涡中抖动的是一颗发绿的心/在一朵黑云上张望的是一个灵魂的空壳"（《大风》）等。这种对色彩陌生化意义的运用，与海子在后期诗歌中对"桃花"色彩的描写有相似之处。人们经验中的桃花是粉红色的，从色彩学上讲，这是一种柔和的、给人以美好希望的色彩。而海子笔下的桃花却是血红色的，这是一种处于压力与爆炸力边缘的颜色，从某种程度上讲，

---

① 陈仲义：《现代诗：语言张力论》，长江文艺出版社 2012 年版，第 128 页。
② 孙佃鑫：《戈麦诗歌色彩论》，《剑南文学（经典教苑）》，2012 年第 5 期。

血红比黑色更黑暗①。海子对桃花的色彩进行了"变形",而戈麦也对自己诗歌中"绿"的色彩意义进行了变形,"张力"即在"变形"中产生。

"语言对个人的压力常常转而表现为个人对语言的贪婪。"② 正如臧棣所说,对语言的珍爱以及对语言"张力"的运用造就了戈麦诗歌的"尖锐"的特点,这在当代诗歌史上是一个较为独特的现象。但对语言的热烈追求,也使得戈麦的诗歌创作呈现出"加速"的特点,加之戈麦自觉地"站在人类的反面",因此他的诗歌在冰山般的表面下是汹涌奔突的火海。戈麦在诗歌语言中找到了通向生命的"另一种可能性",但他却使自己的肉身消遁于尘世中,只留下他的那些闪烁着苦痛灵魂的诗作,以及他的格言:"让不可能的成为可能"。

(发表于《文学教育(上)》2013 年第 12 期)

---

① 吴昊:《海子诗歌中的桃花意象分析》,《甘肃广播电视大学学报》,2013 年第 1 期。
② 臧棣:《犀利的汉语之光——论戈麦及其诗歌精神》,戈麦著,西渡编,《戈麦诗全编》,上海三联书店 1999 年版,第 437 页。

诗：寻找知音

——《海上，一只漂流的瓶子》细读

海上，一只漂流的瓶子

海上，一只漂流的瓶子
它寻找船只已经多时

我把它从海滩上拾起
瓶子里闪动着鱼虾的鳞光

海上，一只漂流的瓶子
古代水手临终的姿势

在红海，水面上遍布各国的旗帜
一只瓶子和网一起拖运到海港的市上

我不能说出它铸造的年代
也不想开口对任何人表白

在许多文明业已灭绝的世上

一只空洞的瓶子把我送归海洋

海上，一只漂流的瓶子
我不知它在海里漂到何时

　　戈麦（1967—1991），原名褚福军，祖籍山东巨野，1967 年 8 月生于黑龙江省萝北县宝泉岭农场。1985 年考入北京大学中文系，1989 年毕业后进入中国外文局《中国文学》杂志社工作。1991 年 9 月 24 日自沉于北京西郊万泉河。在他短暂的一生中，留下了 200 多首诗歌作品，其生前友人诗人西渡编选了《彗星——戈麦诗集》（漓江出版社 1993 年版）、《戈麦诗全集》（上海三联书店 1999 年版）及《戈麦的诗》（人民文学出版社 2012 年版）。戈麦在《关于诗歌》中写道："诗歌应当是语言的利斧，它能够剖开心灵的冰河。在词与词的交汇、融合、分解、对抗的创造中，犀利夺目的语言之光必将照亮人的生存。诗歌直接从属于幻想，它能够拓展心灵与生存的空间，同时让不可能的成为可能。"这可以视为戈麦的诗歌观。

　　《海上，一只漂流的瓶子》这首诗作于 1990 年 5 月 26 日，从时间上来说属于戈麦创作转型期的作品。在同一天，戈麦还创作了另外一首题为《凡·高自画像》的诗。从"可是始终有一种力在脑子周围向外拉/即使扣紧冬天刺猬一样的帽子/力仍能从骨髓中向外渗透/脸，像荒年的野草一样长满胡茬/一把刀锯从外向里，又从里向外/在脑髓和黏膜之间充满紧张/我已经感觉到了光线的弯曲/它自上而下，压迫着我"等诗句可以看出，《凡·高自画像》更多地凸显了语言的张力与其释放出的锋利之美。而在《海上，一只漂流的瓶子》这首诗中，语言的锋利之刃则被暂时收起，全诗的调子是舒缓的，然而却有一种"谜之效应"。两首诗为戈麦同天所作，呈现的语言风格和表现的主题却不尽相同，从某种程度上能够体现出戈麦在转型期（1989.6—1990.6）的语言探索和主题尝试。这样的例子还有很多，如 1990 年 4 月 10 日，戈麦便创作了《谨慎的人从来不去引诱命运》《黑夜我在罗德角，静候一个人》《雨后树林中的半张脸》《未来某一时刻自我的画像》等四首诗，1990 年 4 月 29 日创作了《如果种子不死》《没有人看见草生长》《新一代》《儿童十四行》等四首诗，1990 年 5 月 12 日创作了《查理二世》《孩子身后的阴影》《南极的马》《帕米尔高原》《凌晨，一列火车停在郊外》等五首诗。

《海上，一只漂流的瓶子》这个标题很容易让读者想起俄罗斯"白银时代"诗人曼德尔施塔姆散文中的句子："一位航海者在危急关头将一只密封的漂流瓶投进海水，瓶中有他的姓名和他的遭遇的记录。许多年之后，在海滩上漫步的我，发现了沙堆中的瓶子。我读了信，知道了事故发生的日期，知道了遇难者最后的愿望。我有权这样做。我并非偷拆了别人的信。密封在瓶子中的信，就是寄给发现这瓶子的人的。我发现了它。这就意味着，我就是那隐秘的收信人。"[①] 在这里，"漂流瓶"承担着读者与诗人之间发生"交谈"的媒介的作用。陈超老师的著作《打开诗的漂流瓶》的书名便引用了这一典故。从戈麦的自述来看，曼德尔施塔姆也的确进入了其阅读视野："戈麦尊敬历史上许多位文学大师，如诗人雨果、庞德，更早的有荷马和英国玄学派诗人，在当代诗人中，他愿读曼杰施塔姆和埃利蒂斯。"[②] 从这些诗人名录来看，戈麦的诗歌创作更多地受到外国诗歌资源的影响。可以说，这是"美学趣味的问题"，与穆旦这样的诗人的取向相一致。[③] 在《我感到一切都已迟

---

① ［俄］曼德尔施塔姆：《论交谈者》，《时代的喧嚣》，刘文飞译，作家出版社 1998 年版，第 42 页。
② 戈麦：《戈麦自述》，《戈麦诗全编》，西渡编，上海三联书店 1999 年版，第 424 页。
③ 参见《"不能在辽阔的大地上空度一生"——戈麦诗歌研讨会录音整理》中宋琳发言。《诗探索》2013 年第 7 期（理论卷）。

了》《癫狂者言》《玫瑰》等诗中可以清晰地看到戈麦向西方诗歌大师们致敬的痕迹。但这并不意味着戈麦没有接受中国古典诗歌的影响。虽然戈麦曾颇为傲气地对西川说："中国诗歌里没什么可以吸收的。"[1] 但在《青楼》《蝴蝶》《红果园》《牡丹》等诗作中，中国古典诗歌元素仍然存在。可见，戈麦的诗歌并不是完全脱离"传统"的。

《海上，一只漂流的瓶子》从语句之间的逻辑关系来说，可分为三部分，每一部分都以"海上，一只漂流的瓶子"这句与诗题相同的诗作为分界线，形成了三个相互之间有关联的故事。下面分别展开分析：

第一个故事，一只"漂流瓶"寻找"船只"，被"我"捡到。这个故事对应诗歌中的 1~4 句："海上，一只漂流的瓶子/它寻找船只已经多时/我把它从海滩上拾起/瓶子里闪动着鱼虾的鳞光"，"瓶子"对"船只"的寻找是有意味的，可以理解为诗歌寻找知音的过程。"瓶子"对应诗歌，"船只"则象征着能够接纳或欣赏诗歌的对象。但"瓶子"寻找"船只"的过程是艰难而漫长的，因此是"寻找多时"。正如唐朝诗人孟浩然在《留别王维》一诗中所云："当路谁相假，知音世所稀。""瓶子"最终也没能找到可以把它打捞上来的"船只"，而是搁浅于海滩，但幸运的是，"瓶子"遇到了"我"，"我"把它从海滩上拾起，并看到了瓶子中闪动的"鱼虾的鳞光"，"鳞光"字面意思指鱼虾鳞片闪烁的神秘色彩，可以引申为前辈诗人（施放漂流瓶者）的作品经过岁月沉浸而呈现出的独特光泽。但这种"神秘之光"如果没有遇到"我"，就很有可能被湮没在人世间，被"我"拾起之后，它的命运就发生了改变。然而问题是，"我"拾起瓶子后，会发生什么呢？是观察一番、然后重新抛进大海，还是带回去珍藏？于是便有了接下来的故事。

---

[1] 参见《"不能在辽阔的大地上空度一生"——戈麦诗歌研讨会录音整理》中西渡发言。《诗探索》2013 年第 7 期（理论卷）。

　　第二个故事也以"海上，一只漂流的瓶子"作为开头。这只"瓶子"和上文提到的是不是同一只呢？这是存在歧义的地方。如果理解为同一只瓶子的话，则意味着上一个故事中的"我"没有珍惜拾到的瓶子，反而又把它抛弃了。在这种解释中，"我不能说出它铸造的年代"中的"我"是另外一个"我"，而不是第一个故事中的叙述者。如果把这只瓶子理解为与上文不相关的另一只瓶子，则意味着第二个故事与第一个故事之间没有任何联系，这样的话，这首诗中的三个故事之间就缺少连贯性，因此不如把两个故事中的瓶子理解为同一只为好。在第二个故事中，这只瓶子被另一个叙述者视为"古代水手临终的姿势"，读者也许会从一些描写航海的故事中获取这样的经验：水手在船只遇难之时会向海里抛一只漂流瓶，里面装着自己的遗言。爱伦·坡的小说《瓶中手稿》便包含这一情节。诗中这只瓶子和网一起被"拖运到海港的市上"，得以"重见天日"，并被另外一个"我"所发现。但"我"并不能说出它"铸造的年代"，因为它对"我"来说，也意味着一种神秘之物，"我"也不想开口"向任何人表白"，因为也许我也有许多不能够对外人说的"秘密"，于是便有了另一只"瓶子"的出现："在许多文明业已灭绝的世上／一只空洞的瓶子把我送归海洋。"这里的"一只瓶子"，是指"我"发现的瓶子，还是"我"自己又抛出的新瓶子呢？本文倾向于把它理解为"我"自己的瓶子。因为只有新瓶子，才是"空洞的"，只有完全属于"我"的瓶子，才能把"空洞"用我的思想填满，从而顺利把"我"送归海洋。而旧瓶子中蕴含的秘密，则成了我的所有物。

　　这一部分中的意象同样耐人寻味。"古代水手临终的姿势"，是一个与现实拉开距离的意象，"古代水手"临终前遭遇了什么，有什么感想，都不得而知，这个意象可以与"鱼虾的鳞光"相提并论，理解为前辈诗人的作品留下的"神秘之美"。"各国的旗帜"遍布红海的水面，呈现出一幅热闹的景象，但"旗帜"对"水面"的占据并非好现象，

如果与"海港的市"联系起来进行理解的话，则"各国的旗帜"与
"海港的市"都可以视为与流动的"海洋"对立的意象，"我"渴望随
瓶子回归"海洋"，也就意味着"海洋"才是"我"真正的居家，是
一个理想世界，而"各国的旗帜""海港的市"则是俗世的象征，"各
种文明业已灭绝"，也就是说，目前的俗世生活并不适宜诗歌的生存，
只有"回归海洋"才能继续寻找诗歌的知音。

第三个故事仍以"海上，一只漂流的瓶子"起头。这里的"瓶子"
可以指前文"我"扔出的瓶子。但"我"并不知道"它在海里漂到何
时"，这说明"我"渴望寻求诗歌的知音，但能否找到则是不确定的。
并且即使有这么一个足以与"我"进行跨时空对话的知音，"瓶子"的
漂流之旅也不会就此结束，因为诗歌的发展与传播就是一个诗人不断寻
找知音的过程。直到今天，瓶子仍然在海上漂流着。

戈麦《誓言》细读

1989 年在中国当代新诗史中的特殊位置已为许多诗人意识到，其中最具有代表性的观点恐怕是欧阳江河在《1989 年后国内诗歌写作：本土气质、中年特征与知识分子身份》中提出的："对我们这一代诗人的写作来说，1989 年并非从头开始，但似乎比从头开始还要困难。一个主要的结果是，在我们已经写出和正在写的作品之间产生了一种深刻的中断。诗歌写作的某个阶段已大致结束了。许多作品失效了。就像手中的望远镜被颠倒过来，以往的写作一下子变得格外遥远，几乎成为隔世之作，任何试图重新确立它们的阅读和阐释努力都有可能被引导到一个不复存在的某时某地，成为对阅读和写作的双重消除。"① 欧阳江河的说法隐含了一个论断：1989 年意味着一种诗歌写作的"断裂"，但这个具有影响力的判断能否在诗人们的写作中得到确切论证，则是值得讨论的问题。因为从 20 世纪 80 年代起开始活跃于诗坛并在 20 世纪 90 年代继续写作的诗人作品来看，20 世纪 80 年代至 90 年代诗歌写作的"转型"并不是在"一瞬间"完成的，诚如西川所说："在黑与白之间存在着广大的灰色地带，这里集中了世界的全部复杂性。"② 陈东东也

---

① 欧阳江河：《1989 年后国内诗歌写作：本土气质、中年特征与知识分子身份》，《站在虚构这边》，生活·读书·新知三联书店 2001 年版，第 49 页。
② 西川：《答谭克修问：在黑与白之间存在着广大的灰色地带》，《大河拐大弯：一种探求可能性的诗歌思想》，北京大学出版社 2012 年版，第 200 页。

认为："我并不赞同 1989 年报废了中国当代诗人之前的诗歌写作的说法——所有的努力都不白费，至少，在我这里，从开始至今的诗歌写作并没有白费。"① 虽然 1989 年是一个无论如何也绕不过去的年份，但对 20 世纪 90 年代诗歌发展来说有意义的"转型"，在 20 世纪 80 年代中后期就已经在悄悄酝酿，"将知识分子精神上升为诗歌精神"② 可视为这种"转型"的一个向度，至少在以民刊《倾向》为代表的诗人群落中，能够看到这种向度的体现。

但这充满理想主义情怀的诗歌写作氛围并没有持续太长时间。据刘福春编《中国新诗编年史》所载史实来看，1989—1992 年间的诗坛弥漫着紧张的气氛，这一段时间的全国性诗歌研讨会也不可避免地严格遵循"政策"举办，1991 年的全国诗歌座谈会及第三届漓江诗会便是一个具有代表性的例子。这种"冷清"的局面一直到 1993 年之后才逐渐被打破，诗坛呈现出"复苏"气象。其中《诗探索》的复刊对这种变化的推动起到了重要作用。前几年一度沉寂的年轻诗人又开始活跃起来，但此时他们的作品面貌却在无形中发生了变化，这些变化意味着"转型"的进行，而"转型"的阶段则要到 1995 年后才逐步完成。

与 1989—1992 年间诗坛冷寂局面形成鲜明对比的是，这一时期"民间"出现了"席慕蓉热"和"汪国真热"。据刘纳查证，汪国真的诗最初在中学生手抄本上流行，后被出版社发现而迅速印成书推向市场。在媒体炒作下，汪国真的诗开始在青年人群中走红，以至于引发了 1991 年风靡全国的"汪国真热"。刘纳认为，汪国真、席慕蓉的诗歌之所以能在那个时期流传甚广，是因为那些诗作中含有"生活的艺术"，能够"抚慰"青年的心灵，并能给青年提供"心灵鸡汤"。③ 而这些特

---

① 陈东东：《卡片匣》，《只言片语来自写作》，北京大学出版社 2014 年版，第 51 页。
② 《〈倾向〉的倾向——编者前记》，《倾向》1988 年第 1 期。
③ 刘纳：《诗：激情与策略——后现代主义与当代诗歌》，中国社会出版社 1996 年版，第 155—174 页。

质正好符合了当时官方意识形态宣传的需要和商业市场的口味。因此，在官方和市场不自觉形成的合谋下，1989—1992年国内的诗歌状况呈现出一幅诡异的画面：一边是诗坛的"沉寂"，一边是民间的"狂欢"。置身于这种场景中而坚持写作的青年诗人，尤其是那些刚刚走出"象牙塔"、进入社会的诗人，所承受的时代精神压力也许是今天难以想象的。

1989年3月海子在山海关卧轨身亡之后，有论者便宣称："海子的死意味着一个时代的终结。"但从今天的角度来看，海子之死虽然不能避免时代因素的影响，但与其个人因素（家庭背景、性格、诗学追求、爱情悲剧）有更大关联，并且从海子的诗歌与诗学观念来看，他对"时代"的敏感度似乎并不足以让他成为一位具有"时代悲剧感"的诗人。而另一位常被称为海子的"双子星"诗人骆一禾，却无疑更富有时代敏感度与悲剧意识。但这位胸怀诗歌"修远之志"的诗人，却于1989年5月因病逝世。诗坛还未从两位青年诗人相继逝世的震惊和悲痛中走出，当年春夏之交发生的事件又给青年诗人们一次措手不及的精神打击。前文所说1989—1992年诗坛冷寂期的序幕也在这样的时代背景下开启。一些热爱诗歌、富有理想主义精神的诗人不得不经受理想的幻灭与现实的残酷，"理想—现实"的不平衡在他们心灵上印下的痕迹是阵阵剧痛，而这种精神痛苦在其诗歌写作中则表现为富有张力的语言特质。从戈麦这位青年诗人的作品中，我们就能看出时代重压造就的精神痛苦在诗歌语言中留下的烙印。

戈麦，原名褚福军，1967年出生于黑龙江省萝北县宝泉岭农场，他自幼聪慧，并在比其大二十岁的兄长褚福运的影响下形成了爱读书的兴趣，并逐渐拥有了演奏乐器（小提琴、二胡等）、围棋、武术等特长。1985年戈麦考入北京大学中文系，但这个录取结果并不是他的初衷，他高中本欲学理科，认为发明创造有利于社会，经兄长、老师劝说下改报文科。高考报志愿时又受当时"经世致用"的影响，第一志愿为北大经济系，但却被中文系录取，戈麦一度沮丧，甚至想复读报考辽宁财经学院（今东北财经大学），在兄长劝说下才来北大报到。从戈麦早年的人生经历可以看出，其兄长褚福运对其成长道路的影响。戈麦早期诗作中便有一首题为《哥哥》的作品："等待我成年的人/在我成年之后/等待着我的衰老"。"衰老"一词足见戈麦对年龄的敏感，作此诗时戈麦才 20 岁，但却以青年人的现实身份书写中年人的心态，在诗歌中毫不避讳地想象自己的"衰老"，这意味着戈麦心理与同龄人相比较为成熟的一面。

戈麦的诗歌创作之路并不是必然的选择，他在自印诗集《核心》的序言中说："我从来没有想过，诗应当和我发生联系，少年时代偶尔为之的短小句子，在自己满意的目光中早已化作风中的碎片了。""直到 1987 年，应当说是生活自身的激流强大地把我推向了创作，当我已经具备权衡一些彼此并列的道路的能力的时候，我认识到：不去写诗可能是一种损失。"[1] 戈麦对诗歌的这种选择特点被西渡评价为"过分谨慎"，[2] 这种"谨慎"的风格也体现在他的作品中，在一首名为《谨慎的人从来不去引诱命运》的诗中，戈麦写道："今夜，我面对镜子中自身未来虚幻的景象/守在我所度过的岁月最危险的前沿/无需多问，我就像是一个谨慎的人。"可见"谨慎的人"既是朋友的评价，也是戈麦的自我定位。

1989 年，戈麦从北大毕业，进入中国外文局《中国文学》杂志社做编辑工作。据作家陈建祖回忆："在 1990 年左右，我们整天酗酒、唱歌，回避现实。……这样沮丧、颓废的状态，是生命中不能承受之轻，那时作家、艺术家都是这样的状态。"[3] 但较为诡异的是，很少有诗人

---

① 戈麦：《〈核心〉序》，《戈麦诗全编》，西渡编，上海三联书店 1999 年版，第 420 页。

② 西渡：《拯救的诗歌与诗歌的拯救——戈麦论》，《戈麦诗全编》，西渡编，上海三联书店 1999 年版，第 451 页。

③ 西渡：《"不能在辽阔的大地上空度一生"——戈麦诗歌研讨会录音整理》，《诗探索》 2013 年第 7 辑（理论卷）。

或作家能够把这一时期他们的心理感受加工提炼成艺术作品，因此戈麦的作品可称得上当时青年精神状况为数不多的记录之一。

在戈麦 1989 年下半年至 1990 年 6 月这段时间创作的诗歌中，我们能够较为清晰地看出戈麦当时的一些心理感受，如《生活》《生活有时就会消失》《誓言》《三劫连环》《我要顶住世人的咒骂》《厌世者》《尝试生活》《空望人间》等。其中《誓言》这首诗在戈麦整个诗歌创作历程中具有阶段性意义，西渡在《死是不可能的》一文中认为，《誓言》标志着戈麦"向人性告别"，"此后，他过的是一种不食人间烟火的圣徒式的生活"。① 其实，在戈麦的早期诗作（1987—1989 年上半年）中，就已经表现出一种明显的"严厉拒斥生活"的倾向。显然，这种"生活"指的是充斥着"机械秩序"和无聊庸俗的生活，是"人被迫充当一个角色"的生活，这种"生活"会对"生命的可能性"产生极大的威胁，对于戈麦敏感的心灵来说，"生活诡计"是一种可耻的、但又要被迫面对和承受的"罪过"。② 因此在《颜色》《秋天的呼唤》《徊想》《杯子》等早期诗作中，戈麦就已经在书写生命中不能承受之"重"给予他精神的负担："唯有我愈发紧闭的唇/浓烈地攀在垛口/目光的沉重/拉长了许多"（《颜色》）、"流弹击中牙齿/我用模糊的面部/向你呼喊"（《秋天的呼唤》）。海德格尔在《存在与时间》中说："庸庸碌碌，平均状态，平整作用，都是常人的存在方式。"③ 在"常人"中生活的戈麦，能够深刻感受到这种生活的无聊与庸俗，但他不能迅速逃脱这种生存状态，因为他已经进入了社会（在杂志社做编辑），不得不与被"生活"碾平的"常人"一起共处。在这种状态下，

---

① 西渡：《死是不可能的（代序一）》，《戈麦诗全编》，西渡编，上海三联书店 1999 年版，第 4 页。
② 西渡：《拯救的诗歌与诗歌的拯救——戈麦论》，《戈麦诗全编》，西渡编，上海三联书店 1999 年版，第 453 页。
③ ［德］马丁·海德格尔：《存在与时间》，陈嘉映、王庆节译，生活·读书·新知三联书店 2012 年版，第 148 页。

诗歌可以被视为戈麦自我"内在超越"的一种方式,于是便有了《誓言》这首诗。

《誓言》这首诗从标题来看,就给读者一种"斩钉截铁"的印象。但这里的"誓言"并不是普通意义上的"爱情誓言""就职誓言""结盟誓言"等,而是戈麦作为一个诗人与自己的对立面——"你"(在诗中指"渴望我完全垮掉的人")所做出的"誓言",但"誓言"也可以视为一种自我表白,即发誓与自己身上"最软弱的部分"告别,因为这种"软弱"的"人性"是诗人所不能接受的。戈麦在一封给哥哥的未发出的信中说:"做人要忍受一切,尤其是做理智、恻隐的圣者。要忍受无知的人在自己面前卖弄学识,忍受无耻的人在身后搬弄机关,忍受无智的人胡言乱语,忍受真理像娼妓的褥子一样乌黑,忍受爱情远远地躲在别人的襟怀。"①

从《誓言》的词语选择中,我们可以看到"誓言"的斩钉截铁与戈麦"不妥协"的人格追求。首先是限定词的用法。在第一节,"我"便声称要"接受全部的失败","仅仅一次,就可以干得异常完美","失败"是"全部的","完美"被形容为"异常",凸显了语言的"绝对性意味"②。诗中还有许多这样对限定词的"极端"用法:"我完全可以把它们全部煮进锅里/送给你,渴望我完全垮掉的人""瞄准我遗物中最软弱的部分",在限定词与被限定的词语之间,无形的语言张力被彰显出来。

这首诗对于动词的选择也颇有意味。戈麦在《戈麦自述》中说:"戈麦是个文化人,又是一把刺伤文化的匕首。"③戈麦在诗歌中选择的动词就具有"匕首"般"刺伤"性的性质,呈现出的是一种锋利的美

---

① 此信见于西渡《燕园学诗琐忆》,陈均编《诗歌北大》,长江文艺出版社 2004 年版,第 304 页。

② 吴昊:《戈麦诗歌语言张力论》,《文学教育(上)》,2013 年第 12 期。

③ 戈麦:《戈麦自述》,《戈麦诗全编》,西渡编,上海三联书店 1999 年版,第 423 页。

感。例如，"我已经可以完成一次重要的分裂""渴望我完全垮掉的人""但我对于我肢解后的那些零件""用它们继续把我的零也给废除掉"，这些动词背后透露出来的也是对"绝对"的追求，对平庸与丑恶彻底毁坏的意图。这同样也是一种"张力"的体现，戈麦拒绝软绵绵的修辞，寻求的是语言的"力度"。在《誓言》之前的创作中，这种富有"力度"的用词倾向也常有出现："一把柔软的水果刀/从梦的左侧切入"（《秋天的呼唤》）、"那个美好的动机——毁了！"（《一九八五年》）、"子宫中上升的形体/毒药一般，腐蚀着我"（《游泳》）。在《誓言》之后，这样的动词用法更为频繁地出现，这从很大程度上暗示了戈麦在一定时期中的精神紧张乃至痛苦的状况："在每一个世纪/打入过时的行列"（《岁末十四行（一）》）、"天空，我只看到你性感的脑勺/而你的脑子被烈火烧着/并插着一把刀柄撕裂的肉体"（《癫狂者言》）、"一个男人旗杆一样的椎骨/狠狠地扎在一棵无比尖利的针上"（《没有人看见草生长》）。这样的用法使得动词与附近的词语形成紧张关系，但并不是喷发式的"暴力修辞"，更多的是通过语言形式来表现焦虑心情与决绝心态的交织与反复。

对于《誓言》中的词语选择问题，我们还可以探讨更多，比如表现日常事物的名词的运用，如"全部的空酒瓶子和漏着小眼儿的鸡蛋""对于我们身上的补品，抽干的校样/爱情，行为，唾液和远大理想""我送你一颗米粒，好似忠告"。"酒瓶子""鸡蛋""唾液""米粒"之类与日常生活相关的"俗词"被插入诗中，所起的作用要大于词本身蕴含的意义，更多地体现在与周围词语的相互影响。"全部的空酒瓶子和漏着小眼儿的鸡蛋"是对"全部的失败"的生活化、具象化说明，而"身上的补品，抽干的校样""爱情，行为，唾液和远大理想"则是"圣词"与"俗词"的异质混成，用来指代人性组成的复杂。最后一节中"死鸟留下的衣裳"是一个较为独特的用法，西渡把此理解为"生活的原则"，"这样的生活其实已与生命无关，它失去了与真实存在的联系，仅仅使人沦为物的奴隶"①。与这样的理解相联系的是，戈麦在《誓言》中彻底废除了生活中加减乘除的规则："我不需要剩下的一切/哪怕第三、第四、加法和乘法""我同样不需要减法，以及除法"。戈麦在这里否定了人性的"异质混成"，希望以此"战胜不健全的人性"②，成为一个如前文所说的"理智、恻隐的圣者"。

另外，值得一提的是语气助词的运用。语气助词在口语中是经常用到的，如"了""啦""吧"，这些口语化的语气助词进入诗歌，造成了诗歌语言的口语与书面语的混杂状态，语境变得"不纯"，但却在无形中增强了诗歌语言的表现力，尤其是情感力度。宋琳在读戈麦诗歌时发现，戈麦诗歌也用口语，并且是一种"雅的、书面的口语"③。《誓言》的开头便用了一个口语化的表述："好了。我现在接受全部的失败。"第三句又重复了一个"好了"："好了。我已经可以完成一次重要的分裂"。第一个"好了"体现的更多是一种无可奈何的语气，被迫"接受全部的失败"时所呈现的无奈感。在"我"说出"好了"之前，也许与"你"已经进行过一次激烈的斗争，但最终的结果是"我"的失败，因此第一个"好了"在表示"完成"的同时也蕴含着落寞感。但"我"显然并未妥协，"我"接受失败，但并不会就此臣服于"你"，所以他又说一个"好了"，表达"完成一次重要的分裂"的决心，又具有"开端"的意味。因此，两个"好了"之间存在着因果关系与情感递进的进程。

戈麦在《誓言》中体现出的精神裂变的痛苦以及痛苦后的决绝（告别人性与"生活"）在最后一节得以升华。在"判决"以后，"我"

① 西渡：《拯救的诗歌与诗歌的拯救——戈麦论》，《戈麦诗全编》，西渡编，上海三联书店1999年版，第454页。

② 西渡：《死是不可能的（代序一）》，《戈麦诗全编》，西渡编，上海三联书店1999年版，第8页。

③ 参见《"不能在辽阔的大地上空度一生"——戈麦诗歌研讨会录音整理》中宋琳发言。《诗探索》2013年第7辑（理论卷），第160页。

所拥有的东西已所剩无几，但"我"仍嫌不够，甚至连"零"这个在表示"一无所有"的数字也要"抛弃"。因为在"我"看来，"零"还表示一个"实数"，尽管它已经"空"了，但毕竟是实有的存在。他不能忍受哪怕是"零"的妥协。在这样的语境中，"妥协""控诉""悲观"也许都是正常的青年心态。然而，戈麦选择的却是"分裂"的誓言。他在"废除"一切庸俗人性之后所剩下的"虚无"，恰恰是他作为诗人的心灵。"此在在世总是沉沦"①，海德格尔如是说，"世界之夜已近夜半"②。但戈麦却在诗歌语言中发现存在之澄明："诗歌应该是语言的利斧，它能够剖开心灵的冰河。在词与词的交汇、融合、分解、对抗的创造中，一定会显现出犀利夺目的语言之光照亮人的生存。诗歌直接从属于幻想，它能够拓展心灵与生存的空间，能够让不可能的成为可能。"③ 在对富有张力的诗歌语言的运用中，戈麦巧妙地释放了时代施加给年轻心灵的精神压力。正如西渡所说："戈麦在自己和语言之间建立了一种特殊而亲密的关系，他从中找到了生命的拯救。"④

---

① ［德］马丁·海德格尔：《存在与时间》，陈嘉映、王庆节译，生活·读书·新知三联书店 2012 年版，第 203—204 页。
② ［德］马丁·海德格尔：《林中路》，孙周兴译，上海译文出版社 2004 年版，第 282—283 页。
③ 戈麦：《关于诗歌》，《戈麦诗全编》，西渡编，上海三联书店 1999 年版，第 426 页。
④ 西渡：《拯救的诗歌与诗歌的拯救——戈麦论》，《戈麦诗全编》，西渡编，上海三联书店 1999 年版，第 454 页。

二十二岁：一个谜题

——戈麦《二十二》细读

二十二

一把剪刀，很可能是一段绳子

或绳子上走动的结，像婚姻的蛇

悬挂在临时法律的线上

法律的围杆，忽近忽远

在我生命短暂的二十二年中

肯定有许多人恨我，恨得

像一盆水，像竹筒上的油渍

灰色的斑，沙土下的罐头盒

二十二颗秤杆上的银星，一边

压着空心的数量，一边猜测

二十二，很可能是一个命令的终点

我躺在床上反复考虑着它到底代表着什么

《二十二》这首诗作于 1989 年末，从时间上来说属于戈麦创作的转型期作品。同作于 1989 年末的作品还有《开始或结局》《圣马丁广场水中的鸽子》《家》《誓言》《岁末十四行（一）》《岁末十四行（二）》《岁末十四行（三）》等。这一时期可谓是戈麦精神痛苦最为浓烈、心灵负担最为沉重的时期，正如戈麦在《岁末十四行（一）》中所说："一年中最刺人心肺的季节/我仍然在黑暗中将自己翻阅。"

"二十二"对于许多 18 岁走入大学校门、四年后走入社会的青年人来说是一个人生中的转折点。这是一个人人生中富有挑战性的时刻之一，是一个需要努力奋斗的年纪，但也是一个理想与现实发生剧烈摩擦甚至冲突的年纪。或许狄更斯《双城记》中那段经典语句可以概括每个人生命中 22 岁这一年的总体特点："这是最好的时代，这是最坏的时代；这是智慧的时代，这是愚蠢的时代；这是信仰的时期，这是怀疑的时期；这是光明的季节，这是黑暗的季节；这是希望之春，这是失望之冬；人们面前有着各样事物，人们面前一无所有；人们正在直登天堂，人们正在直下地狱。"戈麦也是在 22 岁这一年走进社会的。他以"二十二"作为诗题可见他对这个年龄点的敏感。戈麦被西渡认为是"朋友中最年轻的一个"，却有着超越实际年龄的"温雅持重"，"有着长者的胸襟"。[1] 戈麦自己也在诗歌创作的过程中逐渐坚定这样一个信念："一个人可以在极短的时间走完一生的里程。"[2] 可见在戈麦看来，"生理年龄并不重要""生命本不在于长短，而在于质量"[3]。虽然他的实际生命只有 24 年，正式写诗的时间也不超过 5 年，但他却在 1989—1991 这三年中"完成了自己"，正如桑克所说，他"永远年轻"[4]。

戈麦对时间和年龄的认知与其个人品质和对诗歌的理解有关，也受到博尔赫斯时间观念的影响。博尔赫斯所持的是一种"循环时间"论，

---

① 西渡：《死是不可能的》，《戈麦诗全编》，西渡编，上海三联书店 1999 年版，第 1 页。
② 西渡：《死是不可能的》，《戈麦诗全编》，西渡编，上海三联书店 1999 年版，第 3 页。
③ 桑克：《黑暗中的心脏》，《戈麦诗全编》，西渡编，上海三联书店 1999 年版，第 14 页。
④ 桑克：《黑暗中的心脏》，《戈麦诗全编》，西渡编，上海三联书店 1999 年版，第 14 页。

他"洞烛人类的过去和迷离的未来，在他的时间概念之中，人类永远处于循环往复的圆圈之中。今天就是昨天，没有开始，没有终结，我们所能生存的日子，是所有时间的全部"①，在这种对博尔赫斯时间观的理解中，可以看出戈麦"一个人可以在极短的时间走完一生的里程"观念的由来。

通观戈麦诗作中涉及"时间""年龄"主题的诗歌，可大致分为以下几类：①抽象时间。代表作有《流年》《这个日子》《此时此刻》《给今天》《眺望时间消逝》《妄想时光倒流》《最后一日》《眺望时光消逝》等。②具体时间。代表作有《七月》《二月》《一九八五年》《一九七五年的一只蛋糕》《九月诗章》《十月诗章》《四月的雪》等。③年龄。代表作有《哥哥》《十七岁》《二十二》《岁末十四行（一）（二）（三）》《我们日趋衰老的年龄》《新生》等。《二十二》属于直接以"年龄"为主题的诗歌。

《二十二》这首诗分为三节。第一节中出现了几个意象："一把剪刀""一段绳子""绳子上走动的结""婚姻的蛇""临时法律的线""法律的围杆"。"一把剪刀"容易让人想到剪刀张开的"X"状，这个形状的角度与"二十二"这个数字所显示出的对称效果近似；但剪刀打开的幅度是可以调整的，夹角的大小也随之变化，暗示着"二十二"这个年龄点的"不稳定性"。"2"这个数字的形状也可以与"一段绳子"的形态相类比，而"绳子上走动的结"所具有的动态效果又再次强调了"二十二"的"不稳定性"。此外，"二十二"这个数字又与"法律""婚姻"这样严肃的词语相关。"婚姻的蛇"这个意象具有多重含义：一方面，据《中华人民共和国民法典》第一千零四十七条，结婚年龄，男不得早于二十二周岁。对于 22 岁的戈麦来说，"婚姻"意味着"蛇"一般的诱惑；另一方面，"蛇"又是一种富于变化形态的

---

① 戈麦：《文字生涯》，《戈麦诗全编》，西渡编，上海三联书店 1999 年版，第 429 页。

动物，其身体曲线与"2"这个数字较为相像。"婚姻的蛇悬挂在临时法律的线上"，如前文所说，"婚姻""法律"是严肃的词语，但两者之间被"蛇""悬挂""临时""线""忽近忽远"这些具有不定性状的词语连接在一起，从而消解了其固有的稳定意义，又进一步突出了"二十二"这个年龄的"不稳定性"。再进一步阐释，"剪刀""绳子""结"似乎可以视为自杀的工具，与死亡有关，而"婚姻的蛇"又与爱情有关，那么在第一节里，戈麦就考虑了两个重大的人生问题：死亡与爱情。从某种意义上来说，二者意义等同。对于"二十二"这个年纪来说，思考这样沉重的问题似乎有些过早，但结合戈麦对年龄的认知来看，似乎这样的思考也在情理之中。

第二节第一句中，戈麦提到自己的年龄："在我生命短暂的二十二年中"，"短暂"一词值得重视。这意味着戈麦了解自己还年轻，"一切才刚刚开始"，但即使是只有"短暂"的二十二年，戈麦也"肯定"地说"肯定有许多人恨我"。然而从诗中看来，能够替换这种"恨"的意象都是一些与"恨"看起来毫不相干的物件："一盆水""竹筒上的油渍""灰色的斑""沙土下的罐头盒"。这些都是日常生活中常见的物品，虽然他们常被人忽视，但的确存在着。也许可以就此把"恨"也理解为一种实际存在着却易被人忽视的情感，这种情感对戈麦来说是无足轻重的，即"无用的恨"，似乎戈麦对这种情感并不在乎。

第三节又出现了"二十二"这个数字，与"秤杆上的银星"这个意象联系在一起："二十二颗秤杆上的银星，一边/压着空心的数量，一边猜测"。类似"一边……一边……"这样的并列句型在戈麦诗作中时常出现："我摊开双手/一边是板块僵硬的尊严/一边是不由自主地颤动"（《生活》）、"半边让水照着，半边让水吸着"（《雨后树林中的半张脸》）、"两只眼睛，一只飞在天上，一只掉进洞里"（《未来某一时刻自我的画像》），呈现出一种语句结构上的"平衡"。在《二十二》这首诗中，使结构保持平衡的是"压着空心的数量"和"猜测"。"数量"是"空心的",然而却需要"压着",说明"数量"虽为肉眼不可见,无形中却沉重无比。"猜测"与其处于同一结构,因此"猜测"也是沉重的:"二十二,很可能是一个命令的终点"。"命令的终点"意味着什么?戈麦并没有给出明确答案,因此他说:"我躺在床上反复考虑着它到底代表着什么。"

"二十二"这个年龄点对戈麦而言究竟有何意义?是迷茫,是痛苦,抑或是责任,是前行?恐怕难以得出论断。在《二十二》这首诗看似清晰明了的语句之上,笼罩着一个不透明的旋涡。

"我的天蝎座上一只伏卧的天鹅"

——戈麦《天鹅》细读

天鹅

我面对一面烟波浩渺的景象
一面镜子可以称作是一位多年忠实的友人
我梦见他在梦中向我讲述
我的天蝎座上一只伏卧的天鹅

他的梦境被我的诗歌的真理照亮而趋于灭亡
因而那些景象同样也适合于我的梦境
我在梦中竟也梦见我的诗歌
我亲手写下的文字之中棉朵一样的天鹅

一只天鹅漂浮在光滑无波的水面
闪光的毛羽，那黑夜中光明的字句
我的诗歌一点点布满典籍应有的灰尘
它华丽的外表将被后世的人轻声诵唱

当我朗声地读过并且大胆说出

那只天鹅振动神仙般的翅膀扶摇直上

我的诗歌仅剩下消匿之后的痕迹

一行行隐去，透彻但不清晰

梦见的诗歌，你向我讲述了什么

它曾在我的脑海中彗星一样一闪而过

永恒不适于展示，神思不适合述说

我诗歌的天鹅振翅飞往遥旷的深渊

除了梦幻，我的诗歌已不存在

有关天鹅也属于上一代人没有实现的梦想

我们日夜于语言之中寻找的并非天鹅的本质

它只是作为片断的华彩从我的梦中一晃而过

1990－11

　　《天鹅》这首诗作于 1990 年 11 月，从时间上来说属于戈麦创作巅峰期的作品。与《老虎》《牡丹》《玫瑰》《鲸鱼》《彗星》等同时期诗歌相类似，《天鹅》也是一首写物诗。但这首诗并不把"天鹅"当作一个单纯的"物"来书写，而是把"天鹅"当作大于诗歌、大于语言的一种象征。从这个角度来说，《天鹅》是一首关于诗歌的诗歌，也就是所谓的"元诗"。颜炼军注意到，20 世纪 80 年代以来"天鹅"这个意象已在当代诗人的作品中形成一个谱系。除戈麦之外，西川、欧阳江河、张枣、臧棣、海子等诗人的笔下也都出现过"天鹅"的身影。颜炼军在谈及这些当代诗人诗作中有关"天鹅"的比喻时曾说道："汉语的诗意必须与不可见的事物发生关系。让一切不可见的事物敞开，这是诗歌唯一值得追求的使命。"[1]

———

[1]　颜炼军：《象征的漂移——汉语新诗的诗意变形记》，广西师范大学出版社 2015 年版，第 219 页。

"天鹅"这一物象出现在诗歌中，就将不可见的语言变为可感知的意象，但这一意象仍然有其不可言说性，或者神秘感。

戈麦《天鹅》一诗分为六节。第一节先从"镜子"这个意象说起："我面对一面烟波浩渺的景象／一面镜子可以称作是一位多年忠实的友人"。"烟波浩渺的景象"是从"镜子"中看到的梦境，而"镜子"一词也是戈麦所钟爱的意象，如他有诗作《镜子》，这显然是受到博尔赫斯的影响。戈麦把"镜子"比作"一位多年忠实的友人"，可见他对"镜子"的信赖。第三句"我梦见他在梦中向我讲述"这句话涉及一个双重梦境：我在做梦，同时我也梦见了"镜子"的梦。"梦"本来是虚幻的，"梦"与"梦"在无形之中的相通更增加了梦幻色彩。"镜子"向我讲述梦之内容是："我的天蝎座上一只伏卧的天鹅"。"天鹅"的身影在诗中首次显现，它伏卧在"天蝎座"上。"天蝎座"与"天鹅"在构词方式上有相同成分，再结合写作的时间来看，因此"天蝎座"出现在这一句中也符合逻辑。值得注意的是，这一句中的"我"身份具有模糊性，既可以指"镜子"，也可以指诗歌的叙述者。

第二节第一句写道："他的梦境被我的诗歌的真理照亮而趋于灭亡。"这句中出现了"诗歌"一词，"他的梦境"在"我的诗歌的真理"的光芒下相形见绌，但"镜子"的"我的天蝎座上一只伏卧的天鹅"的梦境却与"我的梦境"相契合，因此"镜子"的梦就是"我"的梦，"我"在梦中也梦到了"我亲手写下的文字之中棉朵一样的天鹅"，从这里可以看出，"镜子"与其说是"我"所认识的"一位多年忠实的友人"，不如说是"我"的自我镜像。

第三节前两句，诗人试图描绘出"天鹅"的姿态："一只天鹅漂浮在光滑无波的水面／闪光的毛羽，那黑夜中光明的字句"。"天鹅"的毛羽被形容为"黑夜中光明的字句"，诗歌（语言）与天鹅的关系得以初步呈现：诗歌（语言）是天鹅的组成部分（毛羽）。后两句"我的诗歌一点点布满典籍应有的灰尘／它华丽的外表将被后世的人轻声颂唱"，诗歌与"典籍"相联系，意味着"我"意识到自己的诗歌可能不为同代人所理解，但足以流传后世。在这一节中，"天鹅"与"我的诗歌"看似是一种平行关系，而两者之间的具体关联将在下一节得以体现。

第四节勾勒出"我的诗歌"与"天鹅"的关系。"当我朗声地读过并且大胆说出/那只天鹅振动神仙般的翅膀扶摇直上"。当"我"大声说出"我的诗歌"的时候，"天鹅"便"扶摇直上"，"向上"的姿态与诗人"修远"的追求是一致的。而当"天鹅扶摇直上"以后，"我的诗歌仅剩下消匿之后的痕迹/一行行隐去，透彻但不清晰"，暗示着"天鹅"是高于诗歌的存在，因此它足以照亮诗歌，使之澄明。而我试图想"说出"诗歌时，天鹅便消失不见，因为它的本质也许是"不可说"的。

第五节开头承接第二节的末尾："梦见的诗歌，你向我讲述了什么/它曾在我的脑海中彗星一样一闪而过"。"彗星"这一意象也同"镜子"一样，是戈麦所钟爱的，它的出现突出了"梦见的诗歌"所讲述的内容的稍纵即逝，这是因为"永恒不适于展示，神思不适合述说/我诗歌的天鹅振翅飞往遥旷的深渊"。对于"永恒""神思"这样的高贵之物不适合用具体可见的形象描摹出来，如果非要使之清晰可感，则"我诗歌的天鹅振翅飞往遥旷的深渊"。

最后一节突出了全诗的重点："除了梦幻，我的诗歌已不存在"，说明"我的诗歌"的本质是"梦幻"，但"天鹅"并不代表诗歌的全部，它与昌耀笔下的"紫金冠"一样，是无法全部描摹的。它是"上一代人没有实现的梦想"，即使"我们日夜于语言之中寻找"，也无法获得"天鹅"的本质，"它只是作为片断的华彩从我的梦中一晃而过"。"天鹅"是超越于诗歌之上的存在，它并不将自身的本质完全呈现于诗歌之中，而只是一晃而过的"片断的华彩"。即使是这样，"我的诗歌"也因"天鹅"所赐而具有梦幻色彩，"天鹅"的本质是不可言说的完美，更重要的是它曾给诗歌带来过"华彩"，对它的追寻是每个诗人一生的课题。

中国当代诗歌写作中的"工蜂"精神

——以戈麦《工蜂》为出发点

"中国当代诗歌精神",这是一个宏大的话题,足以写一篇硕士甚至博士毕业论文。因此,详细描述"中国当代诗歌精神"的诸个方面,并不是本文的任务。本文只是提出"中国当代诗歌精神"中的一种类型,即写作中的"工蜂"精神。

对"工蜂"的描写,中国古代诗歌早已有之。恐怕较为出名的要数唐代诗人罗隐的那首《蜂》了:"不论平地与山尖,无限风光尽被占。采得百花成蜜后,为谁辛苦为谁甜。"一句"为谁辛苦为谁甜"写出了"工蜂"付出与收获之间的差距。而现实中的工蜂,的确正如诗中描写的那样,辛苦采花酿蜜,而自己所得甚少。更值得注意的是,工蜂是一种缺乏繁殖能力的雌性蜜蜂,它的短暂一生都是为了蜂王而付出,为了整个群体的生生不息而奔波,当它为了保卫家园把针刺留在敌人体内时,它的一生也就结束了。因此,工蜂是一种貌似渺小,却又让人感叹不已的生物。

在当今时代,这种"工蜂"精神无论在哪个领域、哪个行业都颇为难得。人们过于强调付出就一定要有丰盛的回报,以至于在遇到需要自己作出牺牲的场合,就退避三舍。当然,这是社会潮流与人性本能的共同作用所致,本文无意对此进行批判。但在诗歌写作这种纯精神活动中过度强调个人利益,意图通过写诗获得实际收益,把自己视为大于诗歌的存在，恐怕就会对诗歌的纯洁度造成污染。靠写诗出名、拿诗歌做噱头、靠写诗赚大钱之类的想法和做法无助于诗歌的健康发展。从"梨花体"到最近的"啸天体"，中国当代诗歌的名誉已经从一定程度上受到了这些精神垃圾的污染。而铺天盖地的"诗歌奖""诗歌节"，究竟从多大程度上能帮助当代诗歌的发展，或者仅是官方为了拉动地方经济、商业为了宣传造势而"利用"诗歌，仍然是需要辨别和观察的现象。

中国当代诗歌呼唤一批真正视诗歌为灵魂技艺的诗人。诗歌不仅是个体生命意志的呈现，也是一种需要精心锤炼打磨的语言艺术。在诗歌的领域，所谓的"大师"是不存在的，一个优秀诗人倾尽毕生所等待的、所努力的，也不过是为了"写出十行好诗"（里尔克语）。一个真正的诗人，他在别人眼里也许是"诗歌烈士"（如海子）或"诗歌圣徒"（如骆一禾），但他对自己的真实定位，也许只是为了做一只诗歌的"工蜂"，但不同于现实中的工蜂，诗歌的"工蜂"并没有一个具体的"蜂王"值得他效劳。他所为之奉献的只是诗歌，只有诗歌。

戈麦，这位逝世时只有 24 岁的年轻诗人，他短暂的一生就是为了做一只"工蜂"。虽然他的理想是成为一个"理智、恻隐的圣者"，但他在诗歌写作中所体现出来的惊人成绩，以及他在诗歌中的自我定位，俨然是一只诗歌的"工蜂"。他从 1987 年正式开始写作，到 1991 年 9 月 24 日逝世为止，他留下了 200 多首诗作。在 1989 年至 1991 年他生命最后的三年中，他也迎来了一生中创作的辉煌时刻。据《戈麦诗全编》所载，仅 1990 年 5 月 12 日这一天，他就创作了 5 首诗歌，并且这些诗歌在风格、主题方面都有所区别，戈麦拒绝重复。并且这些诗作并不是泥沙俱下的产物，而是经过精心的打磨，在字词之间呈现出语言的张力。他的《工蜂》一诗，短短八行，字里行间就体现出他对语言的珍视。同时正如诗题所言，戈麦自身也是一只诗歌写作的"工蜂"，他把自己写进了诗歌。

原诗如下：

工蜂

忘却性格，忘却性别，

忘却公蜂和蜂王，忘却痛苦的恋爱，

忘记河流，忘记岁月，

忘记死去之后不能再来

工蜂，工蜂，

热爱盲目，热爱事业

我手操一架崭新的竖琴

镂空弦管，妄图将你歌唱

该诗的前半部分连用四个"忘却"，四个"忘记"，意味着一种"抛弃"的彻底性。"性格""性别"都是作为一只"工蜂"不得不抛弃的东西，因为有了"性格""性别"就意味着有对"公蜂"的渴求、有成为"蜂王"的欲望，有"痛苦的恋爱"，这些都是"个人"欲望的象征，在诗歌面前，"个人"是很渺小的。而从大的方面来说，"河流""岁月""死去之后不能再来"都是足以令人敬畏的存在，"忘记"这些，也意味着从"小"和"大"两方面完成对诗歌之外事物的彻底抛弃。在后半部分的开头，"工蜂"这个意象连出现两次，这是一种感叹，也是一种赞美。作为"工蜂"，它"热爱盲目（爱本身就是盲目的），热爱事业（诗歌事业）"，这样的双重热爱，实际上都指向对诗歌不计回报的付出。诗歌的叙述者"我"（既是戈麦本人，又是戈麦虚设的一个对象，正如"工蜂"既是戈麦自况，又是戈麦歌颂的对象一样）歌颂这种"热爱"，于是他"我手操一架崭新的竖琴"，妄图将"工蜂"歌唱。从"妄图"这个词来看，"我"大概以为无论怎样的颂歌，都无法歌唱出"工蜂"的这种精神。事实也正是如此，"工蜂"的精神是无须歌唱也无法歌唱的。因为它本不要求由谁来赞美它，它只愿默默为它的热爱而付出。